U0836975

微文艺

唯美 温暖 纯净|治愈系清新小文艺

唯爱与梦想
不可辜负

WEI AI YU MENGXIANG
BUKE GUFU

莫阿也 著

时代出版传媒股份有限公司
安 徽 文 艺 出 版 社

图书在版编目(CIP)数据

唯爱与梦想不可辜负 / 莫阿也著. 一合肥:安徽文艺出版社,2015.5
(微文艺)
ISBN 978-7-5396-5299-3

Ⅰ.①唯… Ⅱ.①莫… Ⅲ.①长篇小说一中国一当代
Ⅳ. ①I247.5

中国版本图书馆 CIP 数据核字(2015)第001976号

出 版 人:朱寒冬　　　丛书主编:陈启辉
责任编辑:汪爱武　　　装帧设计:张　敏　　闻　艺

出版发行:时代出版传媒股份有限公司　www.press-mart.com
安徽文艺出版社　www.awpub.com
地　　址:合肥市翡翠路 1118 号　　邮政编码:230071
营 销 部:(0551)63533889
印　　制:南昌市红星印刷有限公司　(0791)88166794

开本:880×1230　1/32　　印张:9　　字数:250 千字
版次:2015 年 5 月第 1 版　2015 年 5 月第 1 次印刷
定价:24.80 元

(如发现印装质量问题,影响阅读,请与出版社联系调换)

版权所有,侵权必究

目录 CONTENTS

第一章
暗恋穷三代，表白毁一生

我告诉你艾小倩，暗恋，是人类最突出的劣根性！现在你要是到大街上说你暗恋了一个男生，你信不信一个炸雷落下来直接劈死你？

关于艾小倩暗恋朱峰这件事，用艾小倩自己的话说，纯洁美好又文艺。艾小倩始终把那句“你若安好，便是晴天”奉为爱情指南。所以艾小倩安安静静地、端端正正地坐在朱峰左后方四十五度的地方，以一种双手托腮的姿势崇拜了朱峰整整四年。

这四年里，每逢朱峰的生日，他都会在背包里收到一份用上个世纪的古典方式制作出的礼物——信。一封折叠成心形的信。信里面东拉西扯，洋洋洒洒三千多字却找不出个主题。

这四年里，每逢大考小考，朱峰的背包里又会多出一份详细到不能再详细的复习大纲。基本上，朱峰就直接拿着这大纲进考场，然后逢考必过。所有人都懂，大纲和小抄说穿了也就是四字之差。

总之，因为暗恋，艾小倩做出了许多人类所不能做到的事。

然后，时光就飞逝如电了，转眼，要毕业了。艾小倩出现了前所未有的焦虑、恐惧、彷徨。

陈淑对于艾小倩的暗恋，有一个非常精辟的表达："屁！"

陈淑是所有男生心目中的淑女，声音柔和，语态轻盈，举手投足间浸透着大家闺秀的范儿，但是艾小倩知道她"淑女其外，色女之内"。

两人躺在宿舍床上，陈淑劝艾小倩说："什么'你若安好，便是晴天'，屁！要是安不好呢？我告诉你，艾小倩，暗恋，是人类最突出的劣根性！现在你要是到大街上说你暗恋了一个男生，你信不信一个炸雷落下来直接劈死你？你要是现在站在中国的土地上说你暗恋了一个男生还不敢表白，你信不信五十六个民族无论男女老少谁见到你都得踩你一脚？我告诉你，艾小倩，大家你一脚他一脚的，你就会变成灰尘！醒醒吧！要毕业了！毕业季是什么？毕业季就是表白季，就是失身季！外国科学家调查结果早就表明，有百分之八十的少女是在毕业的时候华丽转身变成女人的！"

"剩下那百分之二十呢？"

"剩下那百分之二十是在不久之后的同学聚会上华丽转身的。"

艾小倩翻了一个身："你怎么总把美好的东西说得那么猥琐呀！我就是担心以后没有机会和他见面，然后连个电话号码都没有，想听听他的声音都没机会了。"

"瞧瞧！瞧瞧！瞧瞧你这没出息的样儿！你现在担心以后没机会听到他的声音，将来你就会后悔当初没有和他滚床单！时间紧迫，马上毕业了！记住我的话，谁今夜还是处女，谁就永远都是处女！上吧！姑娘！"

艾小倩翻过身去："你怎么总往那方面扯呢？我就是想告诉他我喜欢他！然后……哪怕是做个大明湖畔的夏雨荷也知足了。"

陈淑把床板拍得直响："屁！你以为大明湖畔的夏雨荷那么好当呢！人家大明湖畔的夏雨荷还给皇帝生了个紫薇格格呢！所以，你当务之急还是得先上而后快之！"

对于艾小倩表白这件事，全宿舍出现了空前的团结和热情。四个女生迅速组建了“艾小倩表白紧急工作小组”，分工合作，各尽其责。陈淑负责预订校外某快捷宾馆的豪华房间，赵依然负责探听朱峰毕业前最后两天的所有日程，李美丽负责艾小倩的形象包装。

艾小倩也突然忆起朱峰和她的许多互动来。

比如艾小倩丢了钥匙那次，是朱峰一把螺丝刀撬开了她的储物柜，尽管里面胸罩内裤喷涌而出，但是朱峰一句话都没说红着脸就走了。

再如，艾小倩那次扭伤了脚，恰逢体育达标测试。朱峰作为体育委员，硬是提前一圈按了秒表，让艾小倩在没有跑完全程的情况下创造了全校女生体育达标的最好记录。

还有那么一次，艾小倩和朱峰擦肩而过，朱峰向她投射了炽热的小眼神。

于是艾小倩坚定地认为：朱峰也不是不喜欢她的。

陈淑总结说：“对嘛！你们之间吧，就像一场足球赛。你听着解说员在那叫喊，3 号得球，传给 4 号，好！4 号得球，太棒了，4 号带球过人！4 号传给 3 号，3 号得球，3 号巧妙躲过对方的拦截，3 号又传给 4 号，4 号带球传给 3 号……你听着什么感觉？”

艾小倩问：“怎么不射门呢？”

“对嘛！就是，暗恋这种事就像踢足球似的，你满场带球跑没有任何意义。你就得临门一脚踢中要害，然后全场欢呼：‘球——进——了！’这才行！”

艾小倩犹豫：“那要是踢到门柱子上呢？”

“屁！没有推不倒的师哥，只有不努力的师姐，就一个字：上！上才是硬道理！上吧，姑娘！”

艾小倩在室友的大力鼓舞下，斗志昂扬地准备了自己的表白节目。

毕业典礼上，朱峰代表校篮球队发言，他说道：“感谢母校，让我收获了知识；感谢母校，让我收获了成长；感谢母校，让我收获了……”

一段悠扬的背景音乐响起，脖子上系着粉色大蝴蝶结、身宽体胖的艾小倩出现在聚光灯下，她缓缓地前行，朗诵着一首诗：

“如何让我遇见你 / 在这最美丽的时刻 / 为这 / 我已在佛前求了五百年 / 求佛让我们结一段尘缘 / 佛于是把我化作一棵树 / 长在你必经的路旁 / 阳光下 / 慎重地开满了花 / 朵朵都是我前世的盼望 // 当你走近 / 请你细听 / 那颤抖的叶 / 是我等待的热情 // 而当你终于无视地走过 / 在你身后落了一地的 / 亲爱的 / 那不是花瓣 / 那是我凋零的心。”

全场安静，几秒钟后场下发出了“嘘”声。朱峰大概没看清来者是谁，他从发言台上走下来，慢慢走向艾小倩。艾小倩受到这个动作的鼓舞，大声地喊道：“朱峰，我爱你！我是你的毕业礼物！”说完勇敢地扑了过去。说时迟那时快，朱峰脚下像长了弹簧一样，一个箭步跳离开。艾小倩一个扑空，扑通一声扑倒在舞台上，给全校一千余人演示了一个标准的狗啃食姿势。

全场爆发出雷鸣般的掌声。后来陈淑这样总结道：“我这一生只听过两次如此热烈的掌声，一次是北京申奥成功的时候，一次是你扑倒之后。”

台下有人起哄：“师姐，我爱你！求包养！”

“师姐，求合影！”

“师姐，看这边，看这边！”

然后会场就哄的一下子乱了，无数手机举起来，无数照片哗啦啦地上传到校内网上。

校内网上有图有真相。

"翻滚吧，师姐！"

"大四师姐真性情，敢于表白有神功。"

"亲爱的，那不是花瓣，那是师姐抖落的脂肪。"

……

有大批大批的学弟学妹跟帖，求一睹师姐真容。

艾小倩是在同情心泛滥的教导主任善良地合了大幕后以迅雷不及掩耳之势逃脱的。后续所有取毕业证、托运行李等体力劳动都由宿舍其他三姐妹代劳，并且在今后的很长一段时间里，艾小倩都不想提起那个学校的名字。

艾小倩坚定地成为校园里的传说。传说是这么讲的：从前有个师姐要向心爱的男生表白，于是把自己系上了蝴蝶结，突袭了毕业典礼现场，然后……就没有然后了……

怎么会没有然后呢？一颗破碎的心当然是用泪水来慢慢修补。有部电视剧的名字叫《失恋33天》，但是艾小倩哭了不止三十三天。她关了手机，谢绝了所有访客。蒙在被子里哭，哭得累了就睡，睡醒了再吃，吃完了再睡。因为只要睁开眼睛，她的眼前就会出现朱峰一步跳开的样子和满场起哄鼓掌的场景。

艾小倩想起自己给朱峰写过的信，那些信暧昧着试探着，欲言又止，情话连篇，没写过情书的人不知道写情书是怎样一个虔诚的过程。

艾小倩会洗干净手，把写字台擦得一尘不染。她端坐好，进行某种仪式般地写下他的名字。然后第一句话会写："你最近都好吗？"然后思考过后把这一页撕掉，重新写下："你昨天打球时碰伤的手臂已经好了吗？”然后，她咬着笔头，抓着脑袋，还是觉得不妥，再次撕掉，扔进纸篓里，起身踱步，然后再次坐下，写下：“我只是担心你昨天受伤的手臂，你有坚持涂药么？”

然后她啰啰唆唆地写了很多不及时涂药可能会导致的严重后果，写了满满的三页纸，可是依然觉得意犹未尽，最后又写上“你要多保重、祝胃口好”诸如此类的话。末了，她还会画上一幅画，一只小兔子，一朵花，或者一颗红心，虽然她从来就不擅长这些。

装信封的时候，她会挑选素色的信封，挑选山水画的邮票，然后屁颠屁颠地跑到街边的邮筒寄给他。然后她会认认真真地等待，想看一看他收到信时的样子。她充满幻想又惴惴不安。可是，就算是他看都不看就把信塞进书包里，第二天，她还是会再写一封。

从前自己的纯情真爱，今天却变成了被取笑的理由和证据。现在，这些信都成了证据，成了她艾小倩暗恋朱峰的证据和笑柄。自己的真心，就这么变得一文不值。

艾小倩后来回忆起这次大胆的表白，也不断地查找自己的不足：对敌情分析不够、表达方式过于夸张、时间地点选择有误，等等。她也曾试图理解朱峰的做法。但是她做不到啊！

那是一千多人的会场啊，那是两千多只明亮的眼睛啊！就算要拒绝，难道他朱峰就不能找一个有山有水没有人的地方，说一些委婉但是自己一听就明白的话吗？一定要那般身手敏捷，轻功了得，一个箭步就把她的自尊心踩到地上，踩得粉碎吗？那些粉碎了的自尊心啊，在学校偌大的报告厅里滚落满地，藏在讲台上每一个有灰尘的阴暗角落里，艾小倩用了无数种自嘲的方式，也没能把他们一粒一粒捡拾起来。

再然后，艾小倩就是时运不济：工作没着落，面试屡战屡败，体重与日俱增。当 1.72 米的艾小倩站在体重秤上，数字跳到七十二公斤的时候，她迎来了又一次面试失利。马上又到交房租的日子了，艾小倩看了一眼手机上的日历，上面写着：今日黄历，诸事不宜。艾小倩这个时候特别想陈淑能站在她身边，说一声："屁！"虽然这个字不能从本质上解决什么问题，但是至少听上去气势磅礴有那么点舒解安慰的意思。

艾小倩一边回忆面试时的问题，一边走进了一家面馆。艾小倩记得直到这时候，一切都还是很正常的。她走进这个面馆，发现里面人很多，不过很幸运的是，当她点了一碗清汤面，端过来的时候竟然是有座位的。然后，她不记得自己想什么了，好像是分析总结面试失败的原因了。然后呢，有一碗肉丝面放在了自己的面前。对，一定是一碗肉丝面，面条是劲道丝滑的，上面摆了厚厚的一层肉丝，是那种刀工了得的厨师切出来的肉丝，粗细均匀，而且被翻炒得恰到好处，上面还点缀了两根辣椒丝和三片香菜叶。总之，香味扑面而来，无可抗拒。

然后诡异的事情就发生了。一双手把肉丝面放下之后，手的主人就走了，艾小倩拿了醋罐往自己的面碗里倒了一点醋，然后筷子就直接伸到了那碗肉丝面里，夹了一筷子肉丝放到自己碗里。这个动作似行云流水般一气呵成，丝毫没有半点迟疑。接着又是一筷子，等第三次筷子伸出去的时候，她发现有个人站在了那碗面的后面，她沿着这人的腰部把目光一点一点攀到了那人的脸部。那人脸色沉静，没有表情。

直到这个时候，艾小倩才发现那碗面——是别人的！

艾小倩看着那个人的脸，嘴角慢慢咧开，满脸堆笑，足足露出八颗牙齿。那人还是没有表情，他向四周看了看，确定没有其他位置后，坐了下来。他一根一根地把自己碗里所有的肉丝都夹给了艾小倩，最后还在一根面条下面找到一根比大米粒还小的肉末，也夹给了艾小倩，然后他开始吃面了。

但是，艾小倩一直保持着露八颗牙齿的讨好笑容，作为"回礼"，她把自己碗里的所有葱花一点一点地夹给了那个人。那个人慢慢慢慢地抬起头来，木然地看着艾小倩。艾小倩还保持着那个笑容，说："我还没开动呢，筷子是干净的。"说着她从面条底下翻出最后一小粒葱花夹到了那人碗里。那个男人抬头看看艾小倩，又低头看看葱花。然后，他认认真真地把艾小倩送的"回礼"一点一点地夹出了自己的碗，放到旁边的小盘里。

后来，艾小倩已经不记得自己到底有没有把这碗由清汤面蜕变成肉丝面的面条吃完了。她只记得，她一直低着头，直到脖子发酸，发现自己的头发已经浸在面条汤里了，才抬起头来，这时自己的对面已经是一个漂亮却一脸嫌恶地看着她的美女了。美女看着她头发上残留的面条和一根肉丝，忍着忍着最后到底还是没能够忍住，捂着嘴去洗手间呕吐去了。

艾小倩整理了一下自己的头发，接了电话："林娜，啊，好的，我已经到了！"然后她突然想起来，大叫："林娜，刚才，我……"她噼里啪啦地把刚才的情景叙述了一遍，而且一再强调："我真的不是在偷吃，我真的大脑短路，什么都没想，就好像吃方便面顺手夹了一块榨菜一样；就好像吃牛肉汤饭，吃了一口米饭又喝了一口汤一样。一点都没意识到那不是我的面啊！你说我是不是猪啊？你不用回答，我一定是越来越具有猪的特质了。"

林娜的声音传过来："看你说的，怎么会呢？'肉丝面'说不定还觉得你特别可爱呢。从今晚开始，他一定每夜都梦到那个从他碗里夹了肉丝的女孩，然后在茫茫人海中找寻你，你们从此就开始了一段王子与公主的幸福生活。我跟你说，'肉丝面'现在正后悔没向你要电话号码呢！好了，你快过来吧啊，我等着你，今天下午就靠你帮忙了。"

林娜放下电话撇撇嘴，远远看见秦姗姗过来，她乖乖地站好，鞠躬致意，恭敬地叫了一声："姗姗姐，你好！"秦姗姗点头微笑没有作声。林娜和周佳琪两个新人看着姗姗走远的身影，嘟囔着："什么时候我能升到首席模特的位置就好了，我也可以这么目中无人了。”

艾小倩出了面馆，望着眼前的写字楼，突然觉得这就像一个蜂巢，无数的工蜂进进出出，想起来都有些悲凉。而她，连想成为一只工蜂的机会都没有。目前，她还失着业呢。感谢室友兼新人模特林娜的成全，她已经拖欠了三个月的房租，还是从林娜手里接过二十张“毛爷爷”才勉强度日。所以，尽管她刚刚经历了一次面试失败，接到林娜需要帮忙的求救电话后，还是风一样地来到了林娜公司的门前。

林娜的模特公司在这个城市里颇有名气，艾小倩一直艳羡林娜有这么一份光鲜的好工作，但是林娜在艾小倩面前一直都很谦虚，这更让艾小倩觉得林娜是一个踏实善良的好朋友。

“小倩，真是不好意思，我们下午要学习站姿。因为培训房间受限，老板这个铁公鸡竟然让我自己把三楼办公室的椅子搬到楼顶上去。我的状况你还不了解么，为了这该死的身材，我都手无缚鸡之力了。这要是把椅子都搬完，我胳膊都得脱臼。你帮帮我呗，帮我一起搬吧！”

艾小倩特别大方：“你和我还客气什么呀？这时候才有我用武之地嘛。你不用动手，别伤着你。模特的身体多重要啊！你告诉我搬到哪里就行！”

于是艾小倩真心诚意地扛起一把椅子吭哧吭哧地跟在林娜身后，她们没有坐电梯，而是走楼梯，一直走了三层才走到楼顶。“就把椅子放在这里就行了，我要迟到了，你慢慢搬，注意安全啊！”林娜还很客气。

艾小倩感激地说：“没事儿，你忙你的。我来搬。”

艾小倩真不含糊，一趟一趟地不休息。等她累得满头大汗把最后一把椅子搬到楼顶的时候，看见有个人也跟着上来了。等看清楚来者何人的时候，艾小倩吓坏了，连忙低着头，满地找地缝，可是找了半天，发现这模特公司的楼顶除了自己刚搬上来的桌椅，连个可以藏身的地方都没有。艾小倩无奈地朝楼下看了看，心想：这要是从楼上跳下去摔不死多好，那我现在就直接跳下去。

是谁说地球是个村来着，他说得可真精辟，因为艾小倩竟然在这里又遇到了“肉丝面”！

她凑过去，挡在“肉丝面”面前：“刚才，对不起啊，我真不是故意的。我就是一时大脑短路了。我发誓我真不是想要偷吃的。”

“肉丝面”皱着眉头不说话。

“而且，我真的还没用筷子呢。那筷子是干净的！”

“肉丝面”还是皱着眉头不说话。

艾小倩怯怯地说：“要不我还你一碗肉丝面吧！”

“肉丝面”还是皱着眉头不说话。

艾小倩不那么紧张了，她好像明白了点什么，费力地用手比划着：“你不会说话吗？”

“肉丝面”皱着眉头，轻声说：“你能离开点吗？你挡着我的手机信号了。”

艾小倩不乐意了，她叉着腰，把上身一挺：“我是山啊，我能挡住你的手机信号？”

“肉丝面”把手机递过来，艾小倩一看，手机还真的没信号！艾小倩赶紧挪开了身子。那人拿着电话一边打电话去了。艾小倩抬头望天，在心里骂一句：“我做了什么对不起国家的事了吗？老天用得着这么关照我嘛，天增岁月我增肉，我这都胖与天齐了，都被人家当成山了！”

艾小倩回头看看“肉丝面”，他在打电话：“好的，谢谢刘总，我们一定会努力的，合作愉快！回头我把合同拿给您看。”

艾小倩摇摇头，嘟囔了一句：“庆幸我不是座山吧，否则我一屁股坐你身上，压扁你！”她转回到办公楼里，想找找林娜。不知不觉就走到了一个门前，里面音乐很美，艾小倩推门慢慢进去，这是一个T台训练室啊。

哇！灯光炫目，音乐迷人。哇！每一个从幕后走出来的模特都美若天仙，她们眼神冷漠，却散发出耀眼的光芒。艾小倩彻底惊呆了。

一位男老师举着兰花指，压着嗓子说着话："好的，好，很好，抬头，玛丽注意左肩，对，两肩要平，好的。姗姗姐状态很好！"艾小倩越看越觉得这老师像小品《红高粱模特队里》的范老师。这位老师叫兰云浩，是业界内数一数二的魔鬼训练师。后来艾小倩还知道大家背地里都叫他"兰花指"。

艾小倩所有的目光都集中在模特们身上，满眼冒着红心，看得口水都要流出来了，她在心里啧啧赞叹：真漂亮啊！

这时"兰花指"老师拍拍手："停！玛丽你看哪里呢，眼神的角度不对啊！"

玛丽停下了动作，委屈地说："老师，您看门口那位，谁看谁能不走神啊！"

现场一下就乱了，模特三三两两地聚到一块看着艾小倩偷笑，"兰花指"回头一看艾小倩，也发愁了。

艾小倩今天的服装搭配是这样的——白色连衣裙＋黑色宽腰带＋帆布鞋。

白色连衣裙下摆过短，刚好露出粗壮的大腿。黑色宽腰将目光引向腰部，凸显腰部臃肿笨重。胖脚将整个帆布鞋撑满，显得脚部又胖又圆。

"兰花指"老师摇了摇头，向艾小倩伸出兰花指："你，过来一下。"

艾小倩怯怯地走过去。

他问："你是这家模特公司的模特？这个问题 pass。你是这家模特公司的……经纪人？"

艾小倩摇头。

“那么，是助理？”

艾小倩摇头。

“行政人员或者其他工作人员？”

艾小倩又摇头。

“兰花指”老师轻抚胸口，松了口气：“还好不是。就算是打扫卫生的大婶也关乎着公司的形象啊。我相信胡总不会这么自毁前途招聘这样的员工的。那什么，肉包小姐，不是，美女呀，那麻烦你离开这里一下行么？别耽误我的模特们训练了好吧？”

艾小倩嘟着嘴，点头走了出去。身后响起模特们的笑声，还有人附和：“‘肉包小姐’这称呼还挺适合的。”艾小倩不管这些，她已经完全沉醉在刚才那梦幻的场景之中了：舞台绚丽，灯光闪耀，在众人的瞩目中，用身材和眼神展现服装的真谛。艾小倩突然想起自己儿时的梦想。她小的时候，经常把枕巾床单及爸爸的大背心当成道具，围裹在身上，穿着妈妈的高跟鞋在家里进行服装表演。年纪大了，怎么把这梦想忘了呢？

她眼睛发亮：“梦想怎么可以忘记呢？我为什么不试试呢？哪条法律说我不能成为模特呢？我应该要勇敢尝试！”

艾小倩轻轻地关上门，高高兴兴地往外走，远远地她看见“肉丝面”。她高兴地走过去，“肉丝面”看到她转身就往回走。

“哎！‘肉丝面’！”

“肉丝面”停下脚步，回转身：“谁是‘肉丝面’？”

“我叫艾小倩，怎么称呼你？”

“肉丝面”呼了一口气：“我们有认识的必要么？”

艾小倩笑笑：“哎，你好像也是这家公司的员工对吧？”

“肉丝面”不答反问：“然后呢？”

“然后，你们招聘模特都需要什么条件？”

“肉丝男”上上下下地打量着艾小倩，连用了三个问句：“你？应聘？模特？”

艾小倩知道自己暂时绝对不符合条件，所以没反驳，只等着对方告诉自己需要的条件。“肉丝男”指了指墙上贴着的各种模特宣传画，说：“我还没听说业界最近对于模特的标准有惊天动地的改变。”

艾小倩撇嘴：“瞧不起人呢！你没听说过‘有志者事竟成’嘛。我不是还没开始努力呢嘛！”

“肉丝面”说：“我倒是听说过，丑小鸭变成白天鹅后，它的爸爸妈妈就离婚了。”

艾小倩没反应过来，问：“什么？”

林娜从走廊那端走过来：“小倩，你在这啊。我刚才上去找你呢。”

艾小倩迎过去：“都搬完了。我正要告诉你呢。”

林娜说：“那没什么事，你先回去吧，我们晚上家里见。”

艾小倩答应着，看着“肉丝面”离开的背影，拉着林娜小声地问：“那人是谁呀？”

林娜有些不屑，回道：“丁大卫，我们公司的实习经纪人。怎么了，他说你什么了？”

“没有。”

“别搭理那人，公司里模特们都不喜欢他。一个实习经纪人，没有背景，没有阅历，都没有模特愿意跟他。跟着这样的人有什么前途啊！你不知道我们姗姗姐的经纪人才厉害呢，人脉特别广，公司所有的大单子几乎都是他拿下来的，我们老板都敬他几分呢。不知道我结束培训以后能有怎样的经纪人。”

艾小倩想说丁大卫就是“肉丝面”的事了，但是听林娜这么一说就放弃了。她继续问：“林娜，你们公司招聘模特都需要什么条件？”

“条件啊，首先是外形条件呗。女的身高 1.70 米以上就行，体重是

50公斤以下吧。除了这两项还有很多其他要求，不过这两项基本算是硬指标了。其他都可以通过培训来加强和完善的。你问这个干吗？”

艾小倩想了想，凑到林娜耳边说：“我也想当模特！”

林娜爆笑出来，不过马上意识到艾小倩是认真的，立刻收了声，正色道：“你的身高倒是没问题，不过你的体重……”

“我决心要减肥了！”

“哦，可是小倩啊，减肥是个大工程，其实，很难瘦下来的。”

艾小倩举起拳头，振臂发誓：“要么瘦！要么死！”

林娜嘴角边挂着似有似无的笑，然后说：“好的，加油！”

艾小倩和林娜告别，一路上在心里制定着减肥计划，想象着自己瘦成一道光照亮整个T台的场景。

艾小倩走后，同是新人模特的李琳过来找林娜，感激地说：“林娜真是谢谢你，本来搬椅子是咱们两个人的任务，你都帮我搬完了，太谢谢了！”

“客气什么，大家都是同期的，本来就应该互相帮助的嘛。对了，上次你提到那个做平面摄影师的同学现在怎么样了？他要是需要平面模特，我们两个可以去试试啊。”

“啊，你说我们那个同学呀。最近他正在给某商品拍广告呢，好像是需要模特。等我给他打电话联系联系。有什么好的合作一定找你。”

“好的，走吧，我们去上形体训练课吧。晚上我请你吃饭。”

“哎，刚才那人是你朋友么？就是那个‘肉包小姐’，呵呵。”

“哦？哦，不是朋友，就是我室友而已。过来找我……借点钱的。她还没找到工作呢。房租也一直是我在付。”

李琳很吃惊：“哎呀，林娜，你人真好。这时代哪里还有你这么善良的人啊，房租你在付，生活费你还借给她。你人真好！”

两个人挽着胳膊说说笑笑地走远。

丁大卫拿着一个文件夹慢慢推门出来，他刚才要推门出来的时候，听着两个新人模特在聊天，觉得打扰了不好，就站在门里琢磨合同条款，没想到两个人聊得这么久，他无奈地“偷听”了这些话。

他拿着文件夹站在走廊里，咬着笔，看了看林娜走远的方向，又回忆起刚才艾小倩搬上去最后一把椅子，满头大汗，一边擦汗一边大口喘气的样子。他吸了一口气，又“呼”地吐出来。

艾小倩非常迅速地把自己的所有聊天账户的签名换上了：要么瘦，要么死。陈淑第一个打来电话：

“艾小倩，你要减肥啊？”

“不行啊？”

“能……能……能行吗？”

“你别结巴，你把‘吗’字去掉，再加上一个感叹号就行了！”

“屁！你受啥刺激了吗？”

“继续把‘吗’字去掉，再加上一个感叹号。”

“你不会又跟谁表白了吧？”

艾小倩抓起来一个枕头就使劲砸自己的手机，砸完了，又动作优雅地把手机拿起来，笑眯眯地说：“你能不问这些尽毁三观的问题！暗恋穷三代，表白毁一生！姐是深有体会的！姐自从暗恋加表白后，现在体重就是一个‘y=kx’的直线，k还是大于0的；那么姐的收入呢，那就是另一条‘y=kx’的直线，但是k是小于0的。懂啦？”

陈淑在电话里非常钦佩地说：“小倩，你数学学得真好！”

“别说没用的啦！我一定要减肥成功。你监督我吧！”

陈淑在那边假装抽泣：“唉，小倩，我对不起你。当初我就不该鼓励你去表白。”

“是鼓励吗？用不用换一个词，比如怂恿啥的？”

陈淑笑了，正经地问：“说正经的吧，你上午的面试怎么样？”

“对方把我 KO 了呗。”

“啥时候能 OK 一把呢，是不是？”陈淑也跟着伤感。

“谁说不是呢！”

“你来我们单位得了，干点啥不行啊！我去和领导抛两个媚眼，也许工作就到手了。”

“不去！留着你的节操吧！你单位有两个咱班同学，有至少五个咱们的校友。我的传说没淡出江湖前，我绝对不要出现在同学以及校友面前！母校方圆一千米我都不要靠近！”

“总得找点事做，混口饭吃啊！”

“我找到事做了。我要做模特！”

艾小倩刚说完，只听电话里“噗”的一声，然后就是“啊……啊！呀！咣！”一系列的拟声词响起后，电话出现了忙音。艾小倩拿着电话，再拨过去，还是忙音。艾小倩放下手机。开始行动。

在她读过的《减肥实录》里，林林总总记录了很多减肥的方法，但是要找出个起点来也不是很容易。聪明的艾小倩经过提炼总结，最后确认了减肥第一步：清理。

用艾小倩自己的话说，所谓清理，就是清理所有食物，确保视野所及之处没有任何食物可以食用，营造眼不见心不想的忘我境界。

艾小倩打开自己的抽屉，一眼，就看了一眼，自己就惊呆了。满满的，都是各种小零食。她拿了一只大垃圾袋，开始清点自己的抽屉：

奥利奥，两袋。扔之。

奶油饼干，两袋。扔之。

香鸡爪，两袋。扔之。

脆脆肠，两袋。扔之。

巧克力，两盒。扔之。

鸡腿汉堡，两个。扔之。

……

艾小倩三下五除二就把抽屉清空了，里面的各类小食品把垃圾袋塞得满满的。不清理不知道，一清埋吓一跳啊！艾小倩从来不知道自己身边有这么多狡猾的敌人。它们就在你伸手所及之处，就在你视野范围之内。艾小倩把垃圾袋打开，冲着里面嘿嘿一笑："姑奶奶以后再也不会被你们蒙蔽了！你们去死吧！"然后封了垃圾袋，一顿乱踹。

各种小包装袋砰砰炸开，各种食物的味道弥漫开来，艾小倩的卧室里各种气味横冲直撞，先是奶油味，然后是锅巴味，之后是香辣味，再后来是猪肉味……这些气味慢慢混合起来。艾小倩赶紧把窗户打开，拿条毛巾往外扇风。

电话响了，陈淑来电。

"你刚才手机有问题？"

"屁！让你吓的，我一口盐汽水喷手机上了，手机吓得都自动关机了！哎我说，艾小倩，你受啥刺激了，要用你那幅员辽阔的身材去当模特呀？"

"咳，咳！你不懂！这不叫受刺激！这叫梦想！你不懂！现在中国都有梦了，我艾小倩就不能有个梦啊！没有我艾小倩的小梦哪有中国的大梦！我这不准备减肥呢吗！咳！咳！"

"怎么了，艾小倩，你感冒了？"陈淑是真的关心的。

艾小倩一边扇着风，一边讲着电话："没事，我做清理呢。我已经把我目光所及之处的食物都处以极刑了！这些食品包装袋还真不结实，我一顿乱踹都碎了。这味儿呀！咳！咳！"

“你把你所有的小零食都收拾起来摧毁了？”

“嗯。这是我的减肥第一步：清理！”

“屁！败家老娘们！那么多吃的给我留着多好！”

“行了，不说了。我自己的房间清理完了，我得去清理冰箱了。说好了啊！我要减肥，你负责监督！”艾小倩挂了电话，直奔冰箱。

不一会，冰箱里也空了。看着空荡荡的冰箱，艾小倩神清气爽，她拍拍手，拎着两只大大的垃圾袋下楼送到了垃圾桶里。

晚上林娜回来得很晚，进屋的动静很大。艾小倩穿着睡衣出来，看林娜有点摇晃，赶紧扶着她坐在沙发上。

“林娜，你喝多了？”

林娜笑嘻嘻地说：“没事，我没喝多。小倩，给我拿瓶酸梅汤来。”

艾小倩说声好，走到冰箱前面，她有点觉悟了。打开冰箱，她就更觉悟了！

下午她从冰箱里清理出来的大部分食物，都是人家林娜的！

林娜还是笑嘻嘻的，声音很大：“小倩，我要喝酸奶！我就要喝酸奶！”

艾小倩“哦”了一声。别说酸奶啊，就连牛奶都直接扔了。艾小倩抬手“啪”地给自己脑门一巴掌，没解气，又来了一巴掌，觉得挺疼的，又自己揉起来。

林娜回头看着艾小倩：“橙汁！我要喝橙汁！小倩，人家要喝橙汁嘛！”

艾小倩低头生闷气，一边骂自己猪脑袋，一边穿衣服下楼。她得把下午大张旗鼓清理掉的冰箱里的东西都买回来！

艾小倩胡乱穿了衣服，对林娜说：“等会啊，你等会。”然后她就下楼去了。走了好远，她才在对面街上找到一个超市。

艾小倩冲进超市推了推车，穿行于货架之间，呼啦地往推车里装东西。各种吃的，各种饮料，各种牛奶，各种火腿。她都不太记得下午都扔啥了。总之多买点，否则怎么好意思。食物买得差不多了，艾小倩突然想起来自己生理期就要到了，又随手抓了两包卫生巾扔进推车里。

也许是时间太晚，超市里人不太多。艾小倩平推着车来到了收银台。

收银台的小姑娘打着哈欠，扫描枪滴滴地扫着前面那人的东西。眼看着前面那人东西不多，就两瓶酱油，艾小倩就抢先把自己的东西摆到了收银台上。

艾小倩平时确实有点邋遢，但是还没邋遢到能把卫生巾大张旗鼓摆在一个男人面前的程度。大概是担心林娜自己在家，大概是没注意前面的顾客是个男人，又或者是因为月色太美脑袋进水，总之，艾小倩随手抓了两包卫生巾就扔到了收银台上。卫生巾也特别争气，蹦蹦跳跳地就贴在了前面那人的酱油瓶上了。

艾小倩伸手去拿。

伸手去拿。

伸手。

然后就没拿。

这实在是给艾小倩太多刺激的一天。

此刻，当她伸手要去拿卫生巾的时候，她突然在大脑里画了问号，一遍遍地径自循环地问："这是我的吗？是我的吗？是我的吗？"这个死循环把她的大脑烧短路了，她伸出去的手，慢慢地，慢慢地，又缩回来了。

打哈欠的收银小姐一下子就精神了，呆愣地看她。

前面的男子终于回过头来，看一眼她，看一眼卫生巾；又看一眼她，又看一眼卫生巾。然后他冲她努努嘴，示意她把卫生巾从自己的酱油瓶旁边拿走。

艾小倩慢慢咧开嘴，露出八颗牙齿，讨好地笑。然后伸手，伸到离卫生巾还有1厘米的地方，又转头看那个男人，征求意见："这个，真的，是我的，是吧？"那人瞪起眼睛，艾小倩刷地伸手把卫生巾拎起来扔到自己的推车里。

那个男人使劲地看了看艾小倩的推车。种类可谓繁多，数量可谓充足。

艾小倩回头看了看推车，继续保持讨好的笑容。突然反应过来那人的表情，急急地解释："不是我的，是买给林娜的。"

那人头都没回，拎着两瓶酱油走了。

艾小倩在后面喊："哎，'肉丝面'！'肉丝面'！"

丁大卫停下了脚步，呼地转过身。

"丁——大——卫！"

艾小倩笑笑："啊，丁大卫先生，我们还真有缘哈，一天见了三次了。"

丁大卫假笑了一下："是吗？希望以后不要再见了！"

艾小倩特别高兴的样子："还会再见的，明天见啊！"

收银小姐在她身后冷冷地问："可以结账了吗？"

艾小倩回过神来，把所有商品都拿到收银台上，扫描枪滴滴地响着。看着提示表上跳动着的数字，艾小倩直觉得一张"毛爷爷"长着翅膀从自己的钱包里飞到了收银员小姐的手中，一张又一张"毛爷爷"长了翅膀飞走了。艾小倩不觉一声叹息。

等艾小倩回到家里的时候，林娜已经在沙发上睡着了。艾小倩给她盖了一个小毯子，然后把买来的东西认认真真地摆进了冰箱，想起自己清空冰箱时的样子，她把头抵在冰箱上面撞了好几下。

艾小倩把林娜扶进卧室里，自己换了睡衣准备睡觉，却怎么都睡不着了。她饿了。她还没有制作太详细的减肥计划，但是在艾小倩的认知里，减肥的第一要义就是饿，饿是必须的，所以她决定以后就不吃晚饭了。

原本忙活清理，她挺激动的，睡得早也就忘了晚餐的事了。现在，让林娜这么一折腾，她不但想起来没吃晚餐，连冰箱里每个隔层都放了什么她都记得清清楚楚了。

艾小倩呼地坐起来，"饿死我了！"艾小倩的肚子也和她的卫生巾一样争气，找准时机咕噜咕噜地叫起来了。这有声的反抗让艾小倩找到了理由——不吃饭会伤胃的。无论如何，健康最重要，不吃饱了怎么减肥?

艾小倩给自己找了很多理由，然后很自然地拉开了自己的抽屉。当看到抽屉里空无一物的时候，她突然反应过来了。

她用左手使劲拍了右手一下，指点着右手："啊！我终于明白了。你就是这么在我不知不觉中拉开抽屉，打开食物包装袋，把高热量的高脂肪的食物塞到我的嘴里的，是吧？你这个逆贼！你摧毁了我的身材，你践踏了我的梦想，你正在准备葬送我的人生！"

然后艾小倩躺回床上，盖上被子，碎碎念："要么瘦，要么死！要么瘦，要么死！要么瘦，要么死！要么瘦，要么死！"

要么什么了？艾小倩一下子精神了。

怎么这么饿呢？要不就喝杯水吧。

艾小倩和自己的胃肠妥协了一下。下床到厨房，给自己倒了一杯水，咕咚咕咚几口喝光了。水有些凉。艾小倩更精神了。她觉得胃都饿得有点疼了。

艾小倩远远地看着冰箱，对自己说："坚持住，艾小倩，要么瘦，要么死！为了模特梦想！坚持住。"

可是艾小倩的眼睛几乎都能透视一样，她盯着冰箱，想象着火腿的肉香，想象着酸奶的醇厚，想象着，喝一杯牛奶，吃一口面包的温暖情景。脚下就挪啊挪啊，就挪到冰箱跟前了。手放在冰箱扣手上，艾小倩把头抵着冰箱门。

不能开，不能开，不能开！

她在心里努力奉劝自己，然后一个闪身，回了卧室，把门关紧锁好，大口喘着气。这样，不行，她发现自己有点难以控制自己。艾小倩找了一个白纸和透明胶带。她在白纸上写好“要么瘦要么死！”用胶带贴在冰箱上。等第二次艾小倩冲到冰箱前面的时候，字条起到了敲响警钟的作用。

艾小倩成功地挺过了第一个夜晚。掌声鼓励！

第二章
一只蚊子的大恩大德

林娜走后，艾小倩站在房间的穿衣镜前，认真地观察了一下自己的身材，然后在脑海中和那只有幸成为林娜公司形象代言人的蚊子进行了一系列地比较。

第二天的早餐，林娜热了一杯牛奶，象征性地吃了一片面包。看艾小倩止和面前的牛奶面包运气，她问："小倩你怎么不吃东西？"

隔着桌子，艾小倩紧紧握住林娜的手。

"林娜，我是认真的，我真想要当模特。那天我去你们公司看见模特们训练，彻底勾起了我童年时的梦想。其实，我小时候身材挺好的，身材比例也不错。你看我现在，也就是体重上不达标，其实其他方面还是不错的。你看，我腿够长吧？你看，我长的不是很丑吧？你看，我身板是不是也够直？你再看，是不是我的眼神也可以很冷漠？"

艾小倩一边说，一边站起来比划。林娜看得有点发愣。

"你这么瘦，你一定有秘方。你教教我，怎么才能快速瘦下来？"

林娜的表情没有太认真。她说："其实，我就是那种干吃不胖的人，我真没什么秘方。我们住在一起几个月了，你也知道，我也没有特别节食，也没有特别运动。大概天生就是瘦人体质吧，你看，我喝了一杯牛奶，吃了一片面包呢，昨天晚上我还和朋友吃的烤肉呢，就是不胖。”

艾小倩把脸贴在桌子上，说：“林娜，你彻底让我失去了信心。”

林娜转过头说：“也不要这么想啦。节食啊，运动啊，你不妨都去试试。”

艾小倩继续把脸贴在桌子上，嘟着嘴问：“林娜，我想去你们公司应聘的。”

“啊？”

“就算模特暂时做不成，我就先做做经纪人什么的；要是经纪人做不成，我就做做助理。总之先打入你们公司内部，然后就可以近水楼台先得月，近距离接触你们这些干吃不胖的妖精，偷学减肥的方法，偷学模特的一些培训。然后，我就可以慢慢接近我的模特梦了。”

林娜皱着眉头说：“小倩，你还是别自己去碰钉子了。我们公司无论对模特还是对经纪人还是对助理，甚至对打扫卫生的大婶，要求都很严格的。我们胡总说过这样一句话，就是进到公司的一只蚊子都得兼具时尚的品位与前卫的特质，因为公司里的一切包括那只蚊子都是公司的形象。”

艾小倩脸贴着桌子，用大胖手敲击桌子，一边愤愤地说：“你们胡总真是个奇葩！”

林娜又和艾小倩说了公司里的一些奇葩事，中心思想都是劝小倩死了要去她公司应聘的心。林娜走后，艾小倩站在房间的穿衣镜前，认真地观察了一下自己的身材，然后在脑海中和那只有幸成为林娜公司形象代言人的蚊子进行了一系列的比较。

第一，脸比蚊子的脸圆，仔细看有点像刘欢。凡是长得像刘欢的女人至少都有一百四十斤以上的重量，还得是一丝不挂的时候称的。

第二，腰比蚊子的粗，目测至少有二尺五的腰围。因为一直选择松紧腰的裤子，她已经很久没有直面自己的腰围数字了。

第三，脖子比蚊子的短，不但短而且粗。因为短所以显得更粗，而且因为粗显得更短，恶性循环。

第四，腿没有蚊子的直，虽然没有什么罗圈腿或者X腿的征兆，但是大腿根部肉肉相亲，膝盖及以下无法紧贴。

第五，胳膊没有蚊子的细，只要稍微一举手上臂上的肉就直颤悠。

比着比着，艾小倩就泄气了。

她打开冰箱，把各种食物摆了一桌子，然后把钱包打开，把所有的现金摆了一小条。她打开一包港式鸭舌，正要塞进嘴里的时候，电话响了，陈淑像先知一样大喊着："艾小倩，你吃什么呢？"

艾小倩吓了一跳："你真神了，你怎么知道我要吃鸭舌了？"

陈淑在那边得意地大喊："艾小倩，你给我放下那条鸭舌！让我来！"艾小倩笑了笑，很诚恳地问："陈淑你说实话，是不是我真当不了模特？是不是我一定不能减肥成功？我一定找不到一个可以养活自己的工作？"

"屁！你连试都没试，你怎么就知道当不了模特？你怎么就知道一定减肥失败？你怎么就知道找不到一份好工作？谁把你打击成这样了？你从前做什么事情这么灰心过？"

"那你说我怎么才能减肥成功呢？"

陈淑在电话里想了想，说："你等下啊，我记得我参加一个学姐的婚礼，那个学姐为了能穿上喜欢的婚纱一个月就瘦了至少二十斤，我给你打听一下啊，你等我电话。"

艾小倩一下子坐起来了。"好，我等着，我等着！"艾小倩重新燃起了希望，把桌子上的食物一个一个又塞回冰箱里了。那个已经打开包装的鸭舌她看了看，也没吃。肚子里已经咕噜咕噜地叫了。鸭舌的诱惑让艾小倩坐立不安。吃还是不吃？艾小倩又右手指点着左手："你要是敢拿，我就剁了你。”然后再用左手指了指右手:“你要是敢拿,我也剁了你!”

艾小倩实在饿得不行了,倒了一杯水,一口气就喝下去了,还是觉得饿,又喝了一杯水。连喝了四杯水,艾小倩喝得都打嗝了。

救命电话终于响起来了。

“艾小倩,你记好了。香蕉减肥法,有奇效。那个学姐刚才给我说的时候还自吹自擂了一番呢。你拿笔记好了。”

艾小倩乖乖地拿出本子,一边念,一边记:

香蕉减肥法:

1.早餐吃香蕉一根,喝白开水一杯。

2.午餐吃香蕉一根,苹果一个。

3.晚餐吃香蕉一根,喝白开水一杯。

注意事项:晚餐在6点以前吃完,8点以后不进食,12点以前就寝。

艾小倩千恩万谢,又许诺开封的鸭舌一定给陈淑留着,这才挂了电话。刚挂了电话,陈淑又打电话过来,说中午过来和艾小倩一起吃饭,让艾小倩把鸭舌带到吃饭地点。艾小倩算算陈淑从公司打车到自己这里的车费,觉得很不划算。不过,也是好久没见陈淑了,就算没有鸭舌做借口,也该见见面了。

艾小倩早餐已经喝了四杯水,她觉得没有必要再吃香蕉。她决定:去应聘!就算不能和那只形象代言蚊子相媲美,但是好歹她是人啊!人有一张嘴不光是喘气的,还是用来沟通的。发挥一下口才,晓之以理动之以情,用三寸不烂之舌也许就能打动那个和蚊子相亲相爱的胡总。

艾小倩说做就做,穿戴整齐后,直奔林娜公司。她熟门熟路地上了楼,狭路处又遇到“肉丝面”了!

艾小倩挥手刚要打招呼,却见丁大卫扫了她一眼,继续和身边非常高傲妩媚的模特说话:“条款是这样写的,我虽然已经征求过律师的意见，但是你还是要自己确定一下比较好。”

“高傲妩媚”下巴一抬：“这些事情还用我操心，还要经纪人做什么？”

丁大卫没说话。艾小倩觉得这个时候再和丁大卫打招呼就不太适合了，她非常懂事地转身往回走。看见一个打扫卫生的大婶，艾小倩走过去问：“这位姐姐，总经理办公室怎么走？”

大婶很热情：“你上四楼，右拐，右手边第三个门就是。”

艾小倩决定走楼梯，以免遇到丁大卫。她走了几步，回过头来观察大婶，她不得不承认，林娜的话不算太夸张，因为这个打扫卫生的大婶，的确风采依旧，即使穿着工作服，也能看到她身材高挑，腰部纤细。艾小倩不由得打了一个激灵。

爬到四楼，艾小倩气喘吁吁的。找到总经理室，她礼貌地敲门进去。

一位头发一丝不乱，坐姿端正，笑容可掬的50岁左右的男人坐在办公桌后面。

“我是胡少宇，请问，有什么事情可以帮您吗？”

艾小倩再一次感慨这家取名兰朵模特的公司确实很注意公司形象，一个50岁的男人坐姿如此儒雅实在难得。

“我想来贵公司应聘。”

胡少宇顿了一下，马上微笑着说：“您想应聘什么职位？”

艾小倩笑了笑，“模特”两个字实在无法出口，听林娜说经纪人需要背景和资历，她勉强地说：“我想应聘一个助理的职位。”

胡少宇点了点头，艾小倩以为他同意了，没想到他说：“本公司目前助理职位不缺人。”

“那什么职位缺人？”

胡少宇摇了摇头。艾小倩站起来，又坐下去，恳请地说：“其实无论什么职位都好，只要能在这个公司上班就行了。”

胡少宇礼貌地站起来，做了一个请的姿势送客了。

艾小倩不情愿地站起来，又扑到办公桌上，扯下一张纸，把自己的名字和电话写了下来，恭敬地递给胡少宇。

“请您帮帮忙，如果有任何缺人的职位，我都愿意干。工资多少我都可以不计较！”

胡少宇笑了笑，继续做请的姿势送客。

艾小倩耷拉着脑袋，肩膀都耷拉下来了，像一只战败了的斗鸡一样，整个身体都没有力气，一步一挪地从楼梯上走下来。

走到一楼大厅的时候，有几个西装男浩浩荡荡地走了进来，艾小倩也没抬头，继续垂头丧气地往外走。

一个年轻的西装男拦住她说：“请问，总经理办公室怎么走？”

艾小倩耷拉着肩膀，说：“四楼，右拐，右手边，第三个门。”

一个年纪大点的西装男问：“姑娘，你是这家公司的职员？”

艾小倩撇着嘴：“是就好了。我不是。”

“哦。”年纪大的西装男示意大家去坐电梯。

年纪轻的西装男说：“秦总，我看这家公司没什么实力，听说他们的管理松散，模特的质量非常不过关。”

他话音刚落，艾小倩不愿意了，她挺起腰杆说：“谁说的？这家公司老总是个异常挑剔的人！别说模特的质量了，就是进入这家公司的蚊子都必须集魔鬼般的身材与时尚前沿的素质于一身！”

“老西装”笑了：“小姑娘，你说话真有趣。照你这么说，我还得去去拜访这位对蚊子都如此挑剔的老总了。”

几个西装男也都配合地笑了笑。一只蚊子嗡嗡地赶到了这个现场，几个人挥手驱赶，老西装男笑着对艾小倩说：“看来，会晤老总前，得先和他们的蚊子代言人谈谈了。”艾小倩也跟着笑起来。

这时候胡少宇带着丁大卫几个人急匆匆地从电梯里出来。

胡少宇一直礼貌地道歉："抱歉，抱歉，秦总，有失远迎，有失远迎，实在是手下办事的人不力，才得到您亲自到访的通知。请，请，请到我办公室坐坐。"

秦总还沉浸在刚才的蚊子氛围里，开着玩笑说："没关系，这个小姑娘已经把你们严谨的企业文化向我们传达一二了。一个非员工都能夸赞贵公司的模特质量和管理水平，我对贵公司突然有了信心。走，我们具体谈谈！"

几个人说了几句寒暄的话，就等电梯。电梯门开了，胡少宇却回头和艾小倩打了声招呼："小姑娘再见啊！改天我也找一只蚊子做代言！"几个西装男会意地笑笑，艾小倩不好意思地看看他们，勉强地笑笑，逃也似的离开了大厅。

艾小倩耷拉着肩膀从兰朵模特公司出来，回头看看这栋大楼，眨了眨眼睛。低头看看自己的大胖腿，她又有了点信心。

不是还没减肥吗？等我瘦成一道光闪瞎你胡少宇的眼睛！

突然减肥的念头让艾小倩又忙碌起来，她跑了趟水果超市，买了一大串香蕉，又跑了趟书店，买了一大堆减肥书籍。然后就到了她和陈淑约定的时间。她拍了拍裤袋里已经开了封的鸭舌。给陈淑打电话，约定了吃饭的地点。

其实算算陈淑从公司打车到这里的费用，艾小倩觉得这袋鸭舌的价值真是得乘以10来计算。艾小倩大包小裹地来到了那个面馆。如果知道丁大卫深爱着这个面馆，打死她也不会第二次来这个面馆吃饭的。

但是这个面馆的好处在于，工作人员多，各种各样的面任君选择，只有你想不到，没有它提供不到，而且，价格公道！所以，这里是附近工薪阶层乐于光临的地方。艾小倩并不知道丁大卫也是这些工薪族之一。

艾小倩找了一个四人的位置，把大包小包一放，就去点餐了。走到点餐窗口，又想起来正在实施的香蕉减肥计划，于是拿了双消毒筷，顺手拎了一个盘子，又回到了座位上。陈淑渴望鸭舌的程度和她到来的速度成正比，艾小倩刚坐下，她就到了，一进门，她直奔艾小倩，伸手道："鸭舌呢？"

艾小倩递给她，她一边大快朵颐一边呜呜地说："我去点面，你要什么面？牛肉面？呀，想起来了。你减肥！你吃香蕉吧！我去搞碗面。"

陈淑很快点了一碗肉丝面，艾小倩看着肉丝面差点没哭出来。

"你点什么面不好，你点肉丝面！"

陈淑一边拿筷子，一边说："怎么了？你和肉丝面有仇啊？"

艾小倩于是把昨天发生的那件大脑进水从丁大卫碗里夹肉丝的诡异事件和陈淑详详细细地说了一遍。

陈淑笑得直拍桌子，差点就笑得背过气去。

陈淑复述说："你是说，你就这么大大方方地从人家碗里夹了肉丝放自己碗里了？"陈淑说着从艾小倩的碗里夹了一块香蕉，填到自己的嘴里。

艾小倩诚实地点头。

"然后，然后他就亲自动手把自己碗里的肉丝都一根一根地夹给你了？"

艾小倩继续诚实地点头。

陈淑笑得实在有点扰民。艾小倩左右看看，有点不好意思。

"好了，好了，别笑了。"

陈淑忍住，低头吃一口面条，可是没忍到两秒，扑哧一下又笑了出来，一口面条差点没全喷出来。艾小倩忙着给陈淑擦桌子，没注意有个人过来，对着陈淑说："不好意思，我可以坐这吗？"陈淑头都没抬，说："没事儿，坐吧！"

然后她继续问："后来，那个'肉丝面'还特意从面条底下挑出来一小块肉末放你碗里了？”

艾小倩手停在半空中，呆呆地看着丁大卫。然后四周环顾了一下。真是造物弄人！怎么一轮到她吃面条，他就出现？怎么他一出现就没位置？怎么他一没位置，她的旁边就恰巧有位置呢！

艾小倩侧低下头，用手挡着脸，对陈淑做着口型："别说了！"

陈淑正在兴头上，怎么可能注意她的表情。她用手拄着筷子琢磨："你说哈，你脑袋进水，从他的碗里夹肉丝也就那么样了。他怎么会那么配合你把肉丝都夹给你呢？"

丁大卫夹一口面条刚放到嘴里，还等咀嚼呢，就一口噎下去了。

艾小倩还在努力地跟陈淑打手势，让她闭嘴。陈淑沉浸在自己的遐想里，突然又大声地笑起来。

"然后，你还给人家回礼了，还把葱花都夹给人家了。你们两个，还真是一对奇葩呀！哈哈！"

艾小倩低着头挡着脸，都不敢看丁大卫的脸色。

陈淑继续问："哎，他长得帅不？性感不？"

艾小倩没吭声。

"问你呢！长得帅不？性感不？"

艾小倩没办法："嗯，还行。不，不对，我没看清楚。"

"没看清楚？屁！人家一根肉丝一根肉丝地夹到你碗了，你能没看清楚？那你一粒葱花一粒葱花地给人家夹的时候也没看清楚？不对呀！艾小倩同学，有故事啊！这里头一定有故事！你还隐瞒了什么是吧？"

艾小倩连忙说："没，没有。吃吧，吃面吧！"

陈淑还没分析够，她又想了想，严肃起来，说："不对呀，艾小倩。你说，哪个正常的男人，会把自己碗里的肉丝夹给一个陌生女子呢？依我看，他喜欢你！他一定是对你一见钟情！"

丁大卫一口面条直接就喷出来了。

陈淑忘了自己刚才的失态了，这时候她开始批评起丁大卫来了：“哎哎，你干什么？你有点礼貌行不行？”

丁大卫实在是听不下去了。他端着面条换了张有空位的桌子。那桌子在艾小倩的斜对面，隔了两行。两个人正好能侧面看到。

艾小倩拍了陈淑一下：“行了，别说了！我都要尴尬死了。你还当笑话讲呢！没有半点同情心！”

“不对，艾小倩。真的，你听我的没错。他一定是喜欢你。没准哈，以后他天天到这个面馆来吃饭，就为了和你偶遇呢！”

艾小倩心想：是偶遇了，但是绝对不会是他求来的。他一定从此以后连这家面馆方圆五百米的地方都不会靠近的。

艾小倩说：“真无聊，你比林娜说得还过分。林娜还只是说他在后悔没要我的电话号码。你都说到求偶遇上了，我是艾小倩，不是聂小倩，我没有聂小倩出色的美貌。”

艾小倩用筷子把香蕉切成一小块一小块的，开始吃起来。这时艾小倩的电话响了起来，是个陌生号码。

艾小倩接起来：“您好，哪位？”

对方声音压抑得很礼貌：“‘肉丝面’！”

“肉丝面？”艾小倩一抬头，看见丁大卫正握着电话和他摇晃问候呢。艾小倩吓了一跳：“你怎么知道我电话号码的？”

“我承认我当时脑袋进水了，行了吧？就这么一碗肉丝面的事，你有必要满世界宣扬吗？”

“没，没有。我没有。”

“我拜托你别再宣扬了好吧？这就是那种单纯的一碗肉丝面引发的冤假错案，没有一丁点拨乱反正的必要。直接忽略，行吗？”

艾小倩看着丁大卫，对着电话说：“行，行的。”

丁大卫挂了电话。

艾小倩小心翼翼地夹起一块香蕉，送进嘴里，再也不敢看丁大卫的方向。陈淑这才发现一点异样："怎么了？你看什么呢？"

"没有，没事。你说，香蕉真能减肥吗？"

"当然了，这是有科学依据的，你没听说日本那个女演员吗？就是利用香蕉减肥法瘦下来的。而且，我的学姐，那是我眼睁睁看着她瘦下来的。你就好好坚持！一定能瘦下来。"

艾小倩看着陈淑碗里的面条，可怜巴巴地问："我可不可以就吃一口？我昨天晚上就没吃饭，早上就喝了四杯水，现在再吃一根香蕉。我一会儿会不会直接饿死在街头啊！这社会主义新国家，要是我饿死街头是很影响市容的。"

陈淑把自己那碗面往自己的怀里挪了挪，说："坚持！要么瘦要么死，不是你自己说的吗！模特梦！加油！"

艾小倩拿筷子又夹了一块香蕉，电话又响了。

艾小倩一看是刚才的号码，接起来就解释："没说啊，我没再说了。我说减肥的事呢！"

电话那边声音平静了很多："艾小倩，我受兰朵模特公司委托，正式通知你，你被录取为公司的后勤服务人员，请明天上午9点，正式到公司总经理办公室报到。"说完电话"啪"地挂了。

艾小倩蒙了。

陈淑说："干吗呢，艾小倩，你这吃顿饭的功夫心不在焉的，到底怎么了？"

艾小倩非常激动："陈淑！我终于OK了！我被录取了！"

"啊？录取了？模特？不能吧！那老板脑袋也进水了？"

那天晚上，陈淑死皮赖脸地住到了艾小倩那里。艾小倩挺不好意思地和林娜解释说，就住一晚。林娜态度特别好，一直说没关系。陈淑买了条鱼，炖了鱼头，说是三个人吃，其实主要是做了给林娜吃的，因为艾小倩要减肥。

陈淑给林娜倒了果汁，给艾小倩倒了杯水。她首先举杯说："来，咱们三个喝一杯。第一是庆祝艾小倩终于找到了工作；第二是感谢林娜，我们艾小倩怎么说呢，单纯又善良，做什么事情都非常有韧性。只可惜运气不太好，毕业三个月了才找到第一份工作。艾小倩和我说了，这三个月基本都是你在养活她。林娜，谢谢你。来，咱干了！"

陈淑几句话把气氛弄得挺激动。林娜真干了，客气地说："别这么说，艾小倩也帮了我不少。再说就是那点房租的事，什么时候有了什么时候她交就行了，不用客气。"

艾小倩受到了感染，也说："林娜，我这人有很多缺点，大家室友一场，谢谢你包容我。这三个月多亏有你，我才挺过来。好人有好报，我相信你将来一定能成为一个出色的模特！"

林娜端起了果汁杯，又放下，用另一个杯子给自己倒了杯水，和艾小倩喝了一杯。陈淑笑笑说："不好意思，忘了你们模特要节食的了。艾小倩以后的减肥计划就劳烦你监督了。"

林娜说："我倒不是特意节食，我就是不太喜欢喝甜的。"

艾小倩羡慕地说："是，林娜从来不用控制饮食，属于干吃不胖的体质。真是羡慕死人了。我本来想在林娜这里取取经，看看怎么减肥好。林娜都没有什么秘籍。"

林娜不自然地笑笑。不经意地问了一句："小倩，公司是怎么录取你的？啊，不是，我的意思是，胡总那个人一向挑剔得要命。本来你说要去应聘我没鼓励你，就是考虑他这个人太难琢磨了。你怎么说的，他才同意的？"

艾小倩想了想，说："我也觉得挺奇怪的，本来他是非常客气地说了'NO'了，但是没想到中午的时候，他就派人给我打了电话，录取我做后勤了。我也不知道是怎么回事。”

“他派谁给你打的电话？”

“丁大卫。”

“哦。”林娜没再说什么。

陈淑说：“林娜，你给艾小倩介绍一下公司里的形势，我怕她到了公司里也是横冲直撞的，冒犯了谁都不知道。你们胡总那人特别挑剔，其他人呢？得注意些什么？提防哪些人？”

林娜淡淡地说：“也没有那么严重啦。公司人还都挺好的。胡总那人就是挺挑剔的。不过挑剔也难免嘛，他做模特公司，站在时尚前沿，现在模特界又竞争这么激烈，不挑剔点怎么出业绩呢。”

艾小倩点头说是，陈淑却慢慢冷下了脸。

晚上，陈淑和艾小倩睡在一张床，嘻嘻哈哈地闹了一阵。

陈淑问：“你就一直和林娜住着，一到交房租的时候，她就直接交了，也不问你要？”

“倒也不是。她就直接交了，房东总是会告诉我一声的。告诉我，室友已经替我垫付了。”

“那你从她那里借钱呢？”

“她就借给我了呀。两千块，我坚持了三个月了。我厉害吧？”

陈淑突然一本正经地说：“小倩，我这人心直口快，你别介意。我觉得这个林娜不实在，你和她相处最好长个心眼。”

艾小倩立刻反驳说：“你别这么说，她人很好的。三个月房租都她垫付的，多好的人啊。”

陈淑还是那句：“你最好长个心眼。”

第二天一早，艾小倩追着林娜，和林娜一起到了公司。

胡少宇就是简单地问了问艾小倩的毕业学校、工作经历这样事情，就安排她和秘书小王走了。末了，胡少宇说了一句："艾小倩，本来个人的着装喜好外人无可厚非，但是，考虑到公司的形象，请你在你的个人着装上下一点功夫，这样行吗？"

艾小倩点头说："好的。"

艾小倩心里有一点沮丧，说实话，她早上是下了一番工夫的，陈淑也特意强调在一个公司里，注意着装是事业成功者的基本素养。而且她也给了艾小倩一些建议，但是因为着急去赶公车，陈淑也没有最后看到艾小倩穿了什么衣服出门。

秘书小王是个比艾小倩年长几岁的女孩子，非常有礼貌，永远保持着微笑，但是一句多余的话都没有。

艾小倩跟着她，小声问："王秘书，我具体都做什么工作呢？"

小王说："后勤服务的工作很难界定具体工作范围，总之公司的经纪人、助理、模特、导师，这些人有什么需要你帮忙，你尽量帮忙就是了。"

艾小倩想了想，这也就是一个打杂的吧，于是问："那用不用打扫卫生？"

王秘书微笑着道："应该是不用的，我们做卫生的有专人负责。"

后来艾小倩才知道，这个"尽量帮忙"到底有多忙。听说来了一位后勤服务人员，没有一个经纪人或者助理或者模特或者导师客气，有事就喊小倩，小倩也不含糊，谁的忙都帮，俨然成了公司里最忙的人。

复印、定盒饭、取服装、送资料……忙得不亦乐乎。

这些指使艾小倩打杂的人里，唯独没有丁大卫。

两个人像一对刚离婚的夫妻一样，互相躲着，能不见就不见，见了也装作没见。相安无事地过了三天。

艾小倩香蕉减肥法也坚持了三天。她饿了就喝水挺着，一天三根香蕉，艾小倩拼了命地坚持。坚持到第四天，艾小倩早上起来就感觉胃疼，嘴里直吐酸水。她觉得自己的胃一直在颤，疼得不严重，但是一阵一阵的。

艾小倩坚持上了班，还被一个助理喊着给新人培训班送两箱矿泉水。艾小倩以为自己力气大，直接将两箱矿泉水摞起来，就抱着去了新人培训室。

新人培训室正在培训模特对服装的感觉。

艾小倩敲门进去。

“打扰了，韩助理让我给大家送点水来。”艾小倩把水放下，擦着头上的汗，模特们停了下来，各自拿起水喝了起来。

艾小倩看到教室前面放着一个服装模特道具，身上穿着一件娃娃领半袖，围着两条不同款式的丝巾，还戴着两条不同样式的项链。黑板上写着“服装搭配”四个字。艾小倩真希望自己也能听听这样的课，免得胡总在她临转身的时候似乎很随意但是确实很郑重地对她的着装提出了要求。

艾小倩看到林娜和李琳两个人在一起，林娜很殷勤地拿瓶水过去，拧开了盖子放到李琳的手中。李琳正在和旁边的人说着什么，林娜也很快加入到她们的谈话中。李琳回头看到艾小倩，和林娜说：“林娜，你的室友啊，怎么也来公司上班了吗？”

林娜笑笑，不太自然地说：“是的，做后勤服务的。”

李琳笑笑，不经意地说了一句：“那以后就有钱交房租了。”

林娜尴尬地笑笑，瞅了一眼艾小倩，想看看她听到这句话没有。

艾小倩没有听到这句话。她把剩下的水挨个地拿出来摆到座位上，准备拿着空箱子出去了。

这时“兰花指”老师看到了艾小倩，有点吃惊地问：“你？不是那天那个……”他想了半天，挑出一个字来，“你不是那天那个姑娘么？你怎么来送水？”

艾小倩恭敬地说：“老师好，我应聘到这里做后勤服务了。”

“兰花指”拍了拍胸口，说：“哎呀，胡总真有勇气。”

艾小倩扯出一个笑容，拿着空箱子往外走。“兰花指”叫住她：“那个……姑娘，你要是没有别的事，你能不能给我当一回模特呀？”

“模特？”艾小倩眼里直冒星星。

“是这样啊，我给这些新人啊，讲对服装的感觉，怎么说呢？讲得太理论了，她们都没有太深刻的认识。我是想麻烦你做我们一节课的模特。我就用你身上的服装搭配，给她们讲讲这个色彩学，这个服装礼仪学，等等。”

艾小倩还有点没听明白。

“哎呀，就是，就是让你为艺术牺牲一下。我把你当个反面教程，说说你搭配失败的地方，给她们一些警醒。这个……就是这样的意思。”

艾小倩把眼睛里的星星都挤了出去，露出八颗牙齿，然后耷拉着肩膀走了出去，还没来得及关门。兰花指喊了一句：“哎呀，可以给你报酬的啦。我会去拜托胡总的，你考虑一下啦！”

房间里几个听到他们商讨的模特笑了起来。

艾小倩站在门外，抬头望着天想了些事情。

其实一大早上，陈淑急急忙忙地给她指点穿什么服装，最后临走之前，把艾小倩拉进房间里，拿给艾小倩一个信封。

“给，这是我欠你的钱。最近才攒够，你数数啊，五千块，正好的。”

“你欠我的钱，什么时候欠的？”

“上学的时候啊，你记不记得有次我阑尾炎犯了，是你送我去的医院，然后医药费不就是你垫付的么。我后来一直都忘了，前几天和咱宿舍的李美丽聊天才想起这事。不好意思，我真忘了，还你有点晚了，别介意。我上班迟到了，走了啊！”

艾小倩回忆了一下，喊住她：“不对呀，陈淑，那时候是我把你背上出租车送你去医院的没错，但是当时是用你的银行卡缴费的呀，我没拿自己的钱啊！”

陈淑认真地说：“你什么记性啊！我那时候银行卡放在宿舍里，你不是用你自己的银行卡刷的吗，把你几个月的生活费都刷没了。你忘了？你脑袋又进水了？”

陈淑把信封拍到艾小倩的手里，说：“你快拿着吧，怎么地？我还晚了，你还想算利息呀！你要是敢给我算利息，以后你处一个男朋友我就抢一个。”

陈淑说得轻松随意。艾小倩的心却突地一下就疼了。

人这辈子谁都能有几个朋友，幼儿园的时候需要一个一起拉着手上厕所的朋友，小学的时候需要一个一起上下学的朋友，高中的时候需要一个一起说秘密的朋友，大学的时候就需要几个损友，互相挤对着走过青春的阳光大道。

但是谁能有她艾小倩这样的朋友呢，多少人帮助别人的时候都会大张旗鼓地陈述自己的付出和努力，来换取一大堆的谢谢。而这陈淑却用这样一个隐蔽又轻松的方式来帮助自己的朋友。

艾小倩脑子没有进水，那年半夜，陈淑疼得在床上打滚的时候，是她穿着睡衣就背起陈淑往外跑，也是她咣咣地踹门惊醒了门卫室的老大爷，更是她背着陈淑站在大路中间拦住出租车。

但是，绝对不是她划了自己的银行卡，因为她的银行卡里一直保持着两千元的数目，每月更新。而且她记得清清楚楚，陈淑被她背起来之前把钱包塞到了艾小倩的睡裤里。

陈淑说完这些话，还故意地说："为了你的男朋友不被我抢走，你就别算利息了！我走了！真要迟到了！下次再有鸭舌还给我留着！"然后她急匆匆地走了。

那时候艾小倩的眼睛都湿润了。

毕业三个月了，从妈妈那里拿了一千块，就再也不好意思张口了。虽然找工作屡屡受挫，但是艾小倩都没哭过。可是手里握着厚厚的信封，艾小倩眼泪就含在眼圈里。

所以，当她站在门外听到这个"模特"有薪水可拿的时候，她一下子就想到了陈淑。她不能再让这样的朋友操心了。她想象着陈淑拿着信封编撰一个又一个借口的时候，一定在镜子前面练习了很多遍。艾小倩心里特别酸。

她吸了一口气，又想起了胡总的那些话，一个员工的着装能力也影响着公司的形象。一只蚊子都应该具有模特的特质。她一个要成为模特的人类，也必须要不断提高自己的素质才行。反面教材也是教材！正好利用这个机会提高一下自己的着装素养，何乐而不为呢！

想到这，艾小倩回转身，推门进去。

"老师，我考虑好了，我来当这个模特。"

教室里的模特们都在窃窃私语。林娜皱起了眉头。

艾小倩被请到了讲台上，站在了刚才那具模特道具的位置。

"兰花指"很不客气地说："今天，我们讲到服装的搭配。每个人都要知道自己身体上的优缺点，比如你是不是身材比例不错，但是属于大脸盘；又或者你是不是脸型不错，但是脖子短。拿我们这位模特小姐来说，她比较胖，脸上的肉多，显得脸盘很大，而且脖子又短又粗。那么大家说说，她的服装和她的身材不相称的地方在哪里？这不是需要谦虚的时候，这时关系到你们今后对服装的感觉。大胆地说说。那位穿蓝色裙装的美女，你来说说。”

那位模特有点迟疑，说道：“她穿了这个窄小的娃娃领，显得脸庞更大。而且，这个领口这样规矩地系着纽扣，给人一种喘不过气来的感觉。”

“说得对，体态丰满的人一般有脸盘大、颈粗短的特点，而穿窄领口和领型的衣服会使脸型显得更大，应选择宽敞的开门式领型。船型领有使肩膀看来较宽的作用，能与肥大的下半身形成协调平衡的视觉效果。”

艾小倩低着头，眼睛余光看到林娜正认认真真地记着笔记。因为受辱也因为饥饿，艾小倩的额头上渗出了一些汗。

“还有哪些不协调的地方？”

一个模特说：“她这件横条纹的衣服也不适合，让她的上半身看起来更加臃肿。”

“说对了！体态丰满的人应该选择小花纹或者直竖条的衣料，才能使身体看起来瘦一些。”

艾小倩有些冒虚汗。“兰花指”老师继续讲解了在什么季节用什么样的围巾来装饰等等知识，艾小倩只是觉得时间过得真慢！

等到“兰花指”说先休息一下的时候，艾小倩觉得自己都摇晃了。

艾小倩找了个位置坐下了，第一个发言的模特递给她一张纸巾，一脸歉意，小声对她说：“不好意思，刚才都是为了上课，你别介意啊。”

艾小倩接过纸巾，笑笑说：“没关系，你说的都对。真没关系，你去休息吧。”

艾小倩胃里更加难受了，而且她想去厕所。“兰花指”告诉小倩下节课不需要她了，希望她明天再过来，穿一套休闲装来。艾小倩勉强地笑着说好，就去了洗手间。

艾小倩发现自己有点腹泻，不光胃疼，肚子也疼。因为三天没有吃主食，排泄物基本都是水了。

艾小倩从洗手间里出来，觉得特别饿，有一种必须吃东西，不吃东西就要疯掉的感觉。她往库房里走，她知道库房里还有矿泉水。她决定再喝点矿泉水充饥。她几乎是扶着走廊的墙在走。三两个模特凑到一起，议论着："那个新来的，叫什么？"

"艾小倩。"

"对，艾小倩，她怎么了？怎么会当这种模特，这就是反面教材呀。让老师这么从头到尾品评一遍，要是我都得去跳楼了。"

"对了，林娜，听说是你的室友。她平时就这么不正常吗？"

林娜说："女孩子，大概都想多赚点钱，买些漂亮的衣服穿吧！"

丁大卫和她们点头示意，拿着文件夹继续走。看到艾小倩扶着墙走的样子，很厌恶地瞅了她一眼，径直走了过去。

丁大卫是一个 28 岁血气方刚的小伙子，精力充沛，冷静狡猾。基本上来说，他是个认定目标就会努力拼搏的年轻人。胡总与丁大卫的父亲是老相识。丁大卫毕业就被父亲送到了这个模特公司，因为学服装设计出身，没有什么其他爱好，父亲的建议丁大卫也就没有反驳。丁大卫的想法是，生活嘛，且过且思考吧。

模特公司里的莺莺燕燕对丁大卫没有什么太多的好感，丁大卫论长相也就达到还可以的程度。模特们心高气傲，都希望找个拥有巨大人脉网的经纪人，一夜成名才好呢。所以丁大卫到这公司，也没有固定和某个模特签约，一直处在实习经纪人的状态。好在他也不着急。在他的认知里，模特界是个魔界，时尚圈是个怪圈，没有个三年五载的道行，他还真不敢伸出脚去试试这水的深浅，好在胡总倒是很信任他，有重大活动都带着他出席。他的工作做得也算基本合格。

那天陪胡总接了秦总上楼，一番商谈下来，非常愉快，秦总是省内某大企业的老总，想赞助个模特大赛冠个名，搞搞活动，提高一下企业的知名度。因为企业内有服装品牌，也打算顺便找个模特做代言。

两厢谈得愉快，秦总就把在楼下遇到艾小倩的事情当笑话讲了，顺便还提了提那只功劳卓著的蚊子。胡总心里喜悦，觉得艾小倩这个孩子，模特是做不了，但是貌似有点福相。生意人讲究合财，就觉得艾小倩这孩子和他这模特公司非常合财。她能带来这么可观的客户，给她安排个职位倒也不算吃亏。于是就让丁大卫照着艾小倩留下的电话号码，给艾小倩打了电话。实在没地方安排，胡总就安排了个后勤服务的位置，也就是在公司里打打杂。

丁大卫拿着文件送到胡总那里签字。

胡总签了字，随口问："那个艾小倩怎么样？"

丁大卫说："还行，听说还给兰老师做模特呢。"

胡总笑了："是，兰云浩刚才和我打招呼了，说让她做个反面教材，指点她服装上的缺陷，给新晋模特们敲敲钟，比光讲理论强，没想到艾小倩她竟然就同意了。这个年轻人吧，有种说不出来的感觉，不太一样。我觉得换任何一个女孩都不会同意的，那种侮辱不是谁都能受得了的。你说呢？"

丁大卫笑笑，想起刚才林娜她们的聊天，说："女孩子要是为了买个名牌包包、名牌鞋子，大概就不觉得这些是侮辱了。能赚钱就行了。"

胡总摇头，道："丁大卫，你说的不对，绝对不全面。"

丁大卫从胡总办公室出来，正看见林娜陪着姗姗姐在走廊旁的桌子边聊天。

姗姗姐随意翻着杂志，林娜自顾自地说："姗姗姐你不知道，我那个室友可有意思了。你听说她在做我们新人培训班的反面教材的事了吧？她有次在面馆吃饭，竟然一边吃一边把对面一个男人碗里的肉丝都夹到自己碗里了！你说她多有意思！"说完自己呵呵地笑了。

姗姗姐把杂志合上了，配合了一句："把别人碗里的肉丝夹到自己碗里了？她还真有趣。"

丁大卫听到这，十分气愤，心里就骂自己脑袋进水了，旋即就满走廊找艾小倩。他得和她谈谈，自己有生以来就这么点光荣事迹，她犯得着满世界地去广播么！

丁大卫找了一圈没找到，最后发现库房的门开着，艾小倩正在那里一手捂着肚子，一手拿着矿泉水喝呢！

丁大卫关了门，小声但是气愤地问："艾小倩，我都说了，我承认我那天脑袋进水了。就一碗面条，值得你当成谈资到处炫耀吗？"

艾小倩没有精神，说："我知道，一碗面条引发的冤假错案，没有丝毫拨乱反正的必要。我没说，我真没说。无论林娜还是陈淑，都不知道是你。我只出卖了这个事件，并没有出卖你，你放心。"

说着她又开了一瓶矿泉水。

丁大卫发现她有些不对头。

"你没事吧？"

"没事。"

"你怎么一直在喝水，好像还在冒汗？"

"我饿了。"

"中午没吃饭啊？饿了怎么能光喝水呢？"

艾小倩有气无力地说："我减肥。"

如果说丁大卫因为艾小倩只出卖事实没出卖他而有所感激的话，那么一句减肥又彻底把丁大卫拉回到对艾小倩的鄙视当中。

对于面条事件，其实丁大卫也没有给自己一个合理的解释。到底是为什么呢？为什么自己就那么诡异地把自己的肉丝一根一根送给对方了呢？

如果说对方是绝色美女，这好理解。

如果说对方是可爱萝莉，这也好理解。

如果说对方是可怜的乞丐，这更好理解。

但是对方偏偏是身材丰满、衣着邋遢，年纪轻轻却毫无生气的艾小倩胖子。丁大卫是真的解释不了。

丁大卫转身走了，又转身回来，说："这世界上胖子这么多，其实也不多你一个，这么为难自己干什么？"

艾小倩捂着胃，嘴里小声嘟囔着："说得好听，你这么胖一下你试试？把一个瘦子和我摆在一起，你挑一个你试试？站着说话不腰疼！"

艾小倩呼呼地冒虚汗，她发现一瓶水喝下去，胃里更疼了。

这时艾小倩的手机响了，不知道又是哪个助理在电话里叫："艾小倩，你藏哪去了？我这着急复印资料，你马上到三楼来。"

艾小倩咬了咬牙，天大地大工作最大，活得干，钱得赚，为了减肥就不能吃饭！

艾小倩在心里给自己打气，想着一些颠三倒四的事，又去了三楼，拿到复印材料，艾小倩都觉得上火。后勤服务真是个重要的岗位啊。这位助理，嘴里喝着一杯咖啡，在网上玩着斗地主，却把一张纸片递给艾小倩："复印三份。"

艾小倩瞅瞅他，又瞅瞅复印机。她目测了一下，离这位助理到复印机的距离不超过五米，复印三份就需要五步：1.把复印机打开；2.把纸放进去；3.按数字 3，然后按开始；4.再把资料取过来；5.把复印机关了。

艾小倩一边琢磨一边还是恭敬地把资料复印完递给他，顺便看了一眼他的斗地主结果——惨败！艾小倩不觉心里十分欣慰。

艾小倩从三楼出来，想躲到个安静的地方休息一会，找来找去，又回到了库房里。胃里难受，饿，喝点水又疼。艾小倩越来越没力气，觉得自己就要昏死过去了。

她拨了林娜的电话，林娜正在训练，接了电话，小声说："小倩，我训练呢，一会打给你。"然后就挂了电话。

林娜这些新人正在接受镜头感的训练，寻找面对镜头的感觉。丁大卫陪着胡总在旁边观看。看见林娜讲完电话，马上把手机关机，感觉有点异样。休息的时候，摄影师说换换服装，拿几套休闲装来感觉一下。助理才发现休闲装忘带了。他急匆匆地走出去，没去取衣服，却给艾小倩打电话。打了半天也没人接。丁大卫好心地问："没准备休闲装？"

"准备了，想让那个新来的后勤给送来一趟，没接电话，还得我自己去。"

丁大卫笑笑："快去吧。一会胡总着急了。"

丁大卫回忆刚才艾小倩的样子，好像身体真不舒服，林娜挂了她的电话，助理又打不通。丁大卫想想，往库房走了过去。

丁大卫到库房的时候，艾小倩已经瘫坐到地上了，她满头是汗，手狠狠地按着胃。丁大卫把艾小倩送到了医院。

好不容易排到一个病人很少的诊室。

男大夫正在讲电话："行了！别说了！我出诊呢！我都说了别说了，我出诊呢！挂了！"说完啪地挂了电话，满脸怒气凝聚，丝毫没有散开的迹象。这时候丁大卫明白为什么别的诊室排满了人，而这个诊室却这么少的人。

像终于找到了发泄的对象一样，男大夫看着他们两个，没好气地问："怎么回事？"

"我也不清楚，她一直冒汗好像胃还疼。"丁大卫说。

男大夫把火直接发到丁大卫身上了。"我问她呢！你不是病患，你知道她哪疼？”说着用手按了按艾小倩的胃部和腹部。艾小倩吱吱哇哇地喊疼。

“什么时候开始的？最近吃了什么？有拉肚子的情况没？”

艾小倩没力气回答。丁大卫看着着急，想了想，自从上次在面馆看见她和陈淑吃香蕉，好像就没看见她和同事一起吃过工作餐，好像还见过她几次吃香蕉，于是说：“三天了，她最近一直在吃香蕉。”

“吃香蕉？光吃香蕉？为什么？”

丁大卫说：“减肥。”

男大夫瞪了丁大卫一眼：“你要求她减肥的？”

“没有没有。”丁大卫直摇头。

“那是她为了你减肥的？”

丁大卫把头摇得更厉害了。

男大夫不屑地说：“好好的日子不过，减什么肥呢？”又质问丁大卫，“胖点不好吗？”

丁大卫连忙说：“挺好的，胖点挺好的。”

医生这才有了点笑脸：“就是嘛。”他问艾小倩：“你是不是采用什么香蕉减肥法了？”

艾小倩难受地点头。

“谁传授你香蕉减肥法的？和你有仇是吧？对方怎么告诉你的？光吃香蕉别吃饭是不是？你知道为什么猴子是猴子人是人不？就因为猴子光吃香蕉不吃饭！”

丁大卫看着这大夫就着急，眼见着艾小倩疼得直冒汗，这大夫就是不给开方拿药。

男大夫说得似乎很高兴，开始上有关香蕉的科普课了，他说：“香蕉里有丰富的果胶与水溶性纤维及酵素，利用香蕉丰富的纤维素，帮助排除体内宿便，达到润滑肠胃的作用；香蕉可以产生更持久的饱腹感，令两餐之间的食欲降低，减少进食零食的机会。”

他顿了一下：“但是！香蕉中含有大量的镁元素，如果空腹吃大量香蕉，会使血液中的含镁量升高，造成血液中镁与钙的比例失调，从而对心血管产生抑制作用。香蕉含有非常丰富的纤维，空腹吃会加快胃肠道蠕动，促进血液循环，增加心脏负荷，长期如此会引发心肌梗死，有心脏疾病的人尽量少吃。而且长期空腹食用则对胃酸分泌不利，影响消化，还会造成营养涉入过于单一。糖尿病患者，更不宜多吃，并且香蕉含糖量高，每天吃一根香蕉即可，大量食用香蕉也会长胖，特别是香蕉中还会有较多的钠，肾功能不良的人多吃香蕉等于多吃钠盐。肾功能不全的病人，食用香蕉过量，会增加肾功能的负担，延缓病情的好转，并有引起病情恶化的可能。”

说实话，丁大卫真没听进去。他就希望大夫赶紧开方抓药。

大夫看丁大卫听得不认真，有点不满意，问：“你听懂了没？”

“听懂了。”丁大卫像个小学生一样，回答得非常干脆。

他上学的时候就知道，如果不说听懂了，老师会循环往复地讲同一个知识点无数遍，然后同学们就没法下课上厕所，于是某个摇头说没听懂的同学下课后基本会被同学们骂得狗血喷头。后来同学们就都学乖了，老师一问：“听懂了吗？”所有的同学都会乖乖地异口同声大声喊道：“听懂了！”其实至少有三成的同学连听都没听，就和他现在一样。

大夫最后总结了一下自己的观点：“香蕉是有那么一点减肥的作用，但是也不能当饭吃啊！吃多了不就是腹泻了。她没什么大事，胃酸分泌过多，有点腹泻。回家喝点粥吧，吃点治疗腹泻的药，观察两天，有问题再回来找我。”

丁大卫心里说：“回来我才不找你呢！你多耽误事啊！”

丁大卫带着冒虚汗的艾小倩出了医院的门，不知道怎么办才好的时候，艾小倩说：“没事了，谢谢你。你走吧，我回家就行。”

“能行吗？”

“没事，下班林娜会照顾我的。”

丁大卫想想刚才林娜认真上课直接挂了艾小倩电话，又直接关机的样子，心想这个艾小倩好像和胡总说的一样，有点不一样——有点傻！

丁大卫问：“家里有药啊？”

艾小倩说有。丁大卫想想自己刚才说听懂了就是没听懂，那么艾小倩说家里有药就是没有药。丁大卫就扶着艾小倩，找了药店买了药，又在一个粥王店买了粥，送艾小倩回家了。

人啊，要是精神抖擞的时候想的事情就特别多，比如注意坐姿不能走光了，或者算好账别让卖水果的多坑了钱，或者说话之前一定要三思。但是要是你拉得都虚脱了，满身冒虚汗，像艾小倩这样的时候，想法就非常单纯了。因为你就啥都顾不上了，你就想赶紧躺床上，赶紧别疼了别折磨你了。

于是丁大卫提议送艾小倩回家，艾小倩也没反驳。车子到了家楼下，丁大卫也就送她上楼了，丁大卫拿钥匙开的门。艾小倩进了家门，直接就冲洗手间去了，继续腹泻。

丁大卫简单看了看这房间，丝袜在沙发上，文胸在茶几上，香蕉皮老老实实趴在垃圾桶旁边，拖鞋形单影只没有成双的，总之一片狼藉。

丁大卫觉得以艾小倩的形象家里这个样子可以理解，但是那个林娜看起来干净利落的，原来也这样啊！

从洗手间出来，看看丁大卫连个坐的地方都没有，她本来想说点诸如不好意思房间太乱了之类的客套话了，但是刚才也说了，她真是无暇顾及了。丁大卫找了只碗，把粥倒出来，给艾小倩。说：“大夫说，少喝点粥。然后吃点药。就好了。”

艾小倩有点眼泛泪光，说："我减肥呢！都三天了，我都瘦了三斤二两了。现在吃粥就前功尽弃了。"

丁大卫把刚才说的话又重复了一遍："世界上胖子这么多也不多你一个。大夫都说了胖点挺好的。"

艾小倩没吃，去站体重秤去了。一看，这腹泻真有效果，已经瘦了四斤三两了。短短三天。

吃还是不吃，问题非常纠结。艾小倩看着这碗冒着热气的粥运气。丁大卫有点不耐烦了。

"你慢慢研究吧，我先走了。"

艾小倩这时候电话又响了。陈淑发来慰问。

"怎么样，怎么样？艾小倩，香蕉减肥法怎么样？都三天了，有点效果没？"

艾小倩有气无力地回答："瘦了四斤三两。"

"不错呀。效果不错呀！咦？不过你怎么这么没力气？新工作很累呀？"

人啊，要是遇到啥困难，比如单位领导莫须有地骂了你一顿，比如一个陌生人突然就指责你什么做得不对，比如很好的朋友因为一点小事冤枉你。你可能都不会哭，但是突然有个人问你"怎么了"，你给自己建造的坚强堤坝一下子就会决口，眼泪就掉下来了。

艾小倩竟然抽泣起来："陈淑，我瘦了，可是我拉肚子了。我胃疼，我没劲，我看见什么吃的都想吐，我现在冒虚汗呢。"

陈淑立刻就心疼了，在电话那边说："艾小倩，咱不减了！非得瘦下来呀？非得当模特呀？你看韩红那么胖歌唱得不照样好听嘛！不减了！吃饭！好好吃饭！要不我晚上去给你做好吃的吧，给你炖点红烧肉吃吧。"

丁大卫看着艾小倩的样子，没忍心离开。

艾小倩放下电话，抽泣着开始喝粥，一小勺一小勺的，把整个一大碗粥都吃了。然后丁大卫给她拿药倒水，一直伺候她上床休息。

可能是吃了点粥有力气了。艾小倩开始注意家里的样子和自己的状态了。

“不好意思，家里没收拾。”

丁大卫环顾四周，用那种很敬佩的语气说：“两个女孩子的房间乱成这样也真挺不容易的。”

艾小倩没啥可反驳的，硬撑着说：“其实99%的女人家里都是这样子的，无论她们在外边多么风光。”

艾小倩一有了精神，丁大卫倒有点尴尬了，他说：“你好好休息吧，我已经帮你和老板请假了。你好好睡一觉，然后好好吃饭吧。减肥减到你这个样子，挺恐怖的。”

艾小倩笑了一下，说：“谢谢你啊！”

艾小倩在减肥日志里写道：

香蕉减肥法

欲速则不达

第三章

他说的是:墙太凉

丁大卫继续说:“一个女孩子为了名牌包包或者鞋子到底能到达怎么样的底线我不知道。但是，你身上确实有一种江湖上失传已久的厚脸皮绝技。”

第二天一大早,艾小倩穿着休闲装来到了公司,迎面就遇到了丁大卫。丁大卫看见她,问:“好了？”

“好了。”

“你今天有活动？”

“什么？”

丁大卫比划了一下自己的脸,艾小倩想起来自己早上化了妆。

“啊,我在新人培训班做模特呢。今天老师让穿休闲装,我配合这个衣服化了妆。”

丁大卫又看了一眼,心说“配合”这两个字真让你糟蹋了。

艾小倩站在教室前面,“兰花指”老师一看她吓了一跳。

“艾小倩姑娘,你还化妆了。”

艾小倩点点头。

艾小倩今天的服装搭配是：白色带帽休闲装＋浓妆。

“兰花指”继续没客气：“今天我们的模特穿了一套白色的休闲装。因为身材原因，我不建议体态丰满的人穿过于淡的色彩，比如黄色，比如白色，都只会显得更胖。今天模特化了妆，那我们就来研究一下化妆和服装的搭配问题。”

然后又说：“今天艾小倩姑娘化了浓妆，事实上，这样的浓妆比较适合晚间社交。晚妆与日妆相比，晚装注重妆色浓艳，由于晚间社交活动一般都在灯光下进行，且灯光多柔和、朦胧，不易暴露出化妆痕迹，反而能更加突出化妆效果。如果妆色清淡，就显不出化妆效果。因此，晚妆基本比较浓艳些。眼影色彩应尽可能丰富漂亮，眉毛、眼形、唇形也可作些适当的矫正，使其更显得光彩迷人。晚间化妆，一般是出于应酬的需要，处在一种特定的环境中，它给化妆创造了一种愉悦的心境和良好的氛围，能使人产生一种梦幻般的感觉，这是施展个人化妆技能的极好时机。因此，化晚妆时可在不超越所允许的范围内，充分发挥自己的想象力，把自己打扮得更加漂亮，更引人注目。最后，由于晚间灯光比白天弱，因此妆面要化得比白天清晰、明亮些，否则就达不到化妆效果。但是我们的艾小倩姑娘今天是非常随便的白色休闲装，连帽拉链的运动上装，配套白色休闲裤。这样的休闲妆配上浓妆是不适合的。艾小倩小姐今天的唇彩用了粉色的珠光唇彩，光泽不错，但是和蓝色的眼影、白色的休闲装一配合就显然格格不入了。”

接着又说：“我相信，艾小倩小姐整个化妆的过程不超过5分钟，我没说错吧，艾小倩姑娘？”

艾小倩勉强挂着笑容。

“平时我们做休闲打扮的时候，该如何化妆才合适呢？那就是既不能过于浓烈，又要看起来精神饱满。首先，眉毛不能不管，眉毛是我们的五官当中最方便按照我们的意愿改变的，画好眉毛会显得人很有精神。今天艾小倩姑娘，用纯黑的眉笔描画眉毛，这是一处败笔，漆黑的眉毛在日妆中过于突兀，有点那个《火影忍者》里的小李的感觉，建议最好换成灰色。

“艾小倩姑娘用了眼线笔画眼线，而且你没有晕染，这样的眼线让人看起来比较凶，其实可以用棉花棒慢慢向外晕染一下，会柔和不少。

“艾小倩姑娘没有打腮红，很多亚洲女生都觉得脸白白的比较好，这基本是一个误区。其实，日妆里能够化腐朽为神奇，就是腮红。适当地用点腮红反而会显得气色更好，而且在阳光的照耀下，更会显得可爱。总之，休闲的装扮，配上充满活力的妆容，走在大街上，谁都愿意多看两眼这样一个自信的美丽女孩。艾小倩姑娘，你觉得怎么样？”

艾小倩抬头看看老师，笑了笑。

结束了这一节课，艾小倩没有停留，她知道身后一定有很多模特在议论她，就算她们今天的妆容也不一定成功，但是有艾小倩在，她们完全可以认为自己的化妆技巧出神入化。艾小倩匆匆赶到库房，拿出自己的日志，把刚才老师讲的知识一一记了下来。

同时，她把前一页写着香蕉减肥法的内容打了一个大叉。

艾小倩忙了一天，回到家里，按照老师的要求，坐在镜子前面给自己画了一遍又一遍，然后她走出去问了问林娜的意见。

林娜似乎很同情地说：“小倩，你何必去当那个模特呢。兼职也没有多少钱。‘兰花指’嘴上无德，我都替你气愤。”

艾小倩拍拍林娜的手说：“没关系。没有苦中苦哪有人上人。反面教材也是教材。”

“你现在都好了吧？真不好意思，培训课程特别紧，我都没来得及接你电话。”

“好了，你看，我都没事了。香蕉减肥法对我不奏效。我的胃肠功能不行，光吃香蕉会要了我老命的。我会换一个方法的。”

“不过，小倩，你好像真瘦了点啊，你的脸都没有从前那么圆了。”

“是吗？”艾小倩摸着自己的脸很得意的样子。

“对了，昨天你自己回来的？”

艾小倩说：“不是，丁大卫送我回来的。”

“丁大卫？你们怎么会认识？”

艾小倩刚想说那个“肉丝面”就是丁大卫，但是想起来自己说出只出卖了事实没有出卖他，所以说：“碰巧遇到的，我当时在库房里几乎晕倒了。”

“哦。”林娜若有所思。

林娜对艾小倩的化妆给了一点建议，但是言辞谨慎，几乎都用了“也许”“大概”“可能”这样的字眼，让艾小倩有点不知所措。

晚上陈淑打来电话，听说艾小倩还要减肥，坚决不同意：“行了，行了，要命还是要美？世界上胖子这么多也不多你一个，你就放弃你的模特梦吧！”

艾小倩说：“你怎么和丁大卫说的一样？”

“丁大卫是谁？是个男的吧？”

艾小倩说：“是个男的。”

陈淑的话题就很快回到主题：“男的？长什么样？性感不？有型不？钱多不？”这些问题不用艾小倩回答，陈淑就给出了结论，“上吧，姑娘！先上之而后快之！”

艾小倩无奈，说：“那什么，我先挂了啊。”

艾小倩哪有工夫想这些。眼前第一大事，还是要减肥。就算这世界胖子很多不多她一个。她还是希望自己能够一胳膊一胳膊地从胖子那个战壕里匍匐爬到瘦子的阵地中，就算这中间隔着千山万水荆棘密布也不能阻挡她前进的脚步。

放弃谁不会？但是俗话说不到黄河心不死，不撞南墙不回头。艾小倩坚定地认为她还没见到她的黄河呢，所以还不能死心，而且，她也还没撞到她的南墙呢，所以，也不能回头。

艾小倩在模特新人培训班做反面教材已经两个星期了。说实话，艾小倩在自己的小本本上已经记了很多有价值的信息。比如，胖子穿横纹上衣是可耻的，休闲装加浓妆是背叛祖国的，脖子短的人穿娃娃领带扣上衣是侮辱衣服的。艾小倩其实非常认真，条条框框记得万分详细，而且她还画了胖乎乎的漫画姑娘作为自己的缩影，让笔记看起来不那么残忍，平添了几分可爱。

艾小倩已经连续十多天换不同的衣服供"兰花指"和学员们鄙视了。但是，聪明的艾小倩在着装上也确实有了一定程度的进步。今天一早，艾小倩穿着一件灰色的T恤，一条黑色圆点的褶褶裙，下面穿一双灰色的布鞋，配上丝质的短袜。艾小倩在镜子前面看了一遍又一遍，觉得衣着特别合体了才出门。在从前的七次里，艾小倩也尝试过听一听林娜的意见，但是林娜的意见总是太模糊，艾小倩也不好意思问得太详细，索性就自己一路摸索着走了过来。

新人培训班里，艾小倩站在讲台上。"兰花指"今天心情不错，没有直接对艾小倩的穿着提出批评，破天荒地点了点头，这让艾小倩大喜过望。模特们认真地审视着艾小倩的穿着，等着"兰花指"的指示。

"那个，林娜，你来说说艾小倩今天的服装搭配失败在哪里。"

林娜显然一惊。前面几次林娜都没有发言，今天突然提到她，她显得有些紧张不安："那个……老师，我……"

林娜看着艾小倩，她显然十分顾忌艾小倩的感受一样，支吾着没有说话。

"没有一点失败的地方？身为模特，你们应该对时尚有敏锐的触觉才对。你们每个人走出这个办公楼的大门，都代表着兰朵模特公司的形象。我可不希望将来你们出去说是我的学生，竟然连一套普通的服装搭配都找不出亮点和不足！”

林娜又为难地看了一眼艾小倩。艾小倩用鼓励的目光看着她，心里在说：“没关系，林娜你说吧，没关系。”

这时候，培训室的门开了，丁大卫陪着胡总和秦姗姗来到培训室。

“兰花指”示意大家鼓掌，他本人也急忙迎上去。

“胡总您好，感谢您亲临新人培训室。啊，姗姗小姐，欢迎欢迎！来得正好，我们正给新人上课，请胡总和姗姗小姐给她们指导指导。干什么呢？鼓掌啊！”

大家热烈地鼓掌。胡总摆手示意大家停止，说：“不用，都是自己公司的职员，没什么训话那一套。每一期的新学员我们都给予厚望。兰老师是界内顶尖的指导老师，请大家认真听从兰老师的指导，早日脱颖而出，成为像姗姗一样的超级模特！好了，继续，你们继续，我们看看。”

“兰花指”看向秦姗姗：“姗姗小姐给学妹们说点什么吧！”

秦姗姗摆手，“兰花指”继续给出请的姿势。秦姗姗于是向大家点头致意，说：“我也是兰老师的学生，比你们早两期。兰老师确实严厉，但是严师出高徒，大家一起努力吧！”

学员们鼓掌，“兰花指”继续上课。

“刚才讲到哪了？啊，对，林娜，你说说今天艾小倩的服装搭配有什么不足吧！”

林娜向胡总方向深鞠一躬，面带微笑，腰肢也挺拔起来。

“今天艾小倩的服装搭配，总体上来说，还是好的。她巧妙地避开了从前特别显胖的暖色系，改为冷色系搭配，上装下装比较统一。不足之处有两点：第一，圆点褶裙配灰色T恤正常情况下比较好，但是艾小倩大腿过粗，裙长不够，所以，暴露了这个缺点。第二，袜子的搭配是最大的失败。平跟布鞋，可以搭配同质地的棉袜或者选择暗色长筒袜，而艾小倩偏偏选择了丝袜，显得不伦不类。当然，艾小倩今天不施粉黛，整张脸也过于素净，缺乏神采。”

“兰花指”带头鼓掌：“说得好！简单到位！艾小倩，现在你知道你的着装不足在哪里了吧？”

艾小倩带着勉强的笑，点了点头。

秦姗姗看看站在讲台上，在身后不断摆弄手指的艾小倩，突然想起自己当年初到城里灰头土脸的样子，心里不免有些感慨。

艾小倩走下讲台，到旁边拿起自己的本子，一字一句把刚才林娜的点评都记了下来。有人拍拍她的肩膀。艾小倩抬头，看见秦姗姗正看着她：“艾小倩，请你过来帮我一个忙好吗？”艾小倩忙收起记事本，跟在秦姗姗的后面。

两个人走在走廊上，秦姗姗穿着高跟鞋，艾小倩越发觉得自己太矮，要仰视才能看见秦姗姗的脸。

“艾小倩，你为什么要做这个兼职？其实这是一个挺不容易的工作啊！虽然只有一个月，可是站在那里接受别人的指指点点，不是任何一个人都能做到的。”

艾小倩摸摸头发：“我其实欠了室友 3 个月的房租了，总要还给她的。我还有一个朋友，她为了支援我，撒谎说自己欠了我钱硬塞给我五千块。所以我觉得，虽然不容易，但是能赚点钱总是好的。”

秦姗姗“哦”了一声，等着艾小倩继续说下去。

“而且，虽然脸上会发热，但是我的头脑是慢慢被填满的。姗姗姐您不知道我刚到公司的时候穿衣服更可怕。现在其实都好多了。虽然被别人指指点点，但是这也是一条我快速学习的途径啊！”

秦姗姗点点头：“其实，不瞒你说，我从农村走出来的时候，和你现在一样。不过，时尚这个东西，慢慢地你就会培养出感觉来了。我从前跟在时尚后面跑都追不上，现在我倒觉得可以引领时尚了。你慢慢会有所体会的。别放弃，要加油！”

“谢谢姗姗姐！”

“别客气，我听说，你要当模特？”

“是的。我一定要当模特！”

“嗯，我当年也和你有一样的想法，所以，好好努力，先减肥吧！”

艾小倩嘟起了嘴：“姗姗姐，你有什么保持身材的秘诀吗？我一直在减肥，也没有效果啊！”

秦姗姗想了想说：“欲速则不达吧，不能太着急。减肥，无非也就是控制饮食，加强运动。持之以恒就一定能成功。对了，你试过五点一线法吗？就是后脑、肩、臀、小腿肚、脚跟五点呈一直线紧靠墙面，收腹挺胸提臀，脚掌并拢，大腿夹紧。这虽是模特的站姿训练基本功，但是如果你认真坚持，会发现简单的五点一线法会让你挥汗如雨的，也能达到减肥的效果，你不妨试试吧。”

“是吗？”艾小倩满眼冒光，然后千恩万谢地拉着姗姗的手，“谢谢姗姗姐，谢谢！”

秦姗姗微微笑着，说：“那你去忙吧。希望有一天，我们同样站在T台上展示我们的青春年华。”

艾小倩乐颠颠地往库房走，身后丁大卫过来找秦姗姗有事。秦姗姗说：“你看这个艾小倩，虽然普普通通，但是她身上某个地方却闪闪发光。”丁大卫笑着没说话，秦姗姗回头看着丁大卫，说：“知道这是什么吗？是一种理想或者说信念，支持着她。看她好像有点愣愣的样子，其实她有一颗坚定火热的心，只要走对了路，我相信这丫头将来一定有发展。”丁大卫没觉得有这么深的感触，但是胡总也说这个丫头不一样，姗姗姐也说这个丫头有发展，丁大卫倒不由得有些疑惑，这个叫艾小倩的身材走样却要做模特的女孩到底是怎样的一个人，引起了他的注意。

艾小倩一路上嘟囔着五点一线法五点一线法。林娜追上来，和艾小倩道歉："小倩，刚才的事，你一定不要放到心上啊。我也只是回答问题。你知道我们是好朋友。"

艾小倩还沉浸在找到一个减肥秘方的快乐里，摇着林娜的手说："你说什么呀，我们本来就是好朋友么，我怎么会在意呢。我当然不在意，那是培训课堂嘛！很正常。你说的也都没有错。别放在心上，你去训练吧，我还有很多工作要做呢。"

"哦，好的，小倩你人真好。刚才姗姗姐找你……没有批评你什么吧？"

"没有，怎么会呢。姗姗姐那人真的挺好的。她鼓励我来着！林娜，你放心，我一定不会放弃的！我一定要减肥成功！我要加油！"

"哦。"林娜拖着长音，有点疑惑地离开了。

艾小倩进了库房，把一些物品搬来搬去，一点都不觉得累。等收拾妥当了，艾小倩就靠在墙上，按照秦姗姗说的方法，调整站姿。但是这五点要连成一线，并没有艾小倩想的那么简单。小腿肚想要贴在墙上整个身体就会非常累，而且稍一放松，小腿肚就离开了墙面。艾小倩站了五分钟，就觉得小腿肌肉酸疼，并且这冰冷的墙把所有的凉气都送到她的小腿肚里。

丁大卫推门进来的时候，看到艾小倩龇牙咧嘴贴在墙上，而且，屋里没有窗户，还没有开灯，所以一眼看到艾小倩贴在墙上，丁大卫吓了一跳。

"艾小倩，你干什么呢？吓死我了！"

艾小倩有点喘："没事儿。我练站姿呢。有什么事情吗？"

"啊，胡总让你把宣传资料送到办公室呢。不过，你这站姿，怎么那么吓人呢！用不用我找几个大头钉给你钉墙上啊，那样姿势还能标准点。"

"你说点好听的舌头能短一截吗？"

丁大卫站在门口，抱着肩膀看着艾小倩。

"哎，你能离开点不？你这么看着我，我有点紧张。"

"紧张吗？在培训班里给人当反面教材都不紧张，这有什么紧张的呀。"

艾小倩瞪他。

丁大卫继续说："艾小倩，我其实挺佩服你的。你身上有种江湖上失传已久的绝技。"

"什么绝技？百折不挠？"

丁大卫摇头，道："不要糟蹋'百折不挠'这个词。当你用百折不挠来形容自己的时候，你也要首先考虑一下百折不挠的感受。"

艾小倩不搭理他。

丁大卫继续说："一个女孩子为了名牌包包或者鞋子到底能到达怎么样的底线我不知道。但是，你身上确实有一种江湖上失传已久的厚脸皮绝技。"

艾小倩本来想看在他曾经送自己去医院的面子上，解释一下反面教材这件事的来龙去脉，提提自己亲爱的朋友陈淑，但是听他这么一说，艾小倩觉得没什么解释的必要了。

"滚！"

"一个女孩子，你说话不能含蓄点吗？"

"请你现在团成一个球以一个比较圆润的方式迅速离开我的视线。"

丁大卫还是不走："胡总让你送宣传资料去。你没忘是吧？"

艾小倩说："没忘。"丁大卫走了几步，又回来了。

"艾小倩，你这个方法真不行。"

艾小倩把头偏向另一边不看他。

“我说真的你怎么还不信呢，这个站姿可以练，但是，你现在贴在这个墙上，墙太冷，你的小腿会受凉的。抽筋是小事，将来留下病根，就后悔莫及了。”

艾小倩觉得他说的有道理，问了一句：“真的吗？”

丁大卫不置可否，说了一句“自己考虑”就走人了。

艾小倩也觉得这小腿是越来越冷，都有点发麻了。她从墙上离开，回手还摸了摸，觉得确实挺凉的。

那天下班，艾小倩磨磨蹭蹭地往外走，也不知道晚上该吃点啥。从前她不上班，还会想着做点好吃的给林娜吃。现在上了班，林娜也比从前忙了很多，反而没时间吃饭了。而且，自从下决心要减肥，艾小倩对吃也尽量敬而远之。回家要不是为了吃吃喝喝，好像也没什么奔头。

艾小倩往外走，接到陈淑的电话。

“我在顺风派出所呢，你过来接我吧！哎！我还没说完呢，你们干吗抢我手机！”

艾小倩盯着电话愣了一瞬间，然后疯了一样地往外跑，看见丁大卫钻进了一辆出租车，她两步跑到车前，伸开双手拦住了车。出租车嘎的一声停住。司机师傅吓出一身冷汗！摇下车窗就开骂：“你找死啊！”

艾小倩没管那个拉开车门就上了车。

“师傅，顺风派出所，快点！”

师傅没说话，丁大卫说话了：“你不要命了！敢拦车！我着急赶路！你另找一辆车吧！”

“司机开车，顺风派出所。快点开车！没听见啊！”

丁大卫说：“不顺路，司机师傅，让她下车！”

艾小倩说：“不顺路你下车！”

“你下车，我先拦的出租车！”

"你下车,司机先去顺风派出所!"

"司机让她下车!"

两个人你来我往,谁也不让着谁。司机师傅惊魂未定,就听到他们这么吵架,更生气。

"你们都下车!"

艾小倩急了:"师傅你敢拒载,我就投诉!"

司机师傅一口气憋了回去,不知道说点什么好,见司机师傅还是不动。艾小倩喊了一句:"没看过小两口吵架呀!开车!先到顺风派出所!"

司机看着后视镜,丁大卫推门要下车,想想,算了,关好门。"师傅开车吧,先到顺风派出所。"

这一路上,两个人都扭着身子谁也不搭理谁。

艾小倩时不时地还吼一句:"师傅,你开快点!耽误大事了你负责啊!"

司机师傅往后视镜里看看,想发作,看看两个人的状态,忍住了。

终于到了顺风派出所,艾小倩急急忙忙下车就跑,车费都没付。司机师傅回头问:"车费你付的,是吧?"

丁大卫只好说:"是,我来付。"他坐在那瞅瞅顺风派出所,又想想刚才艾小倩的样子,说,"司机师傅,我也在这下车吧,多少钱?"

丁大卫付了钱,走进顺风派出所,刚进门,就听到一个高亢的嗓音以立体环绕声的效果在整个办公楼里回荡。

"你们凭什么抓我?"

"他劈腿在前,我打他在后,你们怎么不抓他?"

警察的声音传过来,耐着性子:"你承认你打人了是吧?"

"我没打!我都警告他让他给我滚蛋了,谁叫他非跟着我!"

门口两个警察喝了一口水,摇头:"也不知道谁,这都要下班了,非送来这么个母老虎来。人家小两口吵架,人民内部矛盾,非得报警给咱们送来,这倒好,这么久了就不肯配合录口供,我看咱又要加班了!”

丁大卫走过去:“请问,警察同志,刚才进来的一个胖胖的女生去哪了?”

警察挺高兴,以为是来接陈淑的:“你是……”

“找人的。”

警察笑脸没了,指指里面,丁大卫找过去,看到走廊里一个门敞开着,立体声就是从这里传出来的。

“我让他滚谁让他不滚的?你们抓我干吗?干吗不去抓他?”

艾小倩的声音小小的:“陈淑,你小点声,好好说。”

“艾小倩你是不知道,那个混蛋……”

陈淑劈里啪啦地讲了讲自己的遭遇。事情是这样的:话说陈淑到了这个新单位,因为个性活泼,表面上又装得一副淑女样,大家都喜欢她。有个和她年纪相仿的女孩子叫苏亚丽,非要给她介绍个对象,说对方是自己的大学同学,电信公司搞技术的,学历好人也帅。陈淑当时还问:“你也没对象呢,怎么介绍给我?”苏亚丽说:“他不是我喜欢的类型。”

陈淑想起那句最恶心的话——“那些都是极好的,只是我不喜欢。”一想也对,有些东西好到完美但不是自己的菜也没办法,于是就同意了。

别说,这个搞技术的还真不错,送礼吃饭看电影,节目虽然有些俗套,但是还算大方有趣,陈淑和他处了一月有余。今天恰逢男孩子出差一个星期才回来,陈淑让男孩到自己家来。陈淑提前请假买了些菜,回自己住的地方就忙活起来准备了一桌子好吃的。

陈淑本着该推倒时就推倒的原则,认为一月有余也是时候滚个床单了。话说自己的空窗期也有些日子,时间太久会长痘痘的。长痘痘这事陈淑的观点一向是“饮食和睡眠都是无辜的,罪魁祸首是滚床单”,这样的话她经常说，艾小倩从来不当回事。但是那个坐在桌子后面的警察叔叔刘警官有点吃不住劲了，一看这丫头 20 多岁，说起话来口无遮拦，他木木地看着眼前的丫头，一脸的无奈。这些香艳的词汇和话语，就这么轻而易举地从陈淑嘴里说出来，他都听不下去了。

话说陈淑准备好一桌子好吃的，等着佳人归来的时候。噩梦就开始了。

她估计男孩也该到了，就站在窗口巴望着，没想到，一伸头，就看见男孩和苏亚丽正在楼下亲昵，亲得天翻地覆，浑然不顾周遭的过往人群。

陈淑正拿着菜刀准备切土豆丝呢，于是她手起刀落，菜板子被剁得哪哪响，不一会的工夫土豆丝就变成土豆馅了。陈淑剁完了土豆馅，越想越觉得窝囊，心说我堂堂陈淑怎么还能躲在房间里让五十六个民族看轻？于是，她拎起一个平底锅就下楼了。

看见陈淑，一对奸夫淫妇登时就愣了。男孩看着满脸怒气的陈淑，说："陈淑，你，你听我解释！"

陈淑抬手就给了他一平底锅："跟上帝解释去！"

男孩应声倒地，苏亚丽哇地叫起来，陈淑才想起这个小贱人，回手又啪一下给了女孩一耳光，然后吐出一口恶气，上楼吃饭去了。等邻居报警，警察叔叔敲门的时候，她正喝汤呢，像个没事人儿一样，听郭德纲讲故事笑得汤喷了一茶几！

说到这，陈淑说："艾小倩，你说苏亚丽是不是贱人？她要是看好了，姑奶奶让给他就是！男人说到底，也就是一件衣服，换哪件穿还不一样。"

艾小倩没说话，桌子对面正准备记笔录的警察叔叔这下惊得咽下一口口水，眼睛瞪得老大。

艾小倩对警察叔叔说："警察同志您也听明白了，这事也不能全怪陈淑啊。”

警察叔叔很高兴，终于知道嫌疑人的名字了。陈淑，看上去像个淑女，其实真不是那么回事。

“本来就不怪我！他劈腿你们怎么不抓他！”

刘警官耐心解释：“姑娘，劈腿是道德问题，伤人就是法律问题了！”

“我哪伤人了？是平底锅把他打伤了，和我有什么关系！”

丁大卫站在门外，本来想过去问问情况，看看有什么能帮忙的。但是他还真被陈淑用词之生猛给吓回去了。陈淑他是见过的，在面馆里，问艾小倩自己性感不的那个姑娘不就是她么。丁大卫看艾小倩焦急得要命，而陈淑却满不在乎趾高气扬地谈论自己的光荣史，心想，这傻呵呵的艾小倩和这大咧咧的陈淑怎么还能成为朋友呢？

这个时候一个头上顶着大包的男生和一个漂亮的女生冲了进来。

男孩喊：“陈淑呢？听说你们警察把她带这来了！”

门口的警察疑惑了，这个有共产党员坚定意志死活不录口供的丫头还这么有人缘呢？

问清楚情况，警察很高兴，赶紧领着男孩和苏亚丽走进了房间：“刘警官，这位先生是来领人的。”

男孩喏喏地点头：“是，是，我是来领人的。不关她的事，是我不对，你们不要难为她。”

刘警官说：“那你是伤者，你的意思是不打算追究是吧？”

“不追究，不追究！”

“好，去签个和解书，人领回去，我们结案了！”

这时候陈淑骄傲地站起来，对着刘警官说：“我说和我没关系吧！”

艾小倩连忙去拉她的胳膊：“陈淑，我们走吧。”

丁大卫也跟着一群人往外走，陈淑走到一个桌子前，签了名字，男孩也赶紧过来签名，嘴里还说："陈淑，你误会了，我跟你好好解释一下。"

他不说话，陈淑也不生气，一说话陈淑就来气了。她慢慢地转身，面露微笑，看看男孩，又看看苏亚丽。男孩挺高，比陈淑高出差不多一个头，苏亚丽躲在男孩后面，看都不敢看陈淑。

陈淑笑得很诡异，嘴里骂一句"奸夫淫妇"，脚下用力，蹦起来一头撞向男孩的下巴，男孩一个趔趄，没等直身呢，脚上又被细细的高跟鞋狠狠地踩了两下。他嗷嗷叫疼。苏亚丽去扶他，陈淑也没惯着她，还是微笑着，脚起鞋落，也送了她两次尖细的鞋跟，然后大摇大摆地走出了大门。

一位不明所以的警察真诚地对男孩和苏亚丽说："你们可以告她的。"

苏亚丽不吭声，男孩忙说："不告，不告。"

艾小倩这时候也气愤填膺，站到男孩面前："你怎么称呼？"

"刘强。"

"我是陈淑的好朋友，以后你要是再敢欺负陈淑，别说我不客气。"

刘强不敢和陈淑怎么样，这时候想在艾小倩这找发泄："你敢怎么样？"

艾小倩也不知道哪来的勇气，啪一下就给了刘强一个耳光。刘强反手就要打艾小倩，丁大卫抓住他的手："这里是警察局。要不你就去告这个姑娘，要不你就给我老实一点。你的光荣事迹，不，你们两个的光荣事迹，我觉得传出去对谁都不好。"

苏亚丽赶紧过来拉刘强，小声说："算了，算了，走吧。"

艾小倩抬起下巴，往外走，丁大卫跟在后面，说："你跟着起什么劲啊？"

艾小倩不知好歹地停下来瞪着丁大卫说："你们男人，没一个好东西！"说完追上陈淑，挽着她的胳膊走了。

陈淑摸摸自己的头顶，刚才那一下又准又狠又解气，不过，头还真疼哈！回头看见丁大卫，陈淑小声问："谁？你男朋友？"

"不是，不是，我同事。"艾小倩忙解释。

"纯同事？"

"纯同事！"

陈淑喊丁大卫："哎，'纯同事'，请我们吃饭吧。我都饿了。"

其实今天是丁大卫妈妈的生日，尽管老两口一直说不需要他这个大灯泡陪，两个人要自己浪漫，丁大卫还是希望请父母吃顿饭，表一下孝心。于是他订好了饭店，着急过去和父母集合，没想到艾小倩生生地就把车拦下来。他担心艾小倩在警察局有什么事，就跟到了警察局。这时候事都解决了，他其实着急回去。

艾小倩一直推陈淑："人家还有事呢！干吗要人家请客？我请你吃好吃的！丁大卫，谢谢你啊，你是有急事对吧？"

丁大卫还没回答呢，陈淑抢过话来："丁大卫？这名字咋这么熟呢？我们家小倩总是提起你，说你在工作上给了他很多帮助，说你是个非常善良的好人，说你特别英俊，还说你……"

艾小倩去堵陈淑的嘴："你干吗，我哪有提到他？我什么时候说他又善良又英俊的？"

陈淑推艾小倩的手，问："丁大卫，'纯同事'，你真有急事吗？"

丁大卫平时也算是个能说会道的人，但是今天面对陈淑，他真遇到对手了。陈淑这句句话都将军，让他确实无法招架。这时候电话响了，丁大卫接了电话。

"妈，我这有点事才忙完。"他没等说完呢，他妈妈说了，夫妻俩不喜欢他订的什么高档饭店，决定自己找地方随便吃点，也让丁大卫不用过来了，忙自己的事要紧。丁大卫一看这情况，明知道陈淑是将军呢，也只好假装投降。

“我没什么急事。走吧，我请你们吃饭，给你们压压惊。”

这边陈淑不爱听了：“谁受惊了？你搞清楚！哎，艾小倩，你的纯同事什么水平。”

艾小倩尴尬到不行，想起来刚才为了抢出租车，自己厚着脸皮说：“没见过小两口吵架呀！”想想自己脸都红了！所以艾小倩极力地希望陈淑能放丁大卫赶紧离开，但是丁大卫也能凑热闹还就中了陈淑的计。

丁大卫就近找了一家私房菜馆，里面装修相对简单，但是十分干净，灯光明亮，艾小倩看着倒是很喜欢。

丁大卫找了一个靠窗的位子，然后去吧台和服务员研究菜式和饮品，陈淑似乎没有受一点点失恋的影响，反倒对艾小倩十分关心。她一面偷偷瞄着丁大卫，一面小声问：“和丁大卫那个纯同事什么关系？”

“什么什么关系啊，就是同事。”

“真是纯同事？”

“真是纯同事！”

“纯到什么程度？”

“纯到都可以拿去祭河神了！”

“屁！一个纯同事能陪你到公安局接你的闺蜜出来？一个纯同事能三言两语就让我说服请咱们吃饭？说实话！”

“实话就是，我着急过来，他恰巧打车，我抢了他打的出租车。他就和我一起过来了。”

“亲过了没？”

艾小倩别过脸去：“无可奉告！”

“无可奉告就是亲过了！”

“滚过床单了没？”

“无可奉告！”

“无可奉告就是滚过了！”

艾小倩作势要打她，陈淑在嘴上做了个拉拉锁的动作，表示不再问了。

艾小倩说：“我挺不好意思让他请客的，我们又不太熟。”

陈淑又问：“不来电？”

艾小倩说：“我不是已经在一棵树上吊死了嘛，已经死了！不能再诈尸还魂再吊死一遍。”

“此话非常诧异！人生就是需要在不同树上分别吊死，这才叫人生呢！”

艾小倩瞪她，陈淑摆摆手：“OK，OK！不提了不提了。不过话说回来，你要是真不来电我可下手了。你知道我刚刚失恋。”

这话也不知道怎么地，就让艾小倩肩膀动了一下，但是她说：“随便。”

陈淑笑起来：“舍不得了吧，我都看出来了。”

丁大卫端着三杯饮料过来，给艾小倩她们说了自己点的菜。

“喝点酒吗？”他问艾小倩。

“不喝，不喝酒。”艾小倩赶紧摆手。

陈淑没客气：“来点啤酒！”

等菜的工夫，丁大卫给陈淑递了名片，陈淑也拿出自己的名片。两人简单地做了个自我介绍，就算认识了。

艾小倩这时候反应过来，开始数落陈淑：“有什么事值得动手啊？为那样的混蛋值得吗？万一人家真追究起来，你一个女孩子家的留下案底不丢人啊？”

“他们敢追究我？就他们这点丑事，你信不信我能到广播电台去给他们播了！话说回来这年头，人的道德都哪去了呢？你说那个小贱人，是不是有病啊！明明自己说他不是自己的菜非要介绍给我，我勉为其难地收下了，正要将之擒下的时候，她回来抢人了！这个小贱人，等明天到单位看我怎么收拾她！”

艾小倩也帮腔：“那个男的也不是什么好饼！都和你名正言顺地交往，还背地里偷腥！真恶心！”

陈淑：“这年头，80%的好男人都结婚了，还有20%的好男人都是同性恋。就没有剩下的。”

艾小倩附和着：“就是，男人没一个好东西！”

丁大卫一口啤酒又差点喷出来。他盯着面前的两个女人，心里又开始骂自己，脑袋又进水了！非请这两人吃什么饭！女人本来就是一种奇怪的生物，在失恋后就会变得更奇怪。

陈淑看了丁大卫一眼说：“啊，不包括你。”眨巴眨巴眼睛，她开始推销起艾小倩了，“哎，你一定不知道，我们家小倩啊，心地可善良了。我在学校生病那会，她一个人把我背下了七楼，呼呼跑，自己都快累没气了也没耽误她跑。大晚上的我们学校大门都锁了。她咣咣地踹门啊。你看平时艾小倩多斯文的孩子，那时候为了我都豁出去了。晚上出租车少，招手都不停。艾小倩就直接拦到出租车前面把出租车逼停的呀！”

丁大卫看看艾小倩，心想：敢情冲到车前面逼停出租车是有前科的。

艾小倩阻止她：“好啦，别说了，你那时候不是生病嘛。要是我生病你也一定会这么做的。别说了。”

陈淑想起来，问：“哎，艾小倩，你那个‘肉丝面’有没有再见过？”

艾小倩瞅了一眼丁大卫，连忙转换话题：“别喝了，你都喝多了。为了一个混蛋不值得。我刚才还替你赏了他一个耳光呢！”

陈淑指着艾小倩，对丁大卫说："你看到没？艾小倩大学四年从来都没和人吵过架，看到了吧，为了我她都敢甩人家耳光了。"说着还要给自己倒酒。

丁大卫也拦住她："好了，少喝一点吧。"

"哎，我跟你说哦，我们家小倩特别纯情，暗恋了一个男生四年啊，都不敢表白。现在这样的女孩子是不是不多了？你不知道那个混蛋朱峰，根本就不是个男人。艾小倩……"

艾小倩过来捂陈淑的嘴："好了，好了，不说了。我送你回家吧，你喝多了。"陈淑一把推开艾小倩的手，继续比划着对丁大卫说："那个混蛋朱峰，艾小倩打扮得漂漂亮亮的在全校一千多毕业生面前向他表白，你知道那个混蛋做了什么吗？"

丁大卫看了看艾小倩，艾小倩眼里有忧伤，又挣扎不过陈淑，于是就放弃任由陈淑说去。自己把杯子里的饮料倒掉，咕咚咕咚给自己倒满了啤酒，然后一饮而尽，没等陈淑继续她的故事，她已经喝了三杯。

"那个混蛋，在艾小倩走过去的时候，一个箭步跳开，像躲瘟疫一样躲开了艾小倩。等我再看见他，我一定打折他的小腿！再叫他跳！一点绅士风度都没有，你说他背后说不喜欢小倩不就得了！非得让小倩在那么多人面前丢脸吗？"

艾小倩又灌了自己一杯，装着无所谓的样子说："谁年轻的时候还没爱过几个混蛋呢！也不能全怪人家吧，是我自己太自作多情的。"

"屁！你看看她这个没出息的样！就是那个混蛋不地道！多少人追求我，啥样的没有，我没有一次让他们丢面子，我起码会说声'谢谢'再说句'对不起'。这太奶奶的才是对那些喜欢过你而你又不喜欢的人的最起码的礼节！你说是不是，丁……丁大卫同志？"

丁大卫说是，眼睛却一直看着艾小倩。平常的日子里，从最初的相遇，在他的眼里这个艾小倩都有点缺心眼的感觉，突然听到她的故事，看到她眼里的水雾，他的心里突然有点不一样的感觉。

艾小倩又要给自己倒酒。丁大卫夺下了她的杯子。

生活中都是失恋的人一醉解千愁，但是今天陈淑没喝多，前来安慰失恋人的艾小倩反而喝多了。陈淑一边扶她一边骂她："是我失恋了好不好？你把自己灌醉了演的是哪出呢？"

陈淑料定这个丁大卫是个好人，故意自己打车回去，把醉醺醺的艾小倩直接交给了丁大卫。丁大卫扶着晃晃悠悠的艾小倩，几次拦下出租车艾小倩都不肯上车。丁大卫只好架着她踉踉跄跄地没目的地乱走。

一路上，艾小倩说着醉话：

"咦？你不是'肉丝面'嘛……哦，不对，不是'肉丝面'，是丁，大，卫。你在这干什么呢？吃面条？买啤酒？打电话？好的，好的，"艾小倩一边点头一边往旁边躲，"我不挡你的信号，我不是大山，我给你让路。"

"哎，'肉丝面'，你怎么还在这呢？啊，你要打电话，好的，好的，我不挡你的信号。"丁大卫哭笑不得。心说，我当时着急和刘总联系，为那个没礼貌的模特找演出的机会，是秦总给我第一个重要的案子。自己有点着急，办公楼里那天又特别不安静，就跑去阳台打电话，碰到自己给亲手夹了肉丝的胖丫头。本来就恼火自己脑袋进水了给陌生人夹肉丝，又突然遇到，艾小倩还不知死活地挡在自己面前，自己也不过是因为生自己的气才说了那么一句。想不到这丫头这么记仇，都喝醉了还记得这事呢。

丁大卫找了个长椅扶艾小倩坐下，想让她吹吹冷风，清醒一些再送她回去。艾小倩却不老实，一会冒出一句醉话，惹得过往的人都侧目。丁大卫真想在她身上贴一张"我不认识此人"的字条，艾小倩说着说着又突然哭了，好像很清醒地说："'肉丝面'，其实我承认，我又蠢又傻，但是他那么拒绝我，就用那样的方式拒绝我！唔……他不是拒绝了我的表白，是颠覆了我对爱情的信念啊！我这辈子再也不会爱人了，再也不会爱上谁了，不会了。心碎了，泪水也修补不了，我再也不会爱人了。”

丁大卫从来不知道平日里傻呵呵的艾小倩也有这样悲壮的故事，丁大卫刚要劝她几句，一转头，艾小倩已经依在他的肩膀上睡着了，而且，开始打起了呼噜。

第四章

善良的姑娘有好报

两个人争执的声音特别大，走廊里站了几个模特侧耳偷听。艾小倩也停了脚步伸着头听着。一个人拍了她的肩膀。

艾小倩睁开眼睛的时候，发现时钟已经指向了9:10，她头疼欲裂，昨天晚上怎么回家的一点都想不起来了。她慌慌张张地赶到公司，总觉得有点什么事，但就是想不起来了。

“艾小倩，胡总让你去她办公室一趟！”有个女孩喊了那么一嗓子。艾小倩心说不好，胡总挑剔成瘾，自己天天低头干活，在走廊里老远见到他都直躲闪，这会找自己不可能是要涨薪，十有八九是教育批评甚至辞退。

艾小倩走进办公室，看见胡总脸色不是很好。

“坐。”

“不了，我站着就行。”

“坐吧，没关系。”

“不了，胡总，我站着就行。”艾小倩说着，慢慢后退，三下五除二就贴靠在墙上了，而且，姿势相当标准！

“你这是干吗？”胡总问。

“胡总，我能说实话吗？”

“说吧。”

“我希望有那么一天，我能成为模特，所以，我现在就开始练习站姿，五点一线。”

“哦。”胡总看艾小倩一脸的认真，就没再坚持让她坐，“你好像也确实瘦了点是吧？”

“瘦了吗？”艾小倩非常兴奋，忙摸摸自己的脸，丁大卫敲门进来的时候，艾小倩立刻问，“我瘦了吗？”

丁大卫瞧了一眼：“嗯，瘦了——胡总，我想和您汇报点事情，那我一会再过来吧。”

“啊，没事，艾小倩，我找你就是想和你说，你今天迟到了，以后注意啊。”

艾小倩弯腰道歉，虚惊一场，没想到传说中非常挑剔的胡总竟然网开一面。艾小倩摸着自己的脸，非常高兴。瘦了，瘦了，她高高兴兴地抱着资料送去宣传部，看见忙得焦头烂额的同事，还不忘问一句：“我瘦了没？”大家打量她，好半天才说：“嗯，瘦了。”其实瘦不瘦的谁关心啊。

从宣传部出来，艾小倩听隔壁房间有人争吵，一个声音是秦姗姗的，另一个是一个男人的声音。

“我都说了我这几天不方便，你接演出也该找找时间吧！我现在这情况，你让我怎么办？”

“姗姗，你也知道，对方是我们的老客户，就一个小时的走台，你一共就需要换两套衣服，开秀和闭秀两次就行。我知道你不差这个钱也不差这个出镜，整个秀层次也够不上你的身份，但是，人在江湖总有身不由己的时候，年底的模特大赛他们都会派评委的。”

“他们的层次怎么可能会派评委，你以为狗戴个帽子也能当评委吗？”

"姗姗,不过就是走一场秀而已。虽然各方面条件不是很优秀,但是灯光、场地等硬件设施都是很完备的。你就屈就一下嘛!"

"你以为我是在摆架子吗?我说了我这几天不方便。你以为看秀的人都是时尚达人,品行端正的绅士?多少模特的裙底风光被拿出来说事儿,你不清楚?你作为我的经纪人,不为我着想在为谁着想!"

两人争执的声音特别大,走廊里站了几个模特侧耳偷听。艾小倩也停了脚步伸着头听着。突然有一个人拍了她的肩膀。

"偷听是不对的,小学老师没教过你?"

回头一看是丁大卫,艾小倩就生气,别人都在偷听,他不管,偏偏过来管她。"我小学的思想政治课是体育老师教的,怎么了!"

丁大卫拍拍手:"好了,大家都回去吧,忙自己的事!都散开!"

丁大卫虽然是实习经纪人,但是经常和胡总出双入对的,大家也都有点眼力,虽然不满,也都散开了。艾小倩跟在丁大卫身后,八卦地问:"怎么了?姗姗姐为什么这么生气?"

丁大卫想了想,说:"经纪人考虑不周,姗姗姐就生气了呗。"

"具体点呢?"

"具体点就是,你换双袜子呗。难道你一年到头就买一双丝袜吗?"

"我这丝袜还是我上幼儿园的时候买的呢!"

"那这丝袜的质量还真是好!"

"对了,我昨天晚上没给你添麻烦吧?"

丁大卫回忆起昨天艾小倩靠在自己的肩膀上睡着了,口水鼻涕弄了他一身。他好说歹说才把她送回家去,想到这,他浑身一哆嗦,觉得这个女人,今后自己还是躲得越远越好。于是他说:"没事,回去干活吧。"

艾小倩没有回去,她一直觉得秦姗姗温婉柔和,再加上她才领受了对方五点一线的减肥法,正是感恩戴德的时候,所以,她是真担心秦姗姗。她一直在这层楼徘徊,一会送点水,一会送点资料。终于等经纪人摔门而出。她才怯怯地敲门进去。

“姗姗姐,你没事吧。”

秦姗姗还在生气。

“别生气了。喝水吗?吃个苹果不?要不,我给你讲个笑话呀?”

秦姗姗被艾小倩的样子给逗笑了。

艾小倩嘿嘿傻笑了两声。

秦姗姗开始发牢骚:“这些男人都像有病似的!我都说了我这几天生理期,不方便演出。他们就像没听见似的!就该让他们男人每个月也有那么几天,他们就知道了!”

艾小倩点头说是。

“小倩,你知道那个T台多高不?基本都是一米多高,有些猥琐的人,就会拍了照片黑模特。我前天还在网上看到有模特卫生巾外露的图片呢。想起来都恶心。你说我怎么能冒这个险呢!”

“哦……”艾小倩这才考虑到这个问题,原来裙底风光是这个意思啊,原来T台的高度还存在这个弊端啊,原来做模特这么不容易啊……

“后天登台,明天彩排,那服装我看了一眼,A字短裙,短得我想剁了那设计师的手,太反人类了。他以为人类的腰部以下就是两根火柴棍支起来的嘛!”

艾小倩皱着眉头,想了想火柴棍支起来的人物形象,点了点头,深深地觉得姗姗姐的比方非常准确。

“必须得穿那样的衣服?”艾小倩问。

“必须得穿。”

“可以搭配别的装饰不?”

“不可以,除非也是对方的装饰,比如他们同一品牌的胸针,同一品牌的皮包,还得在设计师许可的情况下。”

“我有办法!用丝巾!同品牌的丝巾!”

“丝巾？”

“对！我看过一个电视剧，因为服装准备不足，模特就灵机一动用丝巾补充下装的不完善，效果特别好。比如，你把丝巾先系在脖子上，走到T台上，你觉得不安全的地方就摘下来系在腰间，丝巾若隐若现地体现出要展示的裙子，而丝巾的长度就正好可以保护自己。姗姗姐你觉得怎么样？”

秦姗姗想了想，赞许地说：“不错呀！你的方法不错！谁说小倩不时尚的，这不是挺有想法的嘛！我得和经纪人沟通一下。谢谢你，艾小倩。”

艾小倩乐呵呵地从秦姗姗的办公室里出来，心里美滋滋的。

艾小倩又忙了两天，在各种杂事里穿梭，得空就去看新人培训。看她们穿高跟鞋，看她们化妆，看她们走台步，看她们练基本功，然后回到仓库里把所有心得记录在本子上。

回到家里，艾小倩把房间里剩下的香蕉都扔了。林娜不喜欢吃香蕉，自己看着香蕉胃就疼。扔到垃圾桶的时候，她的心也抽了一下。然后她在心里狠狠地批评了自己一番：这是钱买的呀，浪费粮食是有罪的呀！

当然，两个晚上，艾小倩都在自己的房间里，把床垫立起来靠在墙上，她再靠在床垫上，用五点一线法练站姿。秦姗姗的说法非常正确，当站了一个小时的时候，艾小倩已经大汗淋漓了。她没再继续，第一次减肥的失败让艾小倩懂得了一个道理，罗马不是一天建成的，也不是条条大路都能通罗马的，还得看个人的体质。香蕉牺牲了，她找到了五点一线法，节食加运动，行动！

减肥道路坚如铁，艾小倩必须从头跃。

星期五一大早，艾小倩就来到了公司，没想到看着画了彩妆的秦姗姗正和经纪人拉扯。

秦姗姗往门外走，经纪人拉住不让动。

“我妈病了！如果要手术怎么办？要输血怎么办？她打电话的时候声音都没了，我要回去！”

“马上开场了！演出马上开场，我们不能失约。这你比谁都清楚。胡总已经派人了，马上赶去你家，一定第一时间把你妈妈送去医院，胡总你还信不过吗？”

秦姗姗一把甩开经纪人：“我妈重要还是演出重要？我妈出了事，你能负责吗？”

“我负责，我负责！一定没事，一定没事。看，胡总来了。”

胡志明也拦住姗姗：“相信我，我亲自去。客户的演出不能耽误。有什么情况我第一时间通知你！你安心演出！我马上就去。”

胡志明跑着出了办公楼，身后跟着丁大卫。艾小倩急忙走到秦姗姗面前，说：“姗姗姐，我也去，我是0型血，你放心，我一会就给你打电话。你去演出吧！”

秦姗姗满脸眼泪：“我妈她青霉素过敏，而且是糖尿病。”

艾小倩也差点掉了眼泪：“我知道，我记住了。我记住了。”说完，她跟着丁大卫跑过去，上了车。

车子赶到秦姗姗家的时候，老太太给开了门，看老太太捂着肚子，胡总和丁大卫说明来意，带着老太太上了医院，看了急诊。急性阑尾炎，得手术。艾小倩就跟在老人身边，一遍一遍地强调：“大夫，老人家青霉素过敏，青霉素过敏。糖尿病，糖尿病。”医生却很淡定，说：“我知道了，青霉素过敏，糖尿病。我明白了，谁是家属？”艾小倩刷地把手举起来，胡总站到她的前面，说：“我是家属。”

病人推进手术室，艾小倩就给秦姗姗打了电话，安慰秦姗姗问题不严重，就是急性阑尾炎，医生说是个小手术，胡总已经代替家属签字了。秦姗姗那时刚准备上台，尽管心情悲伤，但是她很有职业道德，音乐一响起，她整个人都精神起来，完美地完成了开秀。而且，那条同品牌的丝巾很是出色。设计师先是对她脖子上的丝巾很不满意，因为这是秦姗姗要加上来的。但是，没想到走到台上的时候，丝巾被解下来，围在腰部，形成里面粉色碎花短裙，外边橘黄色外裙的层次搭配，让整套服装更加灵动。而且，秦姗姗把丝巾展开来系，整条丝巾垂到膝盖上方，因为花色关系，把自己保护得严严实实。

一场秀走下来。设计师和秦姗姗都很满意。

秦姗姗赶到医院的时候，秦妈妈的手术已经结束，人已经被推到了病房里。秦姗姗握着妈妈的手，眼泪止不住地流下来，艾小倩也跟着眼泛泪花。胡总不断有电话打进来，秦姗姗就抹着眼泪谢过胡总，让胡总先回去。胡总把丁大卫和艾小倩留了下来，叮嘱他们一定要尽心照料。

丁大卫和艾小倩坐在走廊里，让秦姗姗有机会多陪陪自己的妈妈。

艾小倩样子很悲伤，坐在那里，一言不发，两个人也不说话。等丁大卫听到动静的时候，艾小倩已经泣不成声了。

丁大卫一时摸不着头脑，拍了她一下："艾小倩，你没事吧？你又胃肠难受了？"

艾小倩不领情："你才胃肠难受呢！你看姗姗姐多可怜，妈妈生病了她还得去走秀。她走秀的时候，心里得多难受！"

丁大卫听明白了，说："这也是没办法的事嘛。好在老人家手术挺成功的。行了，你别哭了。你这一哭，万一姗姗姐看见，还以为她妈妈手术没成功呢！更得担心了。"

"秦妈妈也可怜，做个手术女儿都不能在身边。"

丁大卫有点不耐烦了："你别乱说了。你这么说姗姗姐会更愧疚的。行了，别哭了。别人都看咱们呢！"

"我就哭，我就哭！"

一位老奶奶被一位老爷爷扶着，一步一挪地走过去，步履虽然艰难，两个人脸上却挂着笑容呢。老爷爷说："你看，你年轻的时候就这样，总是这么赖皮。"

丁大卫一听更生气了："别哭了！让别人看见还以为我把你怎么样了呢！"

艾小倩捂着脸，哭得更起劲了。

丁大卫没办法只好往旁边的位置挪挪，装成路人甲，看一看，又挪挪，装成路人乙。艾小倩哭得很持久，哭一会，歇一会，再哭一会，再歇一会。其实，她也想到自己的妈妈，自从她毕业，没给妈妈买过一件衣服。妈妈是那种性格刚强，有点粗线条的人，对艾小倩的关心不是太细，反过来也不用艾小倩操心什么。除了偶尔和爸爸吵架玩以外，每天日子都过得热热闹闹的，艾小倩也非常放心。看到秦姗姗的妈妈，她也难免想起自己的妈妈来。她已经有快一个月没回家看看了。老妈也不给她打个电话！她哭得更厉害了！

秦姗姗的妈妈醒了，说了些感谢她同事的话，让秦姗姗出去陪同事说说话，请同事吃午饭。秦姗姗就走出了病房。

看到丁大卫和艾小倩坐得特别远，她有些不解，再看艾小倩哭得厉害，突然就开始担心起来。她问丁大卫："我妈妈，是不是情况不好？刚才医生说没问题啊，说手术很成功的。你们是不是有什么事瞒着我？"

丁大卫赶紧说："姗姗姐，真的没事。艾小倩她是看阿姨手术挺心疼的，所以就哭了。"

秦姗姗不信，跑着去了医生办公室，很快出来，发现艾小倩还是在哭。

她过来劝着："小倩，别哭了。我妈妈的手术很成功，真没什么问题。谢谢你们一直陪着我妈妈。别哭了。"

艾小倩还在抽泣。秦姗姗瞅着丁大卫，茫然不知所措。丁大卫过去碰碰艾小倩的胳膊，说："行了，行了，别哭了。"

艾小倩却突然扑到秦姗姗怀里："姗姗姐，你别难过，阿姨她真的没事。”

秦姗姗说：“我知道，我知道，医生都和我说了。你别难过了，我妈妈的手术非常成功。医生说老人家身体也好，用不了多久就能出院了。你别哭了，别难过了。”

丁大卫看着眼前的情景有点看不明白了。这住院的是秦姗姗的妈妈，现在她反倒在劝艾小倩不要难过。这实在很不科学。秦姗姗任由艾小倩在自己怀里鼻涕眼泪蹭她满身。她无助地看着丁大卫，给出一个“帮帮我”的眼神。丁大卫也很无助，耸了耸肩，摆出一个“我也无能为力”的表情。

终于把艾小倩劝好，丁大卫给艾小倩买了一瓶水。艾小倩抽搭着喝水。秦姗姗进屋也看一眼妈妈。

“姗姗，怎么了？我听到外边有人哭呢。”

秦姗姗忍不住笑。

“到底怎么了？你笑什么？”

秦姗姗控制住自己没有大笑出来，她说：“妈妈，我们那个同事，叫艾小倩的，太搞笑了。您做个手术，她一直在外边哭。我刚才好一个劝，搞得好像她妈妈做手术了一样。”秦姗姗把头埋在被子里，哈哈大笑起来。

秦妈妈很严肃地说：“姗姗，你可真别笑。那个孩子心眼好，她是真心的。”

秦姗姗刚才只是觉得艾小倩搞笑，妈妈说到真心的问题，她倒认真起来：“我进这个圈子很久了，谁是真心谁是假意，还真不是一时半刻能看出来的。”

“你信妈妈的话。那个孩子是真心的，从我进了医院，她就寸步不离，看到医生就跟医生说病人青霉素过敏有糖尿病，看到护士也说病人青霉素过敏有糖尿病！护士过来挂吊针，她重复了好多遍。直到医生和护士都说，我们清楚了，我们知道了，她才肯放心。你说她是不是真心的？”

秦姗姗不说话了。

“姗姗，我知道你努力做到今天这样不容易，可是这社会再黑不能遮挡了咱们明亮的心。虚情假意的人很多，但是真情实意的人也不少。刚才这个女孩子，看上去毛毛躁躁的，但是有一颗善良的心。这样的人啊，一定有好报！”

艾小倩的好报第二天就到来了。

第二天艾小倩到医院来帮忙，秦姗姗就拉着艾小倩，给她讲怎么化妆。

“小倩，你用什么牌子的化妆品？”

艾小倩说出一个牌子。秦姗姗问：“是用一整套的产品的吗？”

“就有洗面奶和护肤霜。”

秦姗姗说：“模特界有句话：‘不化妆不出门。’其实女孩子出门前化个淡妆，是对自己的形象负责，也是对旁人的尊重。你觉得是不是这个道理？”

艾小倩心里啧啧赞叹。姗姗姐绝对不是那种只有一副美丽皮囊的人，她多睿智，能说出这么好的句子：女孩子出门前化个淡妆，是对自己的形象负责，也是对旁人的尊重。说得多有道理！

艾小倩连连点头说：“是这个道理。”

“所以，小倩，你只有洗面奶和护肤霜是不够的。眼霜也没有在用吗？”

艾小倩说：“我以为只有年纪大了才需要用眼霜呢。”

“不是的，眼部肌肤是人体肌肤中最薄的部分，眼部活动也最频繁。平时我们洗脸化妆，拉扯这里的皮肤的次数也最多，非常容易长出皱纹，而且，一旦长出就很难消除的。所以，眼霜一定要用。你现在的皮肤其实底子很好,应该属于中性皮肤。眼霜的话,选择胶原眼霜我觉得会比较好。我这里有一套化妆品,我给你化一个淡妆怎么样?”

艾小倩兴奋地点头。

秦姗姗带着艾小倩进了病房里的洗手间,从洁面开始,一点一点教给艾小倩。

“洁面之后,这个爽肤水呢,要轻轻地拍在脸上,尽量均匀全面。好,现在涂些营养液,再抹上营养霜,最后涂上隔离保护霜,使肌肤表面滋润并形成薄膜,有效隔离紫外线及化妆品粉垢。”

艾小倩按照秦姗姗的指点一步一步进行着。

“小倩,我发现你涂抹化妆品的动作太野蛮了。这样的动作非常伤害皮肤的,你看你总是从上往下涂抹,很多人都这样,但是这是非常不好的习惯,必须改掉。包括你刚才洗脸也一样,你总是这样从上往下,时间久了皮肤就是松弛下垂的。”

艾小倩嘴张得老大,她哪里知道还有这些讲究啊,她总觉得能把脸洗干净就行了。

秦姗姗继续说:“我教你一个最重要也是最实用的动作。一个字‘提’,洗脸、涂抹以后都用这样的动作,就是由下而上。你看下我的动作,用你的手指第二关节完全紧贴脸部慢慢地往上提。你知道地心引力吧,任何一个模特都难以抵挡地心引力的作用。皮肤松弛下垂对我们女性来说,是多么伤感的事情啊。所以,以后你一定要注意手上的动作。”

艾小倩越听越崇拜,心里还琢磨那个该死的陈淑和林娜怎么从来都没教过自己呢!

秦姗姗每一步都很耐心细致,她还拿出眉毛的形状和艾小倩讨论适合她的眉型。

“我觉得你现在比较适合平直眉,因为你现在脸上还有很多肉肉,眉型太拱,会显得比较刁蛮。眉毛太细,比例上会看起来怪怪的,你觉得呢？”

艾小倩连连说好。秦姗姗又给她修了眉毛。两个人又探讨了一下眼妆。因为作反面教材学了一点眼线的画法，艾小倩现学现卖地和秦姗姗交换了意见。两个人很开心，时不时地哈哈大笑。

等丁大卫进来送水果探望的时候，艾小倩已经完成了妆容的准备。秦姗姗故意把艾小倩推到丁大卫面前。

“怎么样，大卫，小倩打扮起来也挺漂亮吧？”

艾小倩现在这张脸确实漂亮，腮红恰到好处，眉毛干净利落，眼妆明艳清晰，就像换了一个人。说实话第一眼看，丁大卫确实觉得很惊艳。艾小倩正觉得害羞的时候，他全面地打量了艾小倩。心里一声叹息：妆容要是不和服装搭配起来，也挺恐怖的。

秦姗姗发现丁大卫的目光在艾小倩的衣服上的时候，也赫然醒悟，只顾着化妆，没考虑服装。

她挺不好意思地说：“忘了，忘了，不好意思，小倩，没顾及到你的衣服搭配。忘了你今天穿的这套黑色正装了，应该给你打扮得更干练一点才好。我只考虑你年纪好，皮肤底子好，化成了一个清纯可爱的小样子。确实有点不适合了，是我的错。”

艾小倩忙说：“哪里哪里，是我不会穿衣服。”

秦妈妈却在一边说：“照我说小倩挺好看，再减个肥，换个衣服，一定是个大美人！”

艾小倩不好意思地笑笑。减个肥，换个衣服，说起来容易，做起来还真难啊！

艾小倩工作快两个月了，她的笔记本已经记得满满当当的。同事们也都开始喜欢她，觉得她勤快亲切，有事没事也都找她聊聊。她在这其中积累了更多的经验，更多的是，秦姗姗似乎对她很关心，她每天穿什么化什么样的妆，秦姗姗都愿意给出点意见。

就在艾小倩领了第二个月工资，准备着去买些秦姗姗推荐的化妆品的时候，她听到了一个大消息，在秦姗姗的强烈要求下，她换掉了自己的经纪人和助理。

经纪人摔门而出，在门口放下狠话："我能把你捧上来，我就能把你踩到脚下。你想清楚，没有我，你怎么会有今天？你的好日子到头了，你等着吧！"

秦姗姗也摔了杯子，陶瓷破碎的声音在走廊里回荡。艾小倩准备进去劝劝，李琳拉住她："别去了，胡总在里面呢，你这个时候进去，不方便。"

结果她刚要走，就听见里面喊了一声："叫丁大卫和艾小倩过来！马上！"

艾小倩推门就进去了，倒给胡总吓了一跳。艾小倩挪着挪着，就找到一个位置，门旁边的墙，她妥帖地站好，五点一线。

秦姗姗背对着她，气得肩膀还在抖。胡总满脸阴沉。艾小倩憋着气站好，一动不动，眼睛都不眨。

丁大卫敲门，听到进来的时候，他推门进去，又是第一眼看见贴在墙上的艾小倩，吓了一跳。

"丁大卫，从今天开始，你就是秦姗姗的经纪人。艾小倩，你就是秦姗姗的助理。"胡总说完，长叹了一口气，说，"姗姗，让我说你什么好呢？张闻天确实不是什么善类，但是他毕竟把你捧红了，而且在业内你能再找到一个媒体公关这么厉害、人脉这么广阔的经纪人吗？好，我听你的，我作为公司老板，我绝对尊重你的选择，我理解你的自尊。是你说丁大卫和艾小倩一样能做好，那我就把这两个人给你。你们三个好好合作，我看你年底还能不能拿到新春发布会的头秀资格！你自己看着办吧！"

胡总也摔门出去。

丁大卫有点傻了。

艾小倩比他还傻。

两个人都呆呆地看着秦姗姗。秦姗姗明显是刚擦完眼泪:“媒体需要尊重,客户需要尊重,评委需要尊重,设计师需要尊重,同行需要尊重,那谁来尊重我呢?”

丁大卫走过来:“姗姗姐,消消气吧。模特界不就是这样的嘛。您一直都是温柔谦让的形象,界内口碑一直很好。这次是怎么了,值得您生这么大的气?”

“我明明和张闻天说过很多次,要是募捐或者帮助弱势群体的活动,哪怕没有出场费我都愿意去,我明确说过,私人邀请我不去。这个圈子乱不就是这么乱的吗?一旦和哪个富二代或是官二代联系起来,人家就会给你贴上标签,以后谁还会看你的真才实学,都看你的绯闻去了。昨天,他竟然让我单独去宾馆陪那个万恒企业老总的二公子,说是那个富二代心情不好,点名让我过去。我是陪酒小姐吗?”

“是不是误会了?张哥做事一向有分寸的,媒体的负面新闻都能帮你拦下来,怎么还能主动让你去趟这个浑水?”

姗姗咬着嘴唇:“说是这个二公子今后会赞助我所有的鞋子。是的,高跟鞋是女人的自尊心,可是我的自尊心不能先踩到地上再捡起来抖落抖落接着用!”

艾小倩走过去,递给秦姗姗一个毛巾:“没事,我以后给你做助理。”

丁大卫是个冷静的人,这种临危受命不是什么荣耀,相反这是巨大的责任。他伸手把艾小倩拉到一边,说:“姗姗姐,如果能帮忙的,我们一定竭尽全力。可是我在这行实习了不到半年,艾小倩甚至连助理需要做什么都不知道。我是担心,我无法胜任,影响到您目前的成绩。艾小倩她恐怕也……您还是和张哥再谈谈,解除误会吧。”

“你是说你没信心做我的经纪人?艾小倩,你也没信心?”

艾小倩是在听了丁大卫的分析后，才开始思考的，但是听秦姗姗一问，又有点不好意思打退堂鼓，说："没关系啊，我有信心。我是不会的东西太多，但是，我可以学呀！只要姗姗姐你信任我。"

"丁大卫，你怎么说？"秦姗姗问。

"姗姗姐，我考虑一下吧。明天答复你吧。"

两个人离开了秦姗姗的办公室，丁大卫拉着艾小倩就进了库房。关了门。

丁大卫咬着嘴唇："艾小倩，你怎么这么不知道天高地厚？你知道助理是做什么的你就答应。你以为一切都是只要有信心就能成功的？你连最基本的化妆和服装搭配都不会，你逞什么能？"

"可是，可是，张哥那么摔门走了，姗姗姐都哭了。我要是再说不行，那姗姗姐多可怜啊？"

"这是你讲义气的时候吗？你还口口声声要当模特，你能不能对这个圈子有个基本的认识。你以为张闻天是那么好惹的？你以为秦姗姗就是天下第一优秀所以才成为超级模特的？三分天注定，七分靠打拼，你懂不懂？七分这打拼里，模特本身的努力占不到一成，其他都是靠关系。各种关系，和媒体的关系，看看媒体愿不愿意多给你一点正面的曝光率，提高你的知名度，有了知名度再研究和客户的关系，和设计师的关系，和同行的关系，总之各种各样的关系。你以为张闻天是吃大米饭的？有些手段可能猥琐，但是张闻天他擅长。他能把姗姗姐捧红，能拿到各种代言各种秀的出场，我不能。你能吗？"

艾小倩声音特别小："可是，你将来也要当经纪人的。这些，不也是你需要学习和经历的吗？"

"我可以带一个不出名的模特，如果我捧不红她，是天时地利人和都没眷顾她，我也有责任，但是谁也怨不得我。我可以拿新人积累经验，但是姗姗姐已经红遍半边天了。我现在接手过去，各种大型的案子我一定争不过张闻天，那么姗姗姐名气掉下来，都是我的责任，你懂吗！”

艾小倩第一次发现眼前这个人分析问题如此精准到位，现实如此残酷无奈。

艾小倩彻底蔫了：“那怎么办？就看着姗姗姐没人帮忙吗？”

“帮人也得看看自己的能耐！现在叙利亚局势也不稳定，也需要帮忙，你去帮吧！”

艾小倩不敢说话了。

丁大卫生了半天的气，看看艾小倩低头对手指，一副要哭的样子，就没再批评她，说：“你先等着，我去和胡总谈谈。”

丁大卫去找胡总的时候，胡总的火也没消呢。

“就说这模特都是养不熟的，培养一个跑一个，培养一个跑一个！真就这么回事！当年秦姗姗和现在的艾小倩一样土里土气的时候，是我给她机会，给她最好的经纪人，她一步步发展到今天，翅膀硬了，自己就要把经纪人炒了！我能把张闻天挖来容易吗！给我讲自尊心？当年低三下四求走秀机会的时候她怎么不跟我提自尊心！”

丁大卫只好劝：“可能张哥接的案子确实太私人，姗姗姐不喜欢吧！姗姗姐大概也有自己的苦衷。”

“她有什么苦衷？这个圈子就是一个大染缸，她想点墨不沾身，想得容易，去做修女啊！”

丁大卫只好等胡总发泄完，然后很认真地说：“胡总，您了解我的情况，入行不到半年。姗姗姐这样的级别，我真是胜任不了她的经纪人角色。我怕影响到姗姗姐的名气，也怕影响咱们兰朵公司的形象。让我做她经纪人的事，就算了吧，让艾小倩做助理也算了吧。”

胡总皱起眉头：“你这是连带着艾小倩的事一块说了？”

“您也一定是这么想的吧。”

胡总递给丁大卫一根烟：“我还真不是这么想的。就你和艾小倩先干着吧。张闻天放手的模特，你觉得我能再找到一啥样的经纪人给她？谁都想接她这样知名的模特，但是目前估计谁都不敢接！行了，别的都别说了。你和艾小倩先干着吧。先继续一下她已经签下的演出。至于出去寻找机会签别的案子，就再说吧。"

"胡总，我真不行。"

"行了行了，你不行别人更不行，出去吧。去找秦姗姗先交接一下。"

艾小倩已经等在门口了，见他出来马上问："怎么样？"

"怎么样？你梦想成真了。你从一个后勤服务已经攀升到经纪人助理了。艾助理，我以后就得靠你协助了。"

"你的意思，我们两个真要做姗姗姐的经纪人和助理了？"

"现在知道怕了吧？晚了！先去见姗姗姐吧。"

敲门前，艾小倩说："那个，丁大卫，既然都改变不了了，我们精诚合作，充满信心吧！"丁大卫愁得头疼，自己还是新手，还得带个比新手还新的手。

丁大卫没好气地说："行，好好合作！"

两个人进屋之后，再没表现出为难的样子，丁大卫非常认真地把已经签署的合同重新看了一遍，把大致时间上的安排都和秦姗姗做了沟通，对于必要的联络方式也都从秦姗姗那里拿了一份。艾小倩实在不知道自己的职责范围是什么，秦姗姗大致和她说了一些要求，看她有些胆怯的样子，还鼓励她说："别担心，慢慢来。"

艾小倩真担心，非常担心。她把自己的东西从库房里拿出来，三个人搬到了一个办公室。这个办公室是个套间，丁大卫和艾小倩在外边，里边主要是用来供秦姗姗休息和换装的地方。艾小倩偷偷地问："丁大卫，我到底要做些什么呢？"

"吃喝拉撒睡，啥都要管！只要是我这个男同志不方便的工作全由你来负责！”

“我现在要做什么？”

“整理所有客户的名片、联系方式；准备好姗姗姐喝的水、穿的衣服；过滤姗姗姐不想接的电话；姗姗姐走到哪里你就跟去哪里。”

艾小倩拿出一个本子，一项一项认真地记下来。

晚上回到家里，林娜已经到家了。艾小倩洗了手出来，林娜就端给她一盘草莓。

“吃水果有助于减肥的。小倩，我去市场特意买的，都洗好了。都用牙签扎好了，来吃吧！”

艾小倩累了一天，说：“谢谢，林娜，你真是好人啊！”

“恭喜你当上了姗姗姐的助理，一定挺忙的吧。”

艾小倩扁着嘴：“林娜，你是不知道啊！这杂七杂八的活，真不是开玩笑的。不过，能跟在姗姗姐身边，我相信以后会学到更多东西。将来等我减肥成功，就离模特更近了。”

“哦，那姗姗明天有什么安排呀？哎呀，我是羡慕她这么忙呢，机会那么多，我都没有机会。这模特培训啊，哪有什么具体时间，根本没有结业的时间。”

“别急嘛，你身材这么好，人又这么好，一定会很快有机会的。我明天就是要帮姗姗姐把一份合同送去凯利大厦，是一个20周年庆典的剪彩并且小型走台的合同。”

“哦。”林娜眼珠转了转，又递过来草莓说，“再吃一个，特别甜的。”

第二天艾小倩起得特别早，她在镜子前面给自己稍微打扮了一下。秦姗姗推荐的化妆品有些贵，她自己买了一套基础的，种类也不是很多，但是，她现在对自己的眉毛修整已经有了心得，勾画眉形，拔掉多余的眉毛，用眉笔轻轻描画，确实整个眉毛非常整齐干净，衬得整张脸也利索了很多。

艾小倩觉得，既然做了首席模特的助理，一定要更加注意自己的着装才行。而且，姗姗姐说得特别对，女孩子出门前打扮是一种礼节。林娜有培训，打了声招呼先走了。

艾小倩从公交车上下来，在公司的门口，遇到了张闻天。平时这个张闻天见到艾小倩从来不打招呼，今天却主动过来和艾小倩说话："小倩，今天这么早？"

"哦，张哥你早。"小倩热情地打完招呼才想起张闻天已经辞职了，于是问，"张哥，您找我有事啊？"

"没什么，我们借一步说话。"

艾小倩跟在他身后，两个人走了几步。张闻天凑近艾小倩，非常小声地说："小倩啊，听说你做了秦姗姗的助理了。她这人有时脾气是怪一点，但是人挺好的，你一定要好好地辅助她呀。姗姗真是前途无量的模特呀！"

艾小倩心想张闻天还挺正直的，虽然和姗姗姐闹了不愉快，还能对她说这样的话，实在算是不错的人。但是她真是不明白这些话大声说不就行了，非这么小声干吗？

张闻天说完这些话，亲昵地拍拍艾小倩的肩膀："好了，去工作吧。就当没见过我好了，免得姗姗再闹脾气。"

姗姗把合同交给艾小倩："你去送吧，这是王总的电话号码。虽然不是大演出，但是这个王总是时尚杂志的社长，将来合作的机会特别多。所以，我算是先给他一点面子，今后谈合作也好有点筹码。快去快回。你做我的助理，要记得，所有的案子都是保密的。需要做宣传的，我会和大卫说。懂了吗？"

"懂了。"

"好了，快去快回吧。大卫，你来看看这个合同。"秦姗姗说完就和丁大卫去研究另一个合同了。艾小倩拿起合同走了。

走廊里，李琳抱了一大堆的材料，和艾小倩差点撞个正着。李琳一躲，东西就掉了一地。

艾小倩说着对不起，就随手把合同放在地上，帮李琳捡东西。

艾小倩对李琳印象非常好，一是她和林娜关系很近，常听林娜提起；二是她做反面教材的时候，第一个批评她服装搭配不当课下和她道歉的，就是李琳。

“你怎么拿这么多东西？”

“啊，小倩，我自己来吧。这些都是废弃的资料，兰老师怕弄混了，让我拿去碎纸机碎掉。本来林娜要帮我一起拿的，结果她妈妈突然给她打电话，我就自己抱过来了。你去忙吧，没事，我自己来。”

艾小倩一看资料掉得满地都是，就没走，帮忙捡起来。前面就有复印机和碎纸机，她把手里拿到的资料就随手碎掉了。等她想起来合同的时候，走廊上已经干干净净，碎纸机正在努力地把纸张粉成碎末。她“啊”地叫起来，开始翻找没有碎掉的资料，但是，什么都没有。她找了好几遍，还是没有。艾小倩急得都要哭了。

“不对呀，我放在地上了。我就是进来碎了几张纸我就出去了。李琳你看到了么？”

李琳也慌了：“什么东西啊？我刚才就碎了几张纸啊！我都看内容了，是我要碎的东西啊！”

“合同，姗姗姐的合同啊！”艾小倩一叫，很多人都跟着找起来，但是确实没有。很快秦姗姗和丁大卫就闻讯赶过来了。

“你把我的合同碎掉了？”秦姗姗大声问。

“没有，姗姗姐，我没有！我刚才就是帮李琳碎了几张废纸。合同我是放在地上了，我就是碎了两张纸出来，合同就没有了。”

“你是我的助理，你帮别人碎什么废纸？后勤服务你没做够吗？”

不知道哪个模特就说了一句：“不会是故意的吧？”

秦姗姗去找说话的模特，没注意是谁。

“姗姗姐，你别生气！再找找。我们再找找。”丁大卫劝秦姗姗。

其实，艾小倩走后，秦姗姗接连接到两个取消演出的电话，都是各种理由，这里面一定有故事，秦姗姗能够明显感觉出来问题。她心里一下子就想到了张闻天。这个人，应该能做出这样的事情。

秦姗姗本来就一肚子的火，一听艾小倩把合同碎了更生气了。

丁大卫推着秦姗姗回办公室。秦姗姗眼泪都在眼圈里打转了。

不知道是谁在走廊里，小声嘟囔，但是声音的响度也足以让秦姗姗听到。

“我看就是故意的。我一早还看见那个艾小倩和张闻天在公司门口偷偷摸摸地嘀咕什么呢。”

“我也看见他们了，神神秘秘的，搞不好就是艾小倩和他串通好，故意要毁掉姗姗姐的合同呢！”

“我猜也是。好好的助理不去送合同，偏偏这个时候帮李琳碎废纸。她们平时根本都没什么来往的。”

“哎呀，咱们都别瞎操心了，姗姗姐合同那么多也不差这一个。”

这时候林娜出现在走廊上：“是谁在背后说小倩的坏话，你们怎么舌头那么长呢！大家都在一个公司共事，谁不知道姗姗姐对小倩最好。小倩怎么可能故意毁了姗姗姐的合同？我也看见一早小倩和张闻天见面了，那又怎么样？谁能证明小倩就是和张闻天沆瀣一气？我是小倩的朋友，我绝对不允许你们这么诋毁小倩！”

第五章
祸兮，福之所附

艾小倩低头站在秦姗姗面前承认错误的时候，她并不知道秦姗姗已经把她当成了张闻天的奸细。

丁大卫从来没见过林娜在公司里如此维护艾小倩，他所听到和见到的，全是林娜对艾小倩的嫌恶，在艾小倩眼里的林娜给予的友情其实都是虚情假意。丁大卫一眼就看出来了。

林娜在走廊里痛斥议论艾小倩的人，她的话里藏针，语气和用词反而更加深了秦姗姗对艾小倩的怀疑。

艾小倩低头站在秦姗姗面前承认错误的时候，她并不知道秦姗姗已经把她当成了张闻天的奸细。这样的事情，秦姗姗也不是没有见过，吃里爬外的事情在这个圈子里太多了，何况艾小倩的梦想还是将来做模特，那么张闻天将来一定可以助她一臂之力。不到十分钟的时间里，两个演出被取消，一份合同被毁掉，一定是张闻天一人的操控。她只是没想到艾小倩这个丫头，看上去单纯可爱，却也是一个为了自己不择手段的人。

“姗姗姐，对不起，合同没找到。可能，可能真是被我碎掉了。对不起姗姗姐。”

秦姗姗就笑了：“你故意这么做的又何必道歉呢？”

“姗姗姐，我怎么会故意的？”

丁大卫也帮忙解释：“姗姗姐，我想这里面一定有误会，艾小倩一直对您特别敬重，怎么会故意的呢。”

“为了将来攀上张闻天这个高枝。”

“姗姗姐，我怎么可能这么做？”

“你将来不是也要当模特吗，想攀张闻天很正常。不过你最好做足准备，他会要求你陪客人喝酒，陪客人沐浴，陪客人上床！”

“姗姗姐！我……”艾小倩才意识到秦姗姗是真把她当成是内鬼了。

胡总赶过来的时候，秦姗姗放下一句话：“艾小倩这个助理我不要了！还给你吧！”胡总想要多和秦姗姗说几句，秦姗姗干脆把自己的老板都挡在了门外。

艾小倩哭得稀里哗啦的。胡总让大家都散了，把丁大卫和艾小倩叫到自己的办公室。

艾小倩贴着墙站好，一边站好一边哭。

丁大卫想让艾小倩坐下来，胡总摆手示意：“就让她站着吧！”

“胡总，我觉得这里头有误会。艾小倩她不可能这么做。换句话说，她都没那么多心眼。”

胡总点头：“我知道，是张闻天的伎俩。他从前也经常这么干。艾小倩你和张闻天见过，一早上？”

“见过，他就说姗姗姐虽然脾气好但是人不坏，让我好好帮助姗姗姐。”

胡总无奈地叹息。

丁大卫回头瞪她：“说什么你都信！你不知道避嫌吗？他昨天刚辞

职，今天就过来找你，还是小声地聊天，你就没联想点什么？怎么这么笨呢！”

艾小倩就是哭。

“算上这个姗姗姐已经丢掉三个演出了。这个张闻天，还能有通天的本领啊？”

“不好说，我就算现在过问，估计意义也不大。都是张闻天一手促成的案子，他想搞破坏太容易了。不过这个凯利大厦的王总，应该不是那种能被张闻天动摇的人。而且他的时尚杂志现在是所有服装品牌推出必用的杂志，这个绝对不能丢。得想想办法！”

艾小倩抽泣着，说：“我去，我去把这个合同签成功。”

丁大卫回头道：“别开玩笑！”

“我没开玩笑，是我搞砸的，我想办法补救！”说完艾小倩就跑了。

“胡总，您怎么不拦着她呀。”

“拦什么，她能见到王总本人算她厉害！”

艾小倩抹干了眼泪，就直奔凯利大厦。

楼下的前台小姐拦住她的时候，她说：“我是你们王总的妹妹！”

前台小姐很谨慎，哦了一声，拨电话给王元峰。

前台小姐：“您好，王总，您的妹妹来找您？”

王元峰问：“哪个妹妹？”

前台小姐：“哪个妹妹？”

艾小倩说：“亲妹妹。”

前台小姐：“亲妹妹。”

王元峰：“哪个亲妹妹？”

前台小姐：“哪个亲妹妹”

艾小倩说：“姨家的亲妹妹。”

前台小姐："姨家的亲妹妹。"

王元峰："你让她上来吧！"

艾小倩敲门进去，王元峰正坐在办公桌后。看见艾小倩，他笑了。

他说："你是我姨家的亲妹妹？"

艾小倩看看眼前的王元峰，知道自己的谎撒得有点大了。这位王总起码四十岁开外，兄妹相称好像真不适合。艾小倩没办法只好狡辩说："啊，五十六个民族是一家。大家都是中国人，要是细算算没准就是亲戚呢。"

王元峰拿出一根烟："找我有事？"

"哦，吸烟有害身体健康。"

王元峰笑了一下，把烟放下："说吧，什么事？"

艾小倩咽了一口唾沫："王总做人得讲道理的。我们是丢失了合同，可是合同不就是两张纸吗，您找人再打印一份不就行了！您知道我们姗姗姐，她人长得漂亮，气质也好，有绝对的时尚感和强烈的责任心。您知道上次为了一个演出，她妈妈做阑尾炎手术她都没有陪在身边，您知道那是一种什么样的感觉吗？"

王元峰看艾小倩着急解释的样子，故意说："我不知道。"

"怎么会不知道，演出可以有很多，可是妈妈却只能有一个。她的妈妈在手术台上和冰凉的手术刀战斗，她却穿着华服美衣在炫目的T台上行走。您知道，她每走一步，心都像刀割一样。是为了漂亮的衣服吗？是为了名气和金钱吗？都不是！是因为她签了合同，她有一份责任心，她重承诺守信用！这样的模特，你放弃你不觉得可惜吗？"

王元峰故意不打扰她，笑眯眯地等着她继续。艾小倩咽了一口唾沫，继续说："姗姗姐不光有严肃的职业道德，而且她还洁身自好。你要是换一个名声不好的模特，今天帮您做个宣传，明天曝出一个丑闻。您的公司名誉怎么办！而且姗姗姐这人品行端正，她还教我怎么减肥，怎么化妆，怎么穿衣服。您不知道我这方面混沌未开，她教得有多仔细。”

这什么成语？混沌未开？疯了！艾小倩在身后使劲掐自己的手。

“还有吗？”王元峰问。

“而且……而且……”艾小倩把一路上准备的词语都说光了，不知道说啥好了，一下子想起来陈淑的那套说辞，临时起意就用上了，“而且姗姗姐对您印象特别好，经常在我们面前说王总德艺双馨，年轻有为，彬彬有礼，嗯……才高八斗学富五车。”

王元峰哈哈大笑，侧着头看着眼前这个胖丫头。艾小倩在后面的手掐得更使劲了，骂自己，再说下去，自己是不是就得说福如东海寿比南山了……

王元峰整理了一下西装，正色道：“贵姓？”

“啊，还没自我介绍，我叫艾小倩，是兰朵模特公司的经纪人助理……不是，因为弄丢了合同，我已经被免去助理职务了，今后还是后勤服务人员。”

“你们胡总真不会珍惜人才！”

艾小倩不好意思了，她说：“是我不小心把合同弄丢的。”

“哦。你刚才陈述了这么多观点，我却连你到底来干什么都不了解呢。”

“啊，啊，是这样的。”艾小倩手脚并用，把早上的场景重新演示了一遍，“今天一早姗姗姐让我把合同送过来给您，可是我拿着合同撞了我们公司的李琳，李琳手里的废纸掉了一地。我就把合同放地下，然后帮她收拾废纸，还把其中两张废纸拿到碎纸机那给碎掉了，结果回来合同就没了。他们怀疑是我把合同也一起碎掉了。可是，可是我记得我是没碎掉的。”

“然后呢？”

“然后，姗姗姐说我是内鬼，和……那个谁沆瀣一气故意把合同给毁掉的，还说将来和您还有很多合同，这份合同丢了事关重大。我就想过来求求您，把那个合同再打一份给我拿回去，我让姗姗姐签字后再给你拿回来，行吗？”最后这两个字，艾小倩问得千回百转可怜兮兮的。

王元峰吐出一口气，说：“正常来讲啊，对方对合同的重视，也算是企业管理水平和诚信程度的重要体现。试想一个公司能把合同都弄丢了，你会相信今后和他们的合作吗？一定不会。”

“会的，会的。我会狠狠地批评他们一顿，然后让他们鞠躬道歉，然后再把合同打印一份给他们。”

王元峰哈哈大笑。天真和傻区别好像真不太大，不过，眼前这个丫头，挺有趣的。

“那好吧，我可以再给你打印一份你拿回去，不过，我有个条件。”

“什么条件？”

“你请我吃顿饭吧！你不是我姨家的亲妹妹嘛！表哥帮你这么大的忙，你总要请我吃顿饭吧！”

艾小倩乐得不行：“好啊好啊，我请你吃好吃的！那先给我合同。”

“你还挺狡猾的！先拿合同再吃饭？”

艾小倩嘿嘿笑，说：“谢谢，您真是好人！”

王元峰小声说：“这社会上哪还有好人”，然后给秘书打电话：“把兰朵公司的那份合同给我再打印一份送过来。”

合同送过来，艾小倩一遍一遍抚摸着，抱在怀里，生怕王元峰再抢回去一样。她高高兴兴地就要往外跑。

王元峰叫住她：“你不留个名片，怎么请我吃饭？”

艾小倩摸摸头发：“可是我没有名片。”

王元峰拿出笔，拿出纸：“留下联系方式就行。”

艾小倩把自己名字和电话号码留下。王元峰递给她一张名片：“找好了饭店给我打电话啊。”艾小倩高高兴兴地答应了，抱着合同一路飞奔回公司。

“姗姗姐，我把合同给你拿回来了。”

秦姗姗正为取消的演出头疼呢，看见艾小倩抱着合同冲进来，有些吃惊。

“《时尚风》杂志的合同？”

“对啊！我让王总又给我打印了一份，他同意了！你看，他们的公章和王总的签字都有了。您现在签个字，我马上就给送过去！这个演出就确定了！”

秦姗姗拿过合同，从头到尾看了看，慢慢签上了字。艾小倩拿着合同飞也似的出门，撞到了正开门进来的丁大卫。

“艾小倩，你小心点啊！”

“不好意思，不好意思。”艾小倩怀里抱着合同，紧紧地抱着，继续跑开了，迎面看到同事就急急地避开。

“姗姗姐，艾小倩怎么了？”丁大卫进屋问。

“她把合同找回来了。她去和王总要了一份新合同。”

丁大卫张大了嘴：“合同还能说要一份新的就有一份新的？”

秦姗姗手里拿着留下来的一份合同，说：“我也这么想的。一个金牌经纪人都做不到的事，她一个艾小倩就能做到，你不觉得这里面有问题？”

丁大卫忙解释：“我不是这个意思，要是真的是新合同，那至少能证明不是她故意把合同粉碎的吧？”

“你好像对艾小倩有好感？”

“不是不是。姗姗姐我就是就事论事。”

秦姗姗笑了：“这个圈子有多黑暗我比你有经验。不过我提醒你一句，如果我的经纪人和助理谈起了恋爱，那我以后的处境可想而知了。你懂吧。”

"放心,没那事。"想了一下,丁大卫说,"姗姗姐,那你的意思,是艾小倩可以继续做助理了?"

"暂时找别的助理也不容易,公司的经纪人手里的模特也都够他们自己忙的,现在招新人还不如用艾小倩呢。不过,你记住,以后我的行程合同这些私密的问题,一律对她保密。让她做些力所能及的事情吧。"

丁大卫哦了一声。

艾小倩送合同回来已经是满头大汗了。胡总在电梯门口看见她,好好地表扬了她一番:"艾小倩,不错!能把合同找回来,好样的!你很有潜质,以后我升你做经纪人!"艾小倩还不知死活地来了一句:"谢谢胡总,以后我要做模特!"

丁大卫听到艾小倩的声音,从办公室走出来:"小倩,你跟我过来一下。"

艾小倩愣愣地跟着他走,俩人没找到好地方,又进了库房。

"说吧,怎么签回来的?"

"说点好听的,我连陈淑的法子都用了。"

丁大卫一想到陈淑,就想起那句"该推倒时就推倒",不由吓了一跳。

"什么法子?"

"就是陈淑那天说……"艾小倩学着陈淑的语气语调,"我们家小倩总是提起你,说你在工作上给了他很多帮助,说你是个非常善良的好人,说你特别英俊。"这几句话让艾小倩学得贱兮兮的。

丁大卫眯着眼睛看艾小倩:"你的意思就是说你背后从来没这么说过我的好话是吧?"

"我们两个的关系已经到了互相说好话的程度了吗?看我干吗!"

丁大卫继续眯着眼睛盯艾小倩。

"再就没有了呀!我就说姗姗姐特别尊重您,姗姗姐说您德艺双馨,年轻有为，彬彬有礼，才高八斗学富五车。话说，王总真是个好人，他还说本来不尊重合同的公司他是不合作的，但是看我这么诚恳，就说让我请他吃顿饭就行了。"

丁大卫想了想说："我给你介绍一下王总的背景吧。王元峰是国内《时尚风》杂志的总编，他的杂志始终走在时尚前沿，成为国内时尚的风向标，只要经过他的杂志推荐的产品，无论是人还是物，都能立刻成为知名品牌。所以国内国有化妆品公司、服装公司、奢侈品公司乃至发型学校等等都仰望这个平台，对这个王总崇敬有加。时值杂志成立 20 周年庆典，张闻天通过各种关系才找到一个和时尚风杂志接洽的机会，为秦姗姗谋得了一个参加剪彩加走台的机会。"

艾小倩听得十分认真，连口称赞："哇，这么厉害？不过他本人看起来很谦虚，很友善啊。"

"他就说让你请他吃顿饭？"

"嗯，他这么厉害的人，也知道我送他一套别墅的可能性是零，所以就照顾我这后辈，吃顿饭得了呗。"

丁大卫深吸了一口气，把嘴边的话给咽回去了。

"嗯，姗姗姐说让你继续做她的助理了，不过……"

"不过什么？"

丁大卫怕艾小倩难过，把那些对她需要保密的话吞了回去："不过，你以后一定要做事小心些。有什么事情多和我商量吧。"

艾小倩拍了一下丁大卫的肩膀："不找你商量找谁商量啊，你是经纪人，我是你的助理。"

"去洗个脸吧，看这妆花的！走到大街上没有城管抓你啊？多影响市容啊！"

艾小倩咬牙切齿地瞪丁大卫。

艾小倩认认真真地给秦姗姗道了歉，表示以后一定认真仔细工作。

秦姗姗保持着微笑，没再说什么。

临近中午，胡总打来电话，问丁大卫秦姗姗的日程安排，说新人模特班要进行第一次走秀，拟定在下周三。又问秦姗姗能不能参加排练，带新人走第一场秀。丁大卫说：“我查查日程。”

丁大卫其实知道秦姗姗一周之内没有演出，但是目前她火气正大，他不敢私自做主。

“姗姗姐，三天后新人模特班有第一场秀，胡总问您有没有时间这两天参加排练，到时候到场带带新人。”

秦姗姗看看丁大卫。丁大卫连忙说：“和老板冲突总是不对的。因为张闻天的事，也不能总和胡总僵持着，毕竟以后很多案子还需要胡总帮忙。就算给胡总一个面子，反正您这几天也没演出，就带带她们，给她们带一个开场吧。”

这些话说得秦姗姗很高兴，既然台阶都准备好了，她硬撑着不下也不好，说：“好的，就说我同意了。问问什么时间排练？咱们过去跟着排练。”

艾小倩听丁大卫说话的技巧很是佩服，心说：“原来话可以这么说的呀？不过，还真是虚伪！”

下午秦姗姗带着丁大卫、艾小倩二人在后台准备。艾小倩第一次看到后台原来是这样子的，从一个满是衣服、模特们忙乱不堪的房间里走出来，走上楼梯，就是后台。在这里伸头往外看，就能看到长长的T台，和T台周围的观众。

灯光配合得那么好，音乐配合得那么好。艾小倩伸头看着眼前的一切，想象着自己穿着漂亮的衣服走在T台上的场景，不禁失了神。

“小倩，听说你找回了合同，你好厉害呀！”林娜故意大声说。

艾小倩推她到一边：“别说了，大家本来都误会我呢。好在合同找回来了，皆大欢喜就行了。哇，林娜，你好漂亮啊！”

被林娜痛斥过的模特嗤之以鼻：“有什么神气的，将功补过呗！没做亏心事，能拼命去补救？我还真就不相信这世界上有活雷锋！”

林娜生气：“你，你别胡说八道！”

“身为姗姗姐的助理，能和前任经纪人关系融洽还真不容易。她也不知道避避嫌？就那么凑巧合同就毁掉了？张闻天花了多大力气才把合同弄到手的，她一个新手就能重新拿份合同过来？”

几个人越说越过分，艾小倩听着眼泪就要流下来了。丁大卫陪着秦姗姗在后面已经听了好半天了。丁大卫本来想过来制止这些人的无中生有，但是被秦姗姗拦住了。

秦姗姗出道并不容易，从农村出来人生地不熟，就靠着自己的努力，加上运气，跌跌撞撞走到今天，她被人抢走过无数机会。合同签得好好的，第二天对方和一个漂亮的模特从宾馆出来就变卦了，这样的事情数不胜数。张闻天确实给了她很大的帮助，一步一步把她栽培成功。但是她成名之后，张闻天的路子似乎越来越不同，让她陪吃陪酒陪聊天的事情多了，也开始不断接触各种官二代富二代，用秦姗姗自己的话说，就是开始走下坡路了。所以，秦姗姗也是无奈才炒掉张闻天。她也知道失去张闻天自己就会失去一对翅膀，但是有些事情，触及原则，她不得不取舍。

眼见着两个演出被取消，艾小倩这么单纯的人能瞬间就丢失了合同，秦姗姗认定，这些都不是巧合。艾小倩把合同拿回来，她也很诧异，但是听了这些模特背后的说辞，她也不可能不往心里去。的确，不做亏心事怎么会这么轻易就拿回来合同？

大家看姗姗姐过来，也就自动散了。“兰花指”指导着大家，排好顺序，讲解了一下走台的站位和注意事项。音乐响起来，灯光一配合，秦姗姗就出场了。艾小倩伸着脖子看秦姗姗的表演，刚才的烦心事一下子就都没有了。秦姗姗第一圈走回来，问艾小倩："走了几秒钟，你记住没？"

艾小倩啊了一声，她光顾着看秦姗姗走台的英姿了，不知道助理还需要记录这些事情啊。

秦姗姗态度不好："你不知道我走了多久，等我下来换鞋的时候，换发型的时候，换衣服的时候，你临时要上厕所怎么办？我万一忙中出错，穿了别人的衣服，错穿了一双大号的鞋，自己摔了一跤不说，害的别人没衣服穿了怎么办？助理要做的事情很多，你不会可以，你不是说你会认真学吗！"

艾小倩一句话都没说，她没啥说的。不一会她就流眼泪了。眼前这个姐姐从前对她多好啊，还亲自给她修眉毛，还亲自教她五点一线法，还亲自推荐她做自己的助理。可是因为自己的疏忽，一下子两个人的关系就远隔千山万水了。她生生地就被误会了。艾小倩一边掉眼泪一边写记录，跟在"兰花指"后面问姗姗姐穿哪件衣服，走台走到前面走几圈，谁在她左边谁在她右边，她都记得清清楚楚的，小本子上还有漫画。

新模特们第一次练习走台，走了一圈下来，胡总就带人送茶水来了，说是天冷，加了些暖胃的药材，煮了慰问大家。每人一杯。艾小倩拿着杯子，躲到一边，找个柱子贴站好，一边喝茶水，一边掉眼泪。丁大卫凑过来，小声说："别哭了，难看死了！"

"不用你管！"艾小倩哭得更委屈了。胡总看了一眼这边的情况，皱了皱眉头，也没说什么。

艾小倩这几天心情糟透了。她发现秦姗姗对她十分戒备，所有涉及合同日程安排的事情都躲避着她。而丁大卫忙得天翻地覆的，发愁的时候就躲到什么地方抽烟，可是到底什么事情就是不告诉她。她以为做了秦姗姗的助理至少能多学习许多东西，而且秦姗姗从前那么真诚善良，所以当秦姗姗说选她做助理的时候她想都没想就答应了。但是，现在，她有时候看丁大卫进到秦姗姗的套间里商量事情，而她在门外听不到一点声音。她很多时候甚至无事可做，只是看着他们两个忙得热火朝天。

艾小倩心里难受。有一天，她偷偷跟在丁大卫身后，说："我能帮你什么忙吗？我在这办公室连着干坐着两天了。"

丁大卫此刻正在和一个从前已经有意向却又有反悔想法的公司谈合同，尽管他就对方提出的条件一一做出让步，但是对方还是迟迟不肯签约。丁大卫其实真想和艾小倩聊几句，哪怕两个人一起骂骂对方那个变态的老板也行。但是秦姗姗交代过，对艾小倩保密。丁大卫同情地冲她摇摇头。艾小倩垂头丧气地往回走，丁大卫叫住她。

"艾小倩？"

艾小倩立刻星星眼："我能帮什么忙，快说，快说。"

丁大卫走近她，说："现在的情景，我知道你也不好过。其实，要不然，你换个别的工作吧。"

艾小倩灭掉了自己的星星眼，摇摇头，说："谢谢。我才不放弃呢！我要是现在走了，我是内鬼的事情就板上钉钉了。我没做亏心事。我不能这么一走了之，我得证明自己的清白。早晚有一天姗姗姐会知道，我不是坏人。"

丁大卫没再说什么，转身走了。艾小倩这回叫住他。

"'肉丝面'？"

丁大卫转过头来，这个时候这个丫头还有心情开玩笑，看来抗压能力还挺强。

"谢谢你。我一定会减肥成功，我一定会解除误会，我也一定会成为模特的！"

丁大卫笑了笑。

兰老师叫了艾小倩去，递给她一个信封："拿着吧，艾小倩，反面教材的兼职费。你应得的，拿着去买点漂亮的衣服穿。"

艾小倩拿着信封，想想自己这段日子来的经历，心里感触很多。她说："兰老师，我也不光是为了这个报酬。"

"我知道我知道。有时候失去的同时也是获得。这段时间你也学了不少东西吧？去买点衣服，打扮打扮吧！女孩子总要打扮得漂漂亮亮的才行。"

艾小倩并没有去买衣服，她把这份报酬连同自己第一个月的工资累积在一起，交给了林娜。"林娜，谢谢你。我都欠了你三个月的房租了。现在终于存够了钱，谢谢你。"

林娜没有说什么客气话，收了钱，说"没关系"，就进了自己的房间。

艾小倩发现这几天林娜有点不太一样，好像总是心神不宁的，又好像有点躲着自己。艾小倩想起自己受委屈的时候，林娜那么出面帮助自己，就敲门进去，问："林娜，你是不是有什么事情啊？大家都是好朋友，有什么事情需要帮忙你就告诉我。"

林娜保持着良好的笑容，说"没事"，反过来关心艾小倩说："你怎么样？最近的减肥进行得还顺利吗？"

"当然不顺利了。"艾小倩拍着自己的肚子，"你听，成熟西瓜的声音。我们上学那会，老师讲声音的音色，就抱了一只大西瓜到课堂上，讲通过听声音就能判断西瓜成熟程度的原理。我现在这声音，就是成熟西瓜的声音。"

"别灰心嘛！其实，我听说有些减肥中心用各种针灸啊按摩啊什么的方法疗效也挺显著的，你要不要去试试？"

"好啊！现在无论什么方法我都愿意尝试。比如现在有人告诉我吃一只蚊子能减肥，我都去吃一只。啊，不，蚊子是咱们公司的形象代言人，不能随便吃。"

林娜笑了一下，说："我这里有张名片，你去看看吧。听我们同期的模特说过效果很好，虽然贵点，但是也值啊。"

艾小倩如获至宝，晚上睡觉都搂着。

第二天中午，利用午休期间，艾小倩就跑到那家减肥中心。

减肥中心也真是一个励志的地方，所有的中医师、按摩师，甚至前台女孩都清一色的瘦，瘦得飘忽忽的。艾小倩那个羡慕啊，对这里介绍的减肥方案更是深信不疑。

针灸师介绍了针灸减肥的原理，按摩师介绍了按摩减肥的原理，中医师介绍了减肥茶的原理。总之，都有理。当然，也都挺贵。

艾小倩算了算自己手里的余钱，问："哪个疗程最短，效果最明显，收费最低？"

针灸师离开了，按摩师也离开了，可爱的中医师留了下来。

"减肥茶效果最好，饮茶是中国的优良传统。我们这里有一种奇效减肥茶，你只要每天喝一杯，保准你一个星期内，至少瘦五斤。"

"不会造成肠胃问题吧？我上次吃香蕉减肥，后来泻肚得厉害。"

"不会不会，你放心，我们的减肥茶正品行货保证品质，绝对没问题。你先拿几个疗程的。"

艾小倩颤颤巍巍地翻出钱包里的几张毛爷爷和若干张人民群众，中医师眼力挺好，说："没关系，几个疗程都没关系，你就先拿一个疗程的，1398元。吃好了再来买。"

说得艾小倩还挺不好意思。

艾小倩把减肥茶带到了公司，平时就采用五点一线法+奇效减肥茶，展开自己的第二阶段减肥。有时候秦姗姗突然进到屋里看见艾小倩贴在墙上，也会吓一跳，但是杂事太多，从前不需要她操心的事，现在她都得亲自操心，她没时间顾艾小倩。

新人模特首场秀如期举行，艾小倩把从前在本子上记录的事项一一查验。秦姗姗自己化妆的时候，她帮不上忙，只能随时准备好棉签、纸巾、别针这些小东西供秦姗姗随时取用；秦姗姗要穿的衣服在递给她之前，艾小倩从头到尾摸了一遍，从里到外又检查了一遍；秦姗姗穿的鞋，在她把脚放进去之前，艾小倩把手伸进去小心摸了一遍；秦姗姗每次从T台走回来的时候，她一定跟在身后，帮助拉开拉锁，递一杯水，把新要换的衣服再按照刚才的程序做一遍。艾小倩是尽心尽力的，引得别的模特纷纷怒斥自己的助理笨手笨脚不尽心。

这是以“秋叶飞扬”为主题的一场秀，针织的毛衣，有燕尾一样的下摆，前襟是大弧形，胸前有拉锁点缀，艳丽的黄，耀眼的红，各种色彩搭配起来，十分抢眼。音乐、灯光将整个舞台效果配合得天衣无缝。

台前模特们在秦姗姗的带领下，总体效果非常好。林娜和李琳的表现尤其突出，李琳偏重于活泼的气质，而林娜和秦姗姗的风格十分相像。艾小倩是硬逼着自己才没跑到前台去看看。她的心更是随着前台的音乐不断起伏。艾小倩看着忙乱的后台，看着模特们化妆、换衣服、选鞋子，被催促、被批评、被表扬，她的心里充满期待。这一切，什么时候才能真实地发生在自己身上。她什么时候才能成为这一场秀的主角而不是配角呢？

演出结束，胡总借着庆祝新晋模特班要结业的借口，安排大家搞了一次聚餐。因为最近公司里的气氛很不好，新模特们面和心不和，又有一个模特和自己的经纪人闹得不亦乐乎。这种时候，胡总知道该是自己出马的时候了。聚餐就选在了一家烤肉店。

模特们热热闹闹，非常高兴，但是吃起东西来，却真的十分节制。几个和秦姗姗同期的模特，被经纪人看着，时不时就把她们盘子里的烤肉夹走，放几颗烤好的青菜，或者把眼前的饮料和啤酒换掉，放一杯白开水。模特们也不恼，经纪人夹走了烤肉，她们再夹一块；经纪人换走了啤酒,她们再斟满一杯。这样的事情一直在持续,但是丝毫没影响大家的兴致。

胡总率先举杯:“来来来,三个月的新人模特培训班结束了。大家收获不少,首先让我们把这杯酒敬我们的兰老师,来,兰老师辛苦了!”

大家也喊着兰老师辛苦了。“兰花指”在气氛之中有些激动:“谢谢大家,谢谢。谢谢胡总的信任,谢谢新晋模特们的配合。都说我是魔鬼训练师,不过这期学院里真的没有被我训哭的。”

秦姗姗笑着说:“兰老师您是不是老了,我那时候被您培训得眼睛都哭肿了呢!”

兰老师自嘲:“看来我是年纪大了,下不去手了。”

李琳喊了一句:“兰老师您没老,我有在背后哭啊!”

一个男模特说:“兰老师,这样的场合,我们是不是可以报仇了?”

几个模特起哄:“对对,新仇旧恨一起算。来来,兰老师喝了我这杯。”

兰老师被几个男模特劝着,喝了不少酒。

艾小倩独自给自己倒了杯啤酒,一口就喝下去。她真希望自己也是一个被兰老师训哭的模特。

林娜把烤好的牛肉夹了好多放在艾小倩的盘子里。

“小倩,你多吃点啊。这段时间你也够辛苦的,你不用节食,多吃点。”

艾小倩吃了一块烤肉。秦姗姗瞅了她一眼,没说话。

胡总给秦姗姗倒了一点酒,说:“你妈妈身体都好了?”

“好了,前天就回去了。谢谢胡总关心。”

“哪里哪里,大家都是一个公司的,平日里当然互帮互助才对。来来大家多吃点。祝贺秦妈妈身体康复。”

有个女孩子喝一口水,羡慕地看着秦姗姗:“姗姗姐,能问你一个问题吗？你为什么想当模特呢？”

“嗯……”秦姗姗想了一想，“穿漂亮的衣服。你们呢？”大家都知道姗姗是开玩笑，都笑了起来。

有个男模特说：“我是为了钱！但是没想到当个模特穷得都要卖血了！”大家就起哄，一边说他铜臭一边鼓掌。

还有一个女孩说：“我和他一样，希望将来有很多的钱，那么当我站在百货商场，面对华丽昂贵的衣服，我就可以说：‘这个，这个，这个，不要，其他的都给我包起来！’”

大家又喝倒彩敲着桌子起哄。

“我是为了将来出名，找个好老公。”一个女孩子一边说一边还不好意思地捂了脸。有人发出嘘声，女孩更不好意思了。

姗姗问李琳：“你呢？”

李琳特别镇定地说：“前任男友劈腿，对方还没我漂亮呢，但是是个模特。所以……”

姗姗拍拍她的肩膀：“做得好。女人最要紧是活出样子来。我看了你的表演，很不错。咱将来成一个超级模特，到他面前走台步，让他后悔去！”大家就都笑起来。

有人说：“林娜很有姗姗姐的气质呢。简直就是第二个姗姗姐。林娜你为什么要当模特？”

秦姗姗看着林娜，眼前的这个模特，确实很有实力，但是让人看不透，说话只讲三分，内心非常复杂。秦姗姗从她第一次在背后讲艾小倩夹肉丝的时候就不喜欢她。

大家等着林娜的回答，一时间安静了下来。林娜笑笑说：“为了什么呢？我没有什么宏大的梦想，我只是想一步一步站到更精彩的舞台上。”

有模特嗤之以鼻。胡总问一言不发的艾小倩：“小倩，你不是也要当模特吗？说说你为什么想当模特？”

艾小倩想想说："那么请大家安静，来听听我艾小倩的故事。小时候呢，我就爱臭美，扯一块抹布都想摆 POSE。现在我身在模特公司，知道许多荣耀或者艰难的模特背后故事。"她看着姗姗姐说，"我知道模特要洁身自好，要忍让也要有原则，肯努力也要懂坚持。我知道了女孩子出门前化妆是一种礼仪，虽然我现在的妆还是化得乱七八糟。"

李琳说："没有，今天的妆容已经很有进步了。而且，你的衣服搭配也有进步了。"大家笑，艾小倩说"谢谢"，然后喝了一杯酒。她继续说："我学到了很多东西，也懂得了很多道理。但是，我目前最明白的道理是，身为一个模特，要尊重同行，尊重媒体，尊重客户，尊重设计师，需要尊重身边的每一个人，但是首先要尊重的是自己。"

大家都很安静，每个人都在品味这些话的含义，也都在回忆自己曾经的遭遇。

"教给我这么多道理的，就是姗姗姐。"

大家都知道最近因为合同的事情，姗姗姐和艾小倩的关系，所以大家继续保持安静。气氛一下子就有点尴尬。

胡总想要打破僵局，于是说："来来，大家喝酒。"

艾小倩抢在他的前面："姗姗姐，喝了我敬的这杯酒吧。对于我工作上的失误，我道歉；但是对于吃里爬外这样的罪名，我拒绝。姗姗姐，请你相信，无论过去现在还是将来，我艾小倩都是一个善良的姑娘。"

艾小倩一饮而尽，秦姗姗端起酒杯，也喝了一杯。

胡总看到僵局破解，很高兴，招呼大家："恭喜各位毕业，我向大家提几点希望：第一，大家都是兰朵公司的签约模特，都是我们兰朵公司的形象和脸面，所以今后各位美女们为人做事，请遵纪守法严格自律，我不希望将来报纸上出现什么负面新闻，名头写着兰朵公司某某模特的名字。

"第二，诚然，这是一个竞争的社会，今后彼此之间的竞争在所难免，但是既然大家都是同期生，请在今后的发展中，相互扶持彼此关照。跳棋兵法中有一条说得好，你堵好了路你自己也无路可走。只有我搭你的车你借我的桥，才能为大家谋得更好的将来。

“第三，各位要守得住体重，耐得住寂寞。一夜爆红自然好，水到渠成其实也不错。在前途一片灰色的时候，别暴饮暴食，别自暴自弃。相信吧，那快乐的日子就要来到。

“好了，我就说这些吧，来来，大家干杯干杯！”

众人举杯同饮，兰老师夹了些烤好的肉放到艾小倩的盘子里。

“趁你还没成为模特，多吃点吧。看她们美食当前却只能敬而远之。多可怜。”

丁大卫却唱反调：“你别劝她了，兰老师，你也知道她在减肥，绝对不会吃这么多烤肉的。”

旁边几个男同事也起哄，作势要把艾小倩盛满烤肉的小盘子拿走。艾小倩想接收兰老师的好意，所以把小盘子护住，夹起一块肉放到嘴里，可是一下子就呕了出来，弄得大家一愣。

艾小倩起身去了洗手间，在洗手间里呕了半天才出来。

丁大卫就站在门口，看艾小倩出来。他斜着眼睛看艾小倩。

“艾小倩，你别告诉我你在学李琳。”

艾小倩胃里正难受呢。

“什么学李琳？我又怎么了？”

“你是不是吃完了东西，自己又手扣着吐出来？”

艾小倩想了一下：“你是说李琳现在在用这种方法减肥？我的天啊，太可怕了！我说我怎么就是瘦不下来呢，原来还有这样的方法呢！”

“我是在教你减肥方法吗？法国女演员伊莎贝尔·卡罗你应该听说过吧？她身高 1.65 米，体重仅 31 公斤。她患厌食症近 15 年！”

“减肥减出厌食症来了？”

丁大卫反问:“你说呢?”

“我还不至于这么傻吧?我是科学减肥,理性节食。”艾小倩指指自己的脑袋,“我是受过高等教育的人。不过……我应该去劝劝李琳。她这方法不科学,万一像你说的得了厌食症可怎么好?”

丁大卫想了想,说:“艾小倩,你是不是缺心眼啊?”

“我怎么了?”

丁大卫伸出右手的食指在自己的头上画了两圈。

艾小倩思考了一下:“我有慧根?”

“不是,是你冒傻气!”

“丁大卫,你说你关心我就关心我呗,非把话说得那么难听干吗?不好意思啊?咱同事一场,互相关心互相帮助,这才是和谐共进的企业文化嘛!”

丁大卫转身走了:“我懒得和你说!”

艾小倩偷偷笑,丁大卫又转回来:“艾小倩,你要是多管闲事,去劝李琳,你千万别说是听我说的。其实……”

“其实什么?”

“其实,我还是觉得你头上冒傻气!”

艾小倩把头往丁大卫身上靠:“来来,我也传染给你!”

那天大家喝得都挺多,秦姗姗都有些摇晃了,艾小倩想去送,但是胡总说要和她说说话,就让丁大卫送秦姗姗回家了。

胡总和艾小倩一起走了一会,两个人说着话。

胡总说:“艾小倩,要不你换一个模特吧。新晋模特结业了也都需要经纪人和助理,你看看选一个合适的。”

艾小倩明白自己的情况,说:“我不换。我知道我现在身上都散发失败者的味道了,如果我换个模特这味道就会让周围的人都闻出来了。我宁可现在委屈着,总有一天真相会大白的。人要做成一件事,就得能承受，承受不相信，承受不理解。我还是愿意跟在姗姗姐旁边，和高手过招才能提升迅速。我小的时候，我爸爸总出去下象棋，但是他输的次数特别多。后来我爸爸告诉我，必须得和高手过招，就算败下阵来，学到的东西也比别人多。我现在就这么想。我就算被怀疑、被训斥，我也一定是进步最快的。谢谢胡总关心。我不换！”

胡总咂咂嘴，说："你还年轻，有些事吧，你还不懂。这个世界远不是你想的那么黑白分明，不是黑就是白，不是这样的，这世界有时候吧，就是灰色的。"

艾小倩眯起眼睛笑："没事，我知道这世界有非常险恶污秽的一面。老天不是给了我们两只眼睛吗？一只看美好的世界，一只看黑暗的世界。我只要闭起那只看黑暗世界的眼睛不就行了，我的世界就都是美好的。"

胡总挺开心，这个胖丫头挺有趣，就鼓励她："那好吧，现在的女孩子内心都强大。我尊重了一回秦姗姗的选择，现在我也尊重你的选择，好好干，艾小倩！"

艾小倩想起来了，突然问："对了，胡总，我能不能问问您，当时您是怎么同意聘用我的？"

"哦？丁大卫没告诉你？"

艾小倩心说丁大卫能对我说什么正经事，每天打压我就是他丁大卫的主要任务。

"哎呀，你记得你后来下楼遇到的秦总？那可是我们的大客户，期间多少人和我们抢生意啊，没想到你那几句关于蚊子的理论就打动他了，他欣然与我们签订了合同。话说你是我们兰朵公司的功臣啊，所以我就打算聘用你。咱们俩，合财，你觉得呢？"

艾小倩心说这么大个老板你还迷信呢，但是她可没说出口，只是说："谢谢胡总赏识，我一定好好干！"

第六章

有人送来鲜花

艾小倩想一想,这个"肉丝面"先生,从什么时候开始两个人就成了那种一见面就互掐的关系了呢?

丁大卫越来越觉得为难,公司里模特、经纪人、助理三者之间关系最微妙的也就是他们三个了。

凡有事,秦姗姗说一句"丁大卫你进来一下",俩人就进了里间了,然后声音就压低下来,过会儿声音再大起来:"好了,没事,你快去办吧。"

等他出来,艾小倩一双眼睛巴巴地看着他,非常希望他能喊一声"艾小倩,你跟我去办点这个事那个事",但是从来都没有。

丁大卫没想到秦姗姗心胸这么狭窄,她都能让艾小倩继续做助理了,却还是像防贼一样防着艾小倩。而这个艾小倩心胸是够宽广的了,都能跑航空母舰了,他怎么劝,人家艾小倩就是不走,就说要跟在秦姗姗跟前学知识,非要等到真相大白的一天。

丁大卫去洗手间洗手的时候对着镜子自言自语:"我丁大卫招谁惹谁了,跟这两个活宝弄一块了。"

丁大卫从洗手间回来，突然发现拉链没拉，刚才只顾着唉声叹气了，他赶紧背过身去拉拉链。有个女模特故意开他玩笑："丁经纪这是公开勾引啊，别忘了这可有摄像头呢！"吓得丁大卫一使劲，拉链把手指扣里面了，他哎呀一声。女模特看着他下面，龇牙咧嘴地，很关心地问："没事吧？"

丁大卫低头看看自己的手，又抬头看看这模特，旋即明白了，说："手，是我的手，划伤了。"

模特捂着嘴："我也没说别的呀，我就是问，你的手没事吧？"

丁大卫有点后悔了，模特公司真不是什么好地方，这些莺莺燕燕，看着养眼，实际各怀鬼胎，开放到可以，有些模特换衣服都不回避你。弄得他这个连女朋友都没有的纯情男青年时不时地脸红，着急忙慌地躲避。

在走廊上，丁大卫就觉得刚才有点事，让这个模特一个玩笑给糊弄过去了。他突然一抬头，明白了——摄像头。

要说艾小倩故意毁了合同，谁说了都不算，摄像头说了才算。

丁大卫找到公司保卫室，把当天的监控视频调出来了。他比较狡猾，看视频的时候把保安给支走了。他心里到底还是担心艾小倩毁了合同，虽然不是故意的。

视频里展现了走廊尽头的情景，虽然没有声音，图像也不是很清楚，但是基本事实是很清晰的：

安静的走廊，李琳从走廊对面走过来，手里的废纸堆了高高的一摞，摇摇晃晃就要掉下去了。走到一个门前，恰巧艾小倩拿着合同开门，一下子就撞上了李琳。艾小倩把合同放在地上，帮李琳捡废纸，李琳也弯腰捡废纸，两个人一前一后走到前边的办公室里，门没关紧。这时从另一个门里突然出来一个人，两步过去把合同捡起来又躲回刚才的门里。这个人动作太快，丁大卫没反应过来。他把视频倒回去，重新看了一次。是林娜，慢动作回放，她捡起合同四下张望的时候，一个瞬间有张她的正脸。随后，艾小倩出来找合同，没有，又回到放有碎纸机的房间，李琳也跟进去。林娜从房间里出来，捡起很多废纸，等艾小倩着急地出来再次寻找，林娜进了碎纸机的房间。

事实清楚，证据确凿！

丁大卫把视频拷贝到自己的手机里。拿着手机，他高兴极了。

回到办公室，艾小倩不在，秦姗姗一脸烦躁。

“你干什么去了？我刚才交代你的事你做好了？”

“哦，对不起，姗姗姐，我现在就打电话。”

秦姗姗把文件夹一摔！

丁大卫忙着打电话，艾小倩走进来。

丁大卫：“你去哪里了？”

“我刚才去李琳那里，她的助理不太爱说话，但是我还是问了很多关于助理的职责范围什么的。你知道吗？她还告诉我这个季节皮肤干燥，要用一款护肤露才能锁住水分。哎，你要不要一款？也有男士用的。”

丁大卫刚要说话，艾小倩又说：“其实，我做助理这么久，还是有很多不懂的。多出去问问他们挺好的。”

丁大卫撇着嘴：“我送你一台步步高打火机，你哪里不会就点哪里呗！”

艾小倩说：“丁大卫，你说话，怎么总是这么……不中听呢！”

丁大卫说：“你快忙你的，等我打完了电话，给你看个好东西。”

艾小倩说：“什么好东西？”就在这个时候，有人敲门进来。

“请问哪位是艾小倩小姐？”

艾小倩站起来：“是我，你有什么事？”

来人穿着“新月鲜花店”的工作服，他回头抱着一个花篮进来。

“这是您的花，请您签收一下。”

"我的花？谁送的？"艾小倩签了名，没找到卡片。她琢磨了一下，给陈淑打电话。

"陈淑，你别玩了！我这几天啥情况你不知道啊？你这么送我一大篮鲜花，让同事知道，又得说三道四，说什么我自己给自己送鲜花，充场面什么的。这么多玫瑰不少钱呢！你省下来请我吃羊肉串多好！"

艾小倩这边稀里哗啦一顿说，说完了，没听到对面的动静。

"喂？喂！陈淑，听得到吗？"

电话那边河东狮吼："听到了！没长心的艾小倩，你故意气我是不是？我刚失恋了没多久，你打电话来说我送你玫瑰花，你故意气我是不是！我恨你我恨你我恨你！"那边挂了电话，艾小倩看着丁大卫眨眨眼，半天没回过神来。

丁大卫心不在焉地打着电话，盯着艾小倩这边的事态发展。

这时电话又响了。

艾小倩接起来："陈淑你知道我不是那个意思，这有人给我送玫瑰花来，我不是不知道是谁嘛，不是你还能有谁给我送玫瑰花呀？所以……"

陈淑那边说："你瞅瞅你那个没出息的样子！除了我就不能再有别人给你送玫瑰花呀？你让别人听了会以为咱俩同性恋呢！我没那个基因你知道吧！天下之大，型男这么多，我怎么也不可能看上你好吧？"

艾小倩这时候考虑到陈淑刚刚失恋，这边收了玫瑰就打电话给她，似乎有那么一点炫耀的嫌疑，于是"嘿嘿"笑，说："我哪有你那么受欢迎啊！你年轻漂亮活泼温柔的。"

"算你会说话！哎，你说会不会是'肉丝面'送给你的啊？"

"'肉丝面'？"

陈淑说："好了，你自己调查追求你的是谁吧！临挂电话前，艾小倩同学，请允许我郑重地说一句'我恨你'！"然后电话就挂了。

艾小倩看着玫瑰花，一步一挪地凑近丁大卫。丁大卫防备地往后退："你要干吗？你别把你的傻气传染给我！"

艾小倩欲言又止、吞吞吐吐地说："那个，不会是你送的哈？"

丁大卫拿起电话，干笑了两声："哈哈！我，吃饱了撑的呀！"然后就拨了电话，"哎呀，刘总，您好您好。我是秦姗姗的经纪人小丁啊，丁大卫，昨天给您打电话商量的事，您看……奶奶的，敢挂我电话！哥都给你记着，等你将来求到我的时候，我踩不死你！"

艾小倩还在琢磨，嘟嘟囔囔的："我妈和我爸都是节衣缩食，勤俭过日子的人，也不可能做这事啊，再说又不是我生日，又没什么大日子，绝对不可能是他们！难道是我小学时扶着过马路的张奶奶？不能，张奶奶这个时候也该100多岁了，没准都神游西方去了。阿弥陀佛，张奶奶安息！还能是我昨天帮忙开车门的那个四五岁的小同学？他也没有我的公司地址啊！"

丁大卫一会"切"一声一会再"切"一声，现在他能理解陈淑为什么骂艾小倩了。这艾小倩此刻就是在炫耀，在显摆，在得瑟！

艾小倩琢磨了一圈，也没想出来谁能送自己玫瑰，于是问："丁大卫，我要不把鲜花送给姗姗姐怎么样？"

丁大卫的手在自己的头顶转了两圈，说："冒傻气！"

艾小倩一想也对，借花献佛也不是这么个献法，而且早上来了，她就看见秦姗姗脸色不对。

"我送给你两枝吧，大家同事一场。一人一份，你就不会妒忌我了。"

"我妒忌你？你忘吃药了？"

艾小倩挑出两枝开得正好的玫瑰，找一个矿泉水瓶子装好，给送到丁大卫桌子上了。丁大卫嫌恶地说："拿走！我花粉过敏！"

"切，你还不领情呢！"

艾小倩把花放到丁大卫桌子上，又有一个电话，号码有点陌生。

艾小倩说："您好！"

"你好，我姨家的亲妹妹。"

艾小倩一下子想起来，答应王总请吃饭，最近自己点背到不行，给忘了。

"啊，王总，您好您好。不好意思，一直说要请您吃饭，我这几天公司太忙，您哪天方便，我请您吃饭。"

"好说，好说。怎么样？花还喜欢吗？"

"花？"艾小倩哀怨地看着这些花，心说我的妈呀，可找到主了，为这些花我伤害了我朋友脆弱的心灵，我给她一顿骂呀。

"啊，花呀？我收到了，我很喜欢，谢谢王总。我刚才还猜是谁呢。"

"花店没有送卡片吗？"

"啊，没有。您怎么想起来送我花来了？我真是受宠若惊。"说完使劲拍了一下自己的额头，受宠若惊是感受出来的，不是需要说出来的！没出息的艾小倩样！

丁大卫特别懂事，听到这里，把那两枝玫瑰完璧归赵给送回来了。

王元峰那边笑了："玫瑰花当然代表爱情了。我先送点花热热身，你好请我吃饭啊。怎么样？明天晚上有时间吗？我找好地方再给你发短信。"

"好的，好的，您找您喜欢的地方就好，我请客。"

两个人结束了通话。艾小倩问："你都听到了吧，你说他怎么想的，怎么要送我玫瑰呢？又不是谈恋爱。哎，你怎么这么客气呢，这两枝玫瑰开得多好看啊，你拿着你拿着。"艾小倩又给送回去了。

丁大卫没说话。

"我问你呢，你都听到了，你说他怎么想的？"

丁大卫说："我没有偷听别人电话的习惯。他怎么想的我怎么知道？重要的是你是怎么想的！"

"我得请他吃饭。说请就得请，不能食言，不然不符合我艾小倩的风格。"

丁大卫不说话。

“喂，跟你说话呢，给点意见啊！”

这时，秦姗姗在里间喊：“你们两个能不能小点声！”

中午下班的时候，艾小倩凑过来：“哎，丁大卫，借我点钱吧。我要请王总吃饭，钱怕不够。”

丁大卫说：“吃饭能是纯吃饭吗？你能不能长点心？”

“还需要喝酒？我确实不能喝。不能再去K歌吧，就我们两个K歌也没意思啊。我的天啊，这要是全套下来，那得多少钱啊？丁大卫你有多少存款？全借给我吧。万一埋单钱不够，那我多没面子啊！”

本来要给她看视频的心思一下子没了，丁大卫后悔当初没告诉他这个王元峰到底是何方神圣，现在他不知道该怎么说出口了。如果他直接告诉她，这个王总是个口味很重又很宽，连她这个又胖又缺心眼的人都不会放过的人的话，她一定会哈哈大笑，说自己妒忌或者什么的。

丁大卫想了想，没说。

“喂，你借我点钱呗。我保证下个月发工资了就还你。”

“艾小倩你是不是那种关在疯人院里偷偷跑出来的患者？或者是那种应该送到疯人院里的患者？”

“喂！我就借点钱呗，你至于这么说我吗！我也是有自尊心的！我欠陈淑的钱还没还呢，又不能再管她借。这几天林娜好像很不开心的样子，我都怕说什么话让她生气。你看，就剩你了。”

“艾小倩，我直接跟你说吧。这个王总，你应该尽量地，有多远躲多远。要请他吃饭，不如你买点礼物送给他得了。反正他什么都不缺，你买礼物也就是表达一下心意，我看比较好。”

“买什么呢？买西装？”

丁大卫都不愿意说了：“西装好像是女孩子买给恋人穿的，你说呢？”

“也是，作为女孩子，衣帽鞋袜小内内啥的，还真是应该买给恋人穿才合理。”

艾小倩琢磨了一中午，觉得都答应请吃饭了，突然换成买东西不合适，而且具体买什么也不知道。还是请吃饭，当面说些感谢的话最好。

艾小倩中午时间去买了一条裙子，暗红格子的长裙。下午她换好了给丁大卫看：“哎，好看不？”

丁大卫瞪她一眼：“白瞎这裙子了。”

“丁大卫你是成心的吧？”

“我不是成心，我只是诚实。”

“丁大卫你怎么不去开会呢？”

丁大卫才想起来有个会议，抓起本子往外跑，回头说：“你才成心的！”

下午，艾小倩接到了短信：“韩国馆 1010 房间，穿漂亮点！”艾小倩一笑，看来买新裙子还是挺有远见的。艾小倩去洗手间重新洗了脸，把瓶瓶罐罐的摆了一小排，对着镜子逐一涂抹到脸上。看看这里不合适，洗掉重化，看看那里不合适，洗掉重化。

她正化得起劲呢，李琳走了进来，打了个招呼，推开一个门进去了。

接着艾小倩就听到作呕的声音。艾小倩停下了动作。她想起丁大卫不让她管闲事，但是她确实在网上查了那个只有 31 公斤的模特的图片，骨瘦如柴，如同干尸，非常恐怖。

她一直等着李琳出来，问：“李琳，帮帮忙，你看我这眼袋怎么都遮不住。”

李琳很热情：“熬夜了？这可不好，女人一旦出了眼袋，要消除很费劲的。我看看，你这个妆啊，眼袋这里其实是血液循环不好，干燥是必然的，所以，你得先用眼胶和隔离霜混合涂抹，让眼部肌肤喝到了甘露，才容易上妆。出了眼袋，皮肤表面就容易呈现高光，所以，要选很容易就能抹开的粉底液。你看你用的粉底霜，这个对于你来说太过厚重，要尽量避免用在眼袋上。而且你这款粉底还有闪光效果，有闪光效果的粉底虽然足够招摇，但如果用在眼袋上，就是自曝其短了。为了淡化眼袋，你还可以提高眉眼处的妆容，来提高眼睛的亮度。这样，视线上移了，就能达到弱化眼袋的效果。”

艾小倩心服口服，一边让李琳给自己描画，一边说：“你前男友真是和一个模特劈腿了？”

李琳笑笑，说是，又说：“不过都过去了，我不会再为他难过的。”

艾小倩说：“对，不值得！你对体重要求很严格是不是？”

李琳无奈地说：“可不是嘛，我属于那种喝凉水都长膘的人。所以，没办法，必须严格控制。”

艾小倩似是无意地说：“你知不知道那个 31 公斤的模特的事？”

李琳顿了一下，说：“听说过，说是模特界后来还规定模特不能以瘦为美。结果呢，还不是一样，大家都瘦，你敢多胖出来一两肉看看。没办法。”

艾小倩说：“我高中的时候有个同学，也喜欢瘦，拼了命地要瘦，后来就不吃饭。她妈妈逼她吃饭，她就吃完了偷偷去厕所吐出来，后来就得厌食症了，就和那个法国模特一个病，好不容易才治好，这个病可不容易治了。后来我们参加高考她都没赶上，她那时候学习可好了。多可惜。”

李琳听出来艾小倩的意思了，说：“小倩，我明白你的意思了。你别动啊，再动眼线就画歪了。”

艾小倩不动，等李琳画完了眼线，又说：“咱做模特是为了成功，不是为了折磨自己的。姗姗姐不是说了嘛，首先得尊重自己。尊重自己不就包括尊重自己的身体嘛，是不是？”

李琳笑笑，都画完了，对着镜子说："你看，满意吗？"

"满意，李琳你真是好人！"

"别客气。"李琳帮艾小倩收拾化妆品。

艾小倩问："我还以为你能和林娜用一个经纪人呢。听说她找的经纪人挺不错的？"李琳说："没有，林娜要成功的欲望太强了。我们不适合用一个经纪人。我的经纪人虽然是慢条斯理的性格，但是做事稳扎稳打，我很喜欢。咦？艾小倩你今天晚上有约会呀？打扮这么漂亮。"

"不是，明天晚上请人吃饭。女人出门化妆不是礼节嘛，所以我想先练习练习。"

李琳笑笑说："艾小倩，你进步挺大的。"

"我该谢谢你，你真是好人！别再做伤害自己身体的事了。"

李琳抿嘴，感激地点点头。临走之前，她小声对艾小倩说："小倩，我还没有助理呢。如果你坚持不下去，到我这来也行。"

艾小倩也感激地点头。

艾小倩心里高兴，看看镜子里的自己，很漂亮，也很开心。开开心心的艾小倩回到办公室，丁大卫已经开会回来了。秦姗姗不在，艾小倩看丁大卫一脸沮丧的样子，问："怎么了？挨老板骂了？"

"你不能期待点我好吗？"

"丁大卫先生，您现在这副要去厕所没有厕纸的表情，是中了彩票吗？"

丁大卫叹了口气，说："我建议你，和你那个朋友陈淑保持距离，你都和她学得口无遮拦了知道不？"

艾小倩想一想，这个"肉丝面"先生，从什么时候开始两个人就成了那种一见面就互掐的关系了呢？

艾小倩不肯吃亏地说："才不是跟她学的。我是跟你在一起时间久了，都跟你学的。"

空气中突然就奏起了音乐，像弓弦一样嗡的一声穿透两个人的身体。他们四目一对，立刻迅速躲开。艾小倩心想：见鬼了，怎么回事？

她当然不知道，丁大卫心里也是这么想的。

第二天，天气不错，天空湛蓝，阳光温暖，是个请人吃饭的好日子。

艾小倩是做足了准备的，她从家里带了四套自己认为还得体的衣服，一股脑地装在一个旅行包里，拎到了公司。

“你要出差？”丁大卫问。

“不是，这些都是我的衣服，一会我穿了，你给看看哪件好看。”

丁大卫用手指在自己头上转了两圈，问：“你看我像在冒傻气不？”

“哎，你讲点道理好不好，我昨天还送你玫瑰了呢？”

丁大卫赶紧把有点发蔫的玫瑰连同矿泉水的瓶子送回来。艾小倩推辞着又给送回去：“你这是干什么，我们这关系，你客气什么呀。我去换一套出来，你看看啊。”

“没时间。”丁大卫斩钉截铁地说。

“你昨天还说送我一个步步高的打火机，哪里不会点哪里，我都没跟你计较。”

丁大卫一下子就笑了。艾小倩趁热打铁，拿出一套衣服就冲出去了。

在洗手间里艾小倩穿上这件蓝色的裙子，搭配一条黄色的丝巾，把头发束起来，就回了办公室。

“怎么样？好看不？”

丁大卫叹口气：“艾小倩，我给你打个比方哈。人穿衣服就像主持人做访谈一样，一个主持人抛出一个问题，他一定是期待答案的；如果不期待对方的答案，那就不必问这个问题了。你说呢？”

道理有点深奥，艾小倩没反应过来，说：“我是期待你的答案的，所以才问的呀。”

丁大卫无奈："我的意思是，你穿一件衣服，目的是什么，你心里应该清楚。比如，你为什么选一条蓝色的裙子，为什么配一条黄色的丝巾，都应该是有想法的吧？不是随便拿两件衣服就凑合在一起了，是不是？”

艾小倩点头附和，说："是。”她想了想，"我听说蓝色衣服特别衬脸色，会显得皮肤比较白。我这几天一直饮食不佳，脸色确实不太好，所以就选了蓝色的裙子。至于丝巾嘛，一是我觉得晚上会冷，丝巾可以保暖；二是我觉得这个裙子整体都是蓝色又配黑色的鞋，色调太冷了，想凑一点暖色的配饰，所以就选了一条黄色的丝巾。”

丁大卫点头："艾小倩，你确实进步很大。”

艾小倩可高兴了，说："那么，你觉得这套衣服特别好看？”

丁大卫摇头，说："你的想法都是好的，但是还是有搭配不当的地方。蓝色和黄色凑在一起，实在是撞色撞得太恐惧。要不你换一条白色的……除了丝质的，没有那种毛毛的吗？”

艾小倩把头都伸进旅行包里，找了找，失望地摇头。

艾小倩又去洗手间里换了一套出来，这次是白色的紧身裤配黄色的紧身上衣。

丁大卫差点把茶水喷出来了。

"你自己啥体型不知道啊？这紧绷得都要爆炸了！我看一眼都要窒息了，你自己这么穿不难受吗？”

艾小倩本来是吸着气的，为了让小肚子看起来平一点。听丁大卫一说，她一泄气，小肚子突一下就露出来。她拍拍肚子："是不是像怀孕三个月了？”

丁大卫竖起四根手指。

"到底怎么穿才好看？你给点建设性的意见行不行？”

丁大卫说："对男人来说，女人最好看的衣服，就是不穿！”

“滚！”艾小倩骂完了又垂头丧气地去换了一套衣服。针织镂空套头衫加深蓝色牛仔裤，一双运动鞋。

丁大卫说：“还行。”

“那就穿这套去行不行？”

“吃饭地点是运动场吗？是要去一边登山一边吃饭吗？高中生约会吗？”

“丁大卫你什么意思？你成心的是不是？”

丁大卫说：“我的意思昨天就表达清楚了。你买点礼物得了，不一定非要请吃饭。反正就是一个心意。”

艾小倩泄气地坐在位子上，把自己泡的减肥茶一口气就喝光了。

“我都答应了，再说当面说谢谢不是更有诚意吗！为了请吃饭，我还把存的钱都取出来了呢。”

艾小倩又去换了一件黑色竖条的针织小衫，外边配了一个黑色的小马甲，下面穿了一件棕黄色的皮质短裙，黑色堆堆袜，黑色高跟小靴。

她推门进来，赌气地说：“这个行不行？再不行我就没别的衣服了，就这样吧！真费劲！”

丁大卫抬头看了一眼，觉得不错，没再说话。艾小倩主意都定了，自己也不能直接告诉她王元峰就是一个色狼吧！这话由自己说出去，怎么想怎么都不太适合，由她去吧！

丁大卫竖起大拇指，点点头。艾小倩眼睛瞪得老大，笑容爬上眼角和眉梢，非常激动，一下子扑过来，抱了丁大卫一下：“丁大卫，你真是好人！”

丁大卫一下子脸就红了。

艾小倩松开手之后脸也红了。她退退退，退回到自己的座位上，假装翻东西。

丁大卫借口去找胡总汇报也遁走了。

这一整天两个人也就再也没见面。

临下班，艾小倩要锁门，给丁大卫打了一个电话："哎，丁大卫，我要下班了，我锁门了，你带了钥匙没？"

"带了，那个……"

"什么……"

"你要去吃饭了？"

"嗯。"

"你小心点。"丁大卫说得很真诚很慢。

艾小倩却突然鬼使神差地说道："丁大卫你骂我呢是不是？你就直接说让王总小心点得了，你不就是想说我像一座大山似的摔倒了会压扁那个王总吗？你是不是就是这个意思？"

丁大卫那边气吼吼地说："没人管你！"电话就挂了。

艾小倩一边锁门一边生气："让我小心点，我小心啥？小心夜路？小心高跟鞋？切！他的狗嘴里就是吐不出象牙！"

韩国馆艾小倩是第一次去，大厅里放着一首韩国歌，优雅好听。服务员穿着传统服装鞠躬问好，引导她进了1010房间。王元峰一身西装，灯光下格外英俊。

"你今天真漂亮。"

艾小倩不好意思地笑笑说："为了请您吃饭，我特意打扮的。"

王元峰语气温柔："为了我？"

艾小倩挠挠头发，说："我没来过这家店，您来点菜吧，别客气，我请客。"

"把那个'心'字底去掉吧好不好？我们今天又不是谈公事。"

艾小倩眨了一下眼睛，明白了，说："好的，那我就不客气了。"

服务员送来菜单的时候，艾小倩傻了。所有的菜品贵得出奇，她一共才带了三千块，看来是绝对不够埋单的了。

王元峰倒真没客气，自己选了几道菜。服务员记下后，王元峰说：“这几道菜是这个店的特色，你尝尝，保准你会喜欢。”

等菜的工夫，艾小倩又表达了一下自己的感激之情，说了自己工作的来之不易，和自己目前正在减肥和将来要做模特的一些打算。她说得非常兴奋，手舞足蹈的，王元峰就一直温柔地看着她。

艾小倩觉得自己话太多了，一直让对方没机会插话，于是主动提出让王总谈谈自己的奋斗史。

男人谈起自己的奋斗史的时候，一定是浑身闪闪发光的。

王元峰说：“我的第一份杂志，要免费给各企业做广告，那时候摄影条件还不好，我们是用当时最先进的设备给他们的厂房、产品拍照片，写文字，可以说，当时那本杂志的质量是绝对一流的。但是那时候没人重视这些，甚至还有企业说我们未经许可使用他们的产品图片是侵权。我当时用一个大包，背着那些杂志，好几十本，特别重，压得我肩膀都疼。我就背着这些杂志给各个企业送去，去传达我们的理念。小倩，你知道，要把自己的思想装进别人的脑袋里有多难。我经常吃闭门羹。后来……”

“后来你终于成功了？”

“后来，我女朋友就和我分手了，和一个乡长的儿子结婚了。那个乡长家里有点存款，还有三间大瓦房。”

气氛就沉默了。艾小倩想起自己失恋的情景，非常同情王元峰：“这样的女孩不值得你难过。”

王元峰说：“是的，都过去了。我得说我当年没有放弃梦想，一路坚持过来，我对自己是很敬佩的。现在这些企业恨不得跪到我们家门口，求我把他们的产品放到我的杂志上宣传。所以，‘三十年河东三十年河西’这话说得真对。我再给你讲讲我们杂志在国外发行的事吧？”

“好啊，好啊。”艾小倩双手托腮，满脸崇拜。

王元峰受到鼓舞，更加卖力地讲起自己事业的发展。艾小倩时不时地发出一声赞叹："哇，你这么厉害！"整个气氛非常美好。

菜上来了，艾小倩却一点胃口都没有，她也不知道最近怎么了，看见什么都不想吃，一点都不饿，硬吃下去有时候都能吐出来。艾小倩简单地吃了一口，就开始惦记埋单的问题了。她借口去洗手间，坐在厕所里给丁大卫打电话。

欠陈淑的五千块还没还清，林娜最近心情不好，马上又是交房租的时候了。这时候开口不合适，总不能让城市那端的父母打车穿过整个城市来给她送埋单的钱吧。衡量来衡量去，丁大卫是第一人选也是唯一人选。

电话打通了，艾小倩很高兴，她非常小声地说："哎，丁大卫，我的钱真不够了，给我送点钱来，两千就够。喂？喂？"电话那端就是忙音了。

艾小倩没办法，给丁大卫发短信："十万火急，救人一命胜造七级浮屠，求你了，丁大卫同学，韩国馆 1010 房间，送两千块来救我一命！速度！"

然后艾小倩回到包房里，王元峰给她夹菜，劝她说："多吃点，你看你最近都瘦了。"

艾小倩摸脸："我真的瘦了？"

"瘦了，不过，你胖乎乎的挺可爱的。有没有人说你特别可爱？"

艾小倩说："没有。"她还没注意到王元峰的眼神已经很不一样了。

"那有没有人说很喜欢你呢？"

"当然没有了，我这么胖，又不好看，又邋遢又无知，缺点太多了，怎么会有人喜欢我呢？"

王元峰喝了一口水，看着艾小倩，很认真地说："我喜欢。"

"别开玩笑了。"

"小倩，我没开玩笑。我真的喜欢你。你和别的女孩子不同，你又坦率又简单。如果你没有男朋友的话，我可以喜欢你吗？"

这一定是世界上最甜蜜的情话了，一个人喜欢另一个，却还谦卑地问可以喜欢你吗。

“啊……啊……”艾小倩彻底无语了。

艾小倩从来不知道被别人表白是这样的一种感觉啊，原来爱情可以这么让人脸红心跳、晕晕乎乎的啊！

“吓到你了吧？你可以回去考虑一下，我绝对不会勉强你的。还有，不论你是否答应，你将来准备好成为模特那一天，你尽管来找我。只要是我王元峰能办到的，我一定帮忙。好吗？”

艾小倩确实吓得不清。后来埋单的时候，艾小倩左顾右盼也没有盼来善良的丁大卫。王元峰埋了单，艾小倩跟在后面，说：“不好意思，本来是我要请你吃饭的，还要你来埋单。”

王元峰说：“说什么呢，怎么能让你花钱？走，我开车送你回家。”

“你没喝酒吗？”

“忘了？你说你不喝酒，我都没点酒啊！”

车上，艾小倩东拉西扯地说些单位的事。王元峰看艾小倩紧张的小样，一直偷着乐到不行。

回到家里，林娜问她：“艾小倩，有人开车送你回来的？”

“哦，你看到了？是《时尚风》的王总。我请他吃饭，感谢他重新给姗姗姐合同。可惜，钱不够，还是他埋单的，真丢人。这个该死的丁大卫！”

想起丁大卫，艾小倩回了自己房间，拨丁大卫的电话，开始拨的时候就想他接了电话就骂他，骂够了就挂电话，不给他说话的机会。后来看丁大卫不接，艾小倩拨得更起劲了，心想：大半夜的，我闹死你，让你睡不着觉！

电话在拨了九次以后，突然被接起来：“艾小倩你干吗打这么多电话？”

“丁大卫你这个丧心病狂的坏蛋，不就借你点钱吗，你怎么这么小气！我祝你今天晚上做梦梦到被人民币压倒窒息而死！”

电话那边不说话。

“喂？喂！丁大卫你又挂我电话？”

声音突然传过来：“你刚到家？”

“啊，怎么了？”

“没什么事吧？”

“没什么事，我没摔倒，也没把王总压扁。我们吃得很愉快。不过你缺不缺德呀你，就送来两千块你能死不？我请人家吃饭，让人家付钱，你知道我……”话没说完，那边电话挂了。

艾小倩把袖子拉起来，把手机扔到床上：“丁大卫，小气鬼！等我明天看见你你死定了！”

艾小倩又呼哧呼哧把床垫子立在墙边，自己贴站好，一连站了两个小时，累得不行了，才停下来睡觉。

第二天早上，林娜喝牛奶呢，看见艾小倩出来，问：“一起吃点吧？”艾小倩摇摇头，说：“我最近一点胃口都没有，什么都不想吃。”

林娜有点担心：“没事吧？”

“没事，你没发现我瘦得挺明显的吗？你的那个减肥茶效果真好！谢谢你的推荐。我现在就是减肥茶加五点一线法，小肚子的效果还不明显，但是，胳膊腿脸蛋好像都瘦了。我去称一下。”

看到数字，艾小倩啊地叫起来：“林娜，你快来看！快来看，瘦了，瘦了十一斤啊！这到了一个月了吗？瘦这么快！啊！太好了！我瘦了！”

“艾小倩你真不吃早饭啊？”

“不吃，不饿！走了，上班去了！你不走吗？”

林娜说：“我和经纪人今天要去见一个客户。”

“好的，听说你的经纪人很厉害，加油！”小倩高高兴兴地去上班了。

艾小倩想好了，要是推门发现姗姗姐不在，那么就大声地骂丁大卫；要是看姗姗姐在，那么就小声地骂丁大卫，或者画两幅漫画骂他。总之，得把昨天这个小气鬼的所作所为导致的怒气发泄出来。

艾小倩推开门，看姗姗姐的门开着，知道姗姗姐不在，心下高兴，对着丁大卫说："丁大卫你真行啊！大家同事一场，我低三下四地求你一回，你至于吗？一个男子汉大丈夫的，你小气成这样好吗？不让外国人笑话吗？你给中国广大男同胞丢脸了你知道不？"

丁大卫竟然一句话都没说，自己看着网络上的视频，时不时地记下点什么。

"哎，丁大卫，我跟你说话呢，你把礼貌炖汤喝了？"

丁大卫跟没听见她说话似的。再一看，丁大卫桌子上的玫瑰花已经在身边的垃圾桶里躺着了。

"怎么了？又让老板训了？有没有我能帮忙的？"

"你说句话呀！干吗？闹什么脾气呢？我没做过什么对不起你的事吧？我昨天晚上实在是着急才不得已给你打电话发短信的。"艾小倩越说越没底气，"我不说了嘛，陈淑和林娜那里我都不方便去借，才要麻烦你的。哎？哎……到底发生了什么事？姗姗姐的合同又有单方面撕毁的了？"

丁大卫就是一个不说话。

"那个……姗姗姐忙什么去了？不需要我帮忙吗？那什么，我给你倒杯水去呀。"

丁大卫终于说话了："姗姗姐休假两天，没交代什么特殊的事。还有，我不渴。"

艾小倩拿起办公室的暖瓶给自己的茶叶包倒水，心说气氛不对呀，太诡异了，到底发生什么事了？

艾小倩吹着茶水的热气，偷偷看丁大卫，这人脸上也不是什么痛苦的表情了，但是怎么对自己如此冷淡呢？

艾小倩又调整了一下状态，笑着说："丁大卫，你不说我像山一样挡着你手机信号了吗？我现在瘦了。你知道瘦了多少斤不？瘦了11斤了！厉害吧？”

丁大卫开始敲击键盘了，键盘敲得嗒嗒响，就是不回答艾小倩的问题。

艾小倩慢慢喝完一杯减肥茶，办公室里没有丁大卫跟她互贬，空气一下子就凝固了一样，她想要出去透透气。她开门刚走，一个叫笑笑的女孩过来了，她是林娜的助理。她送来了一些软糕点，乐呵呵地说：“林娜姐让我给送来的，说大家平时没少帮助她。这是那家店的新产品，特别好吃，让大家尝尝。”末了，又加一句，“林娜姐还特意说小倩姐你早上就没吃饭，好几天没胃口，让你尝尝这个。”

艾小倩接过漂亮的小篮子，看看里面的小糕点，几乎透明的，各种颜色的。看了两眼，她就恶心，冲到厕所吐去了。

有一个对艾小倩是内奸的事情深信不疑的模特正好进来，鄙视地说：“怎么了？怀孕了？”

艾小倩忍着没有发作，说：“我连男朋友都没有，我还是处女呢，我用啥怀孕啊！”

那人撇一下嘴，走了。

艾小倩看看镜子里的自己，脸色有点发暗，身上也有点没劲。

是什么时候开始不爱吃饭的呢？她想不起来了。上次恶心好像是那次公司聚会吃烤肉的时候，吃什么东西吃坏肚子了？

艾小倩回到办公室，到网上查资料“恶心无力是怎么回事”，答案出现概率最多的就是“怀孕”！

艾小倩想问问丁大卫意见，一看他认真工作的样子，没敢说话。

这时正好陈淑打来电话。

“你怎么样啊？哪个达官贵人给你送的玫瑰花呀？”

艾小倩哧哧地笑：“我弄错了，是我们一个合作方，王总。我那次不是把公司合同弄丢了嘛，我去找他，结果他人特别好，又给了我们一份新合同。我说感谢他，要请他吃饭，他还特意送来花的。”

陈淑那边“切”了一声：“后来呢？饭吃了吗？”

“吃了，昨天晚上我们一起吃的饭。”

“纯吃饭？”

“纯吃饭啊！”

“没别的事情发生？”

艾小倩看看丁大卫，捂着电话，去洗手间里接去了。

艾小倩神神秘秘地说：“陈淑，我还真得请教你。那个王总，昨天说，喜欢我。”

“啊……啊？啊！”陈淑的声音起伏很大，“你具体点。”

艾小倩说：“他说，他没开玩笑，他真的喜欢我。他说我和别的女孩子不同，又坦率又简单。他还说如果我没有男朋友的话，他可不可以喜欢我。陈淑，你知道吗？他是用的一般疑问句，他是说：如果你没有男朋友，我可以喜欢你吗？”

陈淑停了两秒，说：“艾小倩你是动心了吧？”

“不知道，不过他说话的样子很真诚。我活了二十多年，第一次有男人对我说喜欢我。我当时脸红心跳不知所措。对了，他还说不会勉强我，尊重我的意见。他还说不管我是否答应，将来我做模特他都会助我一臂之力。你说，他一个公司的大老板，背景那么深厚，我这么个一无是处的女孩子，你说他是真心的吗？”

第七章
第二次减肥以失败告终

她甚至按时按点分秒不差地在吃医生开的药，可是体重还是下降。从前艾小倩看到体重下降二两都高兴得直蹦，现在她看那个数字下降一两她都担心。

关于真心不真心的问题，陈淑说："艾小倩，我手里有点活，等下我组织一下语言，然后给你回个电话。行吗？"

"行啊！"艾小倩挂电话的时候，还想这个陈淑怎么了，还会征求意见了，还会问"行吗"，这哪是她的风格呀！

艾小倩挂了电话，回到办公室的时候，丁大卫抬头看了她一眼。艾小倩认定那不是看，是瞪，是轻蔑地瞪了她一眼。艾小倩刚要发作，有人敲门了。

一篮子红玫瑰驾到。

艾小倩这回没猜想，因为卡片好好地挂在花上。

"和你一起的时光短暂但是美好，祝美丽的小倩姑娘今天过得愉快。"落款写着王元峰。字很漂亮，艾小倩得承认，字非常漂亮。就像当年朱峰的字一样，龙飞凤舞，充满气势。

艾小倩拨过去电话:“谢谢王总,您太客气了。”

“不是说好了,把心字底去掉吗?再提一个要求,把王总也去掉,直接叫我阿峰好了,大家都这么叫。”

艾小倩不是要这么称呼,她只是学了一遍“阿峰”。

“对,这很好,这是我们两个美好的开端。你忙吧!工作愉快!”

“谢谢!”艾小倩拿着手机再次不知所措。

她给陈淑打电话:“怎么办?他又送玫瑰来了,还让我叫他‘阿峰’,怎么办?”看丁大卫键盘敲得咣咣响,艾小倩拿着电话去了库房。

她贴站在墙上,说:“你快说呀。”

陈淑说:“艾小倩,这个真心不真心的,没人说得清楚。我交了好几个男朋友,你觉得我是不是真心的?我需要一个给我买包包的人?我还没穷到那个程度。我需要一个送我回家的人?我还没胆小到那种程度。我需要一个和我滚床单的人?我还没色情到那种程度。艾小倩,我得说,其实我都是真心的。对方一定有吸引我的地方,对方也一定有真心对我的瞬间。但是这真心能多长久,我就不知道了。

“这个王总,是不是真心的,我觉得也不是很重要。他是一个成功的男人,艾小倩你不是欣赏他的钱,不是欣赏他的势,你一定欣赏他的成熟他的睿智,而他又欣赏你的单纯你的坦率。那么,我觉得,就值得交往。

“就算有一天,真心变质了,你从一个成熟的男人身上能学到的东西就成了你自己的财富。然后你把这个男朋友变成你的资源,你将来真要做一个模特,也许他真的能扶持你直上青云。

“这不是势利眼,也不是谁利用谁。如果,你就想交往一个一定能和你结婚生子恩爱一生的男人,那么,我觉得这个王总不见得适合。而且,你得知道,这世界上没有绝对适合的男人。也许门当户对的概率大一些,但是你就能保证他就能爱你百年和你到最后?

“艾小倩,你和我不太一样。你思想单纯,行为保守——我不是在批评你，我是在表扬你。我觉得这些不是缺点。所以，你要做的事情你将来能否承受你要考虑清楚。

“朱峰的事情，我从来没有向你真心道歉过，艾小倩，我跟你道个歉。当时，如果我能及时阻止你，而不是一味地鼓励你怂恿你，也许你就不会出了那么大的丑。我一直很后悔。现在，你非常信任地在你第二次面对一个男人的时候，你来征求我的意见。我刚才考虑了好久。我不能逃避责任，说让你自己考虑，那就不是朋友了。我必须给你分析利弊，告诉你我真心的想法。

“艾小倩，我说完了。”

艾小倩这边眼泪都流下来了，四年同窗，睡在上下铺，所有光荣和可耻的事情她们都一起做过：她们去聋哑学校给孩子们送书本，陪孩子们画漫画；她们去偷食堂里的大白菜回宿舍偷偷腌制辣白菜；她们一起学习，拿奖学金；她们一起逃课，被老师训话……

艾小倩知道有一种很聪明的人，他们越聪明就越狡猾，他们绝对不会给你坚定的意见，行或者不行，他们绝对不会说，因为他们怕承担责任。可是陈淑不是这样，她不怕承担责任，她做错了还会道歉，下次她还愿意承担责任给自己建议。艾小倩这个时候脑子里出现了林娜，对于自己的求职，对于自己的减肥，林娜从来就是含糊其词怕承担任何责任。怪不得陈淑那么不喜欢她。

艾小倩带着哭腔说：“你还给我道什么歉？咱俩朋友多少年了。你说得对，真心能多久不知道，但是珍惜当下，我决定和他交往看看。”

艾小倩走回办公室的时候，丁大卫已经锁门走人了。

丁大卫听得很明白，当艾小倩把王总叫成“阿峰”的时候，丁大卫觉得自己真就没有再掺和的必要了。自从鬼使神差地因为一碗肉丝面和她结了缘，一路两人慢慢接触，丁大卫开始觉得这个丫头身上有股子韧劲，两个人慢慢变成互相贬低的亲密关系，他甚至帮她去把监控调出来了。丁大卫其实也慢慢了解了自己的内心。但是……女孩子毕竟喜欢攀高枝喜欢往上看。既然王总变成了阿峰,他就没有必要再插一杠子了。而且眼下他的工作举步维艰,也没时间整理这些乱事。

艾小倩出去打一个保密的电话，那么他也出去办一件秦姗姗交代的保密的事情吧。

丁大卫就走了。艾小倩回来没看见丁大卫,心里还挺不是滋味的。她总觉得要是丁大卫说点耻笑贬损坚决反对的话，那么似乎她就可以完全坚定自己的想法了,因为这个丁大卫话都是反着说的。

艾小倩的决定不但得到了陈淑的支持,更得到了胡总的大力支持。有一天胡总叫他到办公室说谈公事。但是除了例行公事问问她最近的工作状况、她的减肥状况、她学到的知识,最后主题就聊到她的恋爱上来了。

“本来不是公司的模特,个人恋爱啊什么的,我不该过问。不过艾小倩你将来是要做模特的,这个决定我是支持的。所以,你的事情我就过问一下,没关系吧？”

“没关系,谢谢胡总关心。”

“怎么样？相处得还挺好的？”

“挺好的。”艾小倩有点不好意思。

其实,当艾小倩说“我已经考虑好了,我们交往看看”的时候,王元峰甚至吃了一惊,不过他还是非常绅士地说谢谢,然后送花送礼物,车接车送,所有情侣做过的事情一样不差。但是,两个人也不过就是吃吃饭,逛逛商店,看看电影。

王元峰带艾小倩参观知名品牌 ELLE。

艾小倩在奢华的橱窗门口看着,不敢进。

“怎么？不想进去看看？”

艾小倩怯怯地说:“这样的地方太贵了,看了也买不起。万一只是逛逛不买，店员会用鄙夷的眼光看你，所以，我从来不进这种高端的地方。”

王元峰笑了:“确实,很多人都有你这样的想法。我相信你也一定有这样的经历。我有个很有钱的朋友,一次穿得邋邋遢遢地进了一个品牌店,问了两款西装的价格,结果服务员一脸嫌恶,态度很不好。我那个朋友一生气,把那家店买下来了。你猜后来怎么了?”

“后来那个店员被辞退了?”

“通常来讲故事应该是这么发展的。但是我那个朋友找那个店员谈了一下。店员的观点是:衣衫不整恕不接待也是品牌本身具备的脾气。后来,那家店前就立了牌子,写着‘您尊重品牌,我们尊重您’后来,那家店生意特别好。”

艾小倩表示不理解。

王元峰说:“你以后就会理解了。”说着他牵着艾小倩进入了ELLE服装店,边走边给艾小倩讲解:

“ELLE法语翻译成中文名字是‘她’的意思,1945年，由Helene Lazareff在巴黎创立,面世后广受好评。ELLE已融入女性生活的方方面面。《ELLE》杂志你看过吗?”

“看过。”

“对,时尚杂志就是时尚界的风向标。多学多看,你就能从内到外地提高自己的涵养。而且一个品牌,重要的是它所蕴含的文化。你看ELLE服装,就算最普通的一线服务员都能对企业的品牌形象、面料、流行趋势津津乐道。你看旁边那家国产新上市的品牌，那里的服务员除了价格,对产品一无所知,因为那个服务员对这个品牌没有认同感,没有自豪感,她自己都不敢大声地说出‘我们的服装独一无二,我们的服装引领潮流’,她没这个自信。这就是国内一些品牌和外国大品牌的差别。

“你不说你要做模特么？模特也一样。没有和设计师的交流，没有对身上的衣服或者配饰的了解，你穿不出来自豪感，穿不出来时尚感，穿不出来品牌的内涵。

“不是有一张脸蛋就能当模特，也不是一件衣服被模特穿出来就有效果。

“我说的是不是有点深奥了？”

艾小倩忙说：“没有，我学到了很多东西，你继续。”

艾小倩确实学习了很多知识，认识了许多品牌，掌握了很多最近的信息。艾小倩回到家里，把所有的品牌都在网络上查询出来做好笔记。这让她的内心逐渐充盈起来，仿佛她的眼前出现一个可以窥视世界的小窗，她发现窗外的世界那么不一样。

王元峰也会带她到一些化妆品的柜台，给她买一点小礼物，讲很多化妆品的知识。他也就是牵牵她的手，偶尔借着躲车躲人的机会抱一抱她，举止绅士，让艾小倩十分高兴。

她总是例行地给陈淑汇报一下，惹得陈淑一直嚷嚷：“让王总给我介绍一个有钱人！介绍一个成功男士给我！”

当然陈淑也免不了要问：“kiss了没？滚床单了没？”

艾小倩总是说：“你想得还真龌龊！我们还没到那个程度呢！”

胡总当然关心的不只是这些，说：“我这里有两张话剧演出的票，送你两张，也算我这个当老总的对你恋爱事业的一种支持！”

艾小倩没伸手。胡总就把票塞到她的手里：“客气什么呀，也就是两张票的事。小倩啊，要是有机会，你多帮你姗姗姐说说话。王总那里我们只是拿到了《时尚风》20年的剪彩和姗姗一人的头秀，要是能帮帮林娜这一批新模特有个机会亮相，那以后她们可就前途无量了。”

艾小倩终于明白了，原来是这么一回事，难怪公司里的模特都开始讨好自己呢，连那几个一口咬定是她故意毁了合同的模特都开始笑脸相迎了。原来是这么一回事。这些势利小人！

不过转头，她又想，姗姗姐也不可能不知道自己和王总交往的事，这玫瑰花隔三差五地送来，明晃晃地摆在她的桌子上。姗姗姐还真是不动声色，而且这个丁大卫都把她当空气了。

胡总的话剧票起到了推波助澜的作用，在那个话剧场昏暗的灯光下，王元峰偷偷过来亲艾小倩，结果艾小倩一慌张，抬头撞在了王元峰的下巴上，这个动作就这么失败了。结果后来那个话剧到底讲的是什么艾小倩也都不记得了。

吃饭的时候，艾小倩说："阿峰，我们公司的新晋模特能不能在你的周年庆上做表演啊，她们其实都挺出色的。"

王元峰放下叉子，说："是有人拜托你来求我的吧？"

"啊，也不是，是我们胡总说，要是有你这个平台，她们就前途无量了。而且她们真的挺出色的，有个叫林娜的，还是我的室友。平时可关照我了。"

王元峰笑笑："小倩你不是这样的人，别和他们一样，不好。要是你个人的事情，我责无旁贷，但是涉及生意，我不得不公事公办，希望你谅解。"

艾小倩当然谅解，非常非常谅解。

王元峰说："你吃东西啊。你怎么越来越不爱吃东西了？这个菜你不喜欢？我再给你换道菜。"

"不用，不用，我就是没什么胃口。"

艾小倩在办公室和陈淑通电话的时候，偶尔提了那么一嘴胡总送话剧票的事。丁大卫聪明，一下子就明白了。他真是接受不了胡总的想法，也实在不理解艾小倩怎么这么笨！现在她不止是头上冒傻气了。她浑身上下都冒傻气。

一次在食堂吃饭，丁大卫就拐弯抹角地提了话剧票的事，胡总当然也不笨，说："丁大卫，你不是喜欢艾小倩吧？我送两张话剧票还值得你当件事提出来？我可不允许办公室恋情！而且，人家艾小倩现在攀着高枝，你好像没机会了。"

丁大卫心说：无商不奸啊！这位胡少宇胡叔叔算盘打得啪啪响。

丁大卫说："我怎么会喜欢她呢。我是听她背后说起这事，让同事听到觉得好像老板利用她一样，才过来和您提提这个事。我是怕这事影响您的形象。"

胡总说："哦，倒也是。这个艾小倩还真是狗肚子里装不了二两香油。"

他这边刚说完，那边端着餐盘的艾小倩就吐了。胡总一激灵，嘟囔说："他们交往还没到一个月呢吧？"丁大卫一听心都凉了。

胡总安排丁大卫送艾小倩去医院检查。丁大卫说："我去不方便吧，去妇科检查这事，还是她男朋友领着去比较好。"

"也对，让艾小倩给王总打电话。"

艾小倩在洗手间里一顿呕，把胆汁都要呕出来了。

模特们面面相觑，各自心怀鬼胎，想法基本一致：有了！

卫生间的门开着，丁大卫叫住一个模特："哎，告诉艾小倩：胡总很关心，让她给男朋友打电话，去医院检查检查！"

模特不乐意："你自己去说呗！"

丁大卫恳求说："这不是女洗手间吗？我不方便进去。"

模特才进去，几个模特拍着艾小倩，给足了关心，虽然心里鄙视但是面子上都热情，都指望着艾小倩一句话让自己上个《时尚风》杂志或者接个什么大案子呢。

那模特进来说："小倩，你没事吧，怎么呕得这么厉害？刚才丁大卫让我转达胡总的意思，说胡总特别关心，让你给男朋友打个电话，带你去医院检查一下。”

艾小倩吐得天昏地暗地没多想，说：“不用，没事。”

模特就说：“还是给王总打个电话，去检查一下吧。这种事别人陪你去也不好。”

这句话艾小倩就听明白了。

她挣扎着站起来，眼光四周扫射这些身材魔鬼的模特们，镇定地说：“不是怀孕了。绝对不是。我只是胃口不好！”

那模特刚要继续说话。艾小倩问：“刚才是丁大卫让你转达的？”

“嗯，他就在外边。他说是女洗手间，他不方便进来，说让你给男朋友打电话带你去医院检查。”

艾小倩怒从中来，推门出去，差点就撞丁大卫身上，这么多天把她当空气一样，原来心里这么龌龊。她指着丁大卫说：“丁大卫我告诉你！我没怀孕！我还是处女！”

满走廊的人啊。丁人卫站那都不会走路了。

你是不是处女你跟我说得着吗？是胡总关心你让我转达的！你吐成那样谁不得怀疑是怀孕啊？这周围现在看你笑话的人心里都和我想的一样，这能怪我吗？

当然这些话，他都没机会说，因为艾小倩跑走了。

丁大卫回到办公室，坐立不安，他有点慌乱，莫名地慌乱。

丁大卫出去找了一圈没看见艾小倩，又不好意思问别人，走着走着，就走到库房来了。果然，门虚掩着，他推门进去，那个脸色发绿满脸泪痕的丫头正贴墙站着呢。

丁大卫支吾了半天，才说：“是胡总很关心你，让我转达他的意思的。”

"你也是这么想的！"

"啊"丁大卫没反驳，"这个社会谈个恋爱未婚先孕也不算啥呀，你干吗那么生气？"

"我知道，你们都觉得我看上他的金钱地位，一定恨不得赶紧怀孕给他生个儿子把这事做实了呢。"

丁大卫说："我真没这么想。"

"那你怎么想的？"

"嗯……"丁大卫没回答，怎么想的也不能告诉她呀。都这个时候了，他还能说啥呀。

艾小倩还在掉眼泪。

丁大卫说："我不是说了么，墙太凉，不适合在这站五点一线。"

"要你管？我把你当朋友的，丁大卫，就要借你两千块，你就威武成这样。现在都把我当成空气了，我真是看错你了！"

丁大卫无奈地说："是这么回事吗？"

"不是这么回事，是怎么回事？"

丁大卫心说"你傻呀"！但是他没说出来，他说："行了，别站了，我陪你去医院检查一下吧。"

"不去！"

"你吐成那样了，你看你现在都站不稳了，必须得去检查去！"

"万一检查出怀孕了，你负责呀！"艾小倩上来不讲理的劲了。

丁大卫也生气："你见过处女怀孕的呀！"

俩人一吵架，气氛还不错，艾小倩觉得起码比不说话强。那不说话的时候，她都觉得办公室的气压越来越低，马上就要窒息了。

艾小倩从墙边离开，真有点摇晃。丁大卫这时候也有所顾忌，说："真不用你男朋友陪你去？我怕再让他误会你，我就罪大恶极了。"

艾小倩的身子都快成煮熟的面条了，嘴上还对付呢："就让你陪我去，怀孕了我就赖你身上。"说完就迷糊过去了。

是救护车把艾小倩送医院去的。林娜得知消息，冲上来一定要陪着丁大卫去医院，其实她刚从外边回来，累得够呛。

没想到狭路相逢，又遇到上次那个脾气暴躁的大夫，丁大卫心说"我怎么这么点背"。

"什么症状？"

"呕吐厌食。"

"上次月经什么时候？"

丁大卫说："不知道。"

大夫问："你的孩子？"

"啊？不是我的。"

"啊……这个时候你得想开点，女人也难免犯错误嘛。你原谅她这一回，以后她就是你的了。"

丁大卫急眼了："大夫，你确诊了吗？是怀孕了吗？她、她还是处女呢！"

大夫不敢吱声了。经过一系列检查，艾小倩血压低，血糖低，腿部水肿，营养不良。大夫问："最近患者什么状态？"

丁大卫心说"我怎么这么倒霉呢"，但还是耐着性子说："不爱吃东西，吃点东西就吐，一直在喝减肥茶。"

大夫说："厌食症初期。有主动诱导一吐为快的情况没？"

丁大卫想了想，那次烤肉他提醒过她，应该是没有吧。

丁大卫摇头："应该是没有。"

"进行一下心理咨询吧，别以后严重了，想治疗都没机会了。"大夫看了看丁大卫，"你不是说胖点挺好的吗？干吗不看着她点？没事减什么肥呢！"

丁大卫心里不爽，人家有男朋友，和我有什么关系！

等艾小倩醒了，丁大卫说："厌食症！初期，得去看精神科医生。否则严重起来无法救治。艾小倩，我是不是提醒过你，不能为了减肥不惜代价？什么要么瘦要么死的决心都是傻子才做的。你还说你没吃完了就吐？"

艾小倩挂着水，说话有点有气无力的。她说："我没有。我还劝李琳不要自己主动吐呢。我再为了减肥也不至于那样啊。吃了再吐出来，我自己都觉得恶心呢。"

"你什么时候觉得厌食恶心的？"

艾小倩努力地想了想，终于想起来了："喝减肥茶以后，应该是这样没错。自从喝了减肥茶我都快瘦了 20 斤了，体重下降非常迅速，但是，好像从那时候开始，就不想吃饭，吃一口就觉得饱了。"

"减肥茶在哪买的？"

"林娜推荐的一个减肥中心，可贵了，花了我一千多块。"

丁大卫头转过去，手在头顶画圈。艾小倩知道他在说自己冒傻气。

丁大卫想了想说："你和林娜住一起多久了？"

"快半年了，怎么了？"

"你们不是一路人。你没考虑自己搬出来住？"

"什么不是一路人？"

"我怎么说好呢？好像挑拨离间似的。"丁大卫说。

艾小倩生气了，声音提得老高，连珠炮似的："丁大卫，你这人就不实在，你可狡猾可狡猾的了！你就不像陈淑，陈淑有什么说什么，勇于担当！你就不行，你说话都遮遮掩掩的，你生怕说得不对承担责任！你比狐狸都狡猾！"

丁大卫说："你是病人，我不和你计较。你冒傻气还怪别人。你是小孩啊，我是你爸爸呀，我还得从一教你到十？你那个男朋友干吗去了，他不会教教你啊？你看人就看个表面！你依赖性太强，你自己不会分析总结，你指望别人点点滴滴都告诉你！指望别人来指引你前进的道路，你就是冒傻气！”

两人暂时休战，一回头，病房里其他人，包括患者家属都看他们呢。一位护士进来阴沉着脸：“要吵回家吵去！这里是医院，病人醒了赶紧走吧，不知道床位多紧张啊！”

艾小倩下床找鞋。丁大卫把鞋子对齐放在她正好能伸脚进去的地方。艾小倩弯腰去提鞋，差点又迷糊了。丁大卫抢先帮她把鞋提好。

“给你男朋友打电话吧，让他送你回去。”

艾小倩站好：“我怎么这么不爱听‘你男朋友’这四个字从你嘴里说出来呢，味儿不一样。”

“你吃了吗？你知道味儿不一样？赶紧打电话，我还得回公司呢！”

“我就不打，我不愿意给他添麻烦，我就愿意给你添麻烦！是胡总派你来照顾我的，你的任务得完成好。你送我回家！”

丁大卫扶着艾小倩，手里拿着一塑料袋药。艾小倩走着走着突然又呕了起来。旁边路过的一个大肚子孕妇就说：“你看人家丈夫多体贴，才刚反应就陪着来做孕检。你看看你，工作重要还是我和儿子重要？”旁边的男的直瞪丁大卫，嘴里诺诺地：“你和儿子重要，当然是你和儿子重要。”

看到这场景艾小倩没心没肺地笑了。

丁大卫推开她：“赶紧给你男朋友打电话！别毁了我的清誉！”

艾小倩把这几天丁大卫的冷淡都计算出来了，准备一起报复。她威胁说：“你信不信我现在就扑你怀里，叫你‘老公’，然后多呕几回。我还可以编一个你抛妻弃子逼我堕胎的桥段来演一演，你要不要看看我的演技？”

丁大卫当时就消停了，赶紧过来老老实实地扶着艾小倩。艾小倩心里异常得意。

丁大卫中午又去粥店给艾小倩买了粥，到了艾小倩家，没让丁大卫失望，家里依然保持着脏乱差的“优良作风”。

艾小倩也纳闷，其实自己有时候是会收拾家的，怎么每次丁大卫来的时候家里都是这个德性呢。艾小倩坚持着，把不便见人的小内内什么的从衣架上摘下来，塞进衣柜里。

丁大卫看艾小倩没力气的样子，说：“别收拾了，我都习惯了。你把那个减肥茶给我拿来看看。”

艾小倩拿出减肥茶的包装。丁大卫都要哭了。“艾小倩，我说你冒傻气，你还不信，你看看，这典型的三无产品，包装上啥都没有！”

“可是有效果啊，我确实瘦了！”

“给你抓把巴豆吃两顿你也能瘦。你吃啊？”

艾小倩扁嘴斜眼看他。

“这个减肥茶是不能再喝了。对了，减肥中心跑不了。去消费者协会告他们去！”

“能行吗？”

“怎么不行？”

“我当时没要发票！”

丁大卫冲艾小倩拱拱手：“大侠！久仰久仰！您现在不是头上冒傻气了，您现在这功夫练得，浑身上下每个毛孔都往外冒傻气了！”

艾小倩看着那碗粥，不想吃，也不想接丁大卫的话题。

“你不是说林娜给你的名片吗，让林娜帮你，名片都能有，一定还有其他证据，她可以给你当证人。”

丁大卫逼艾小倩吃粥的时候，门开了，林娜回来了。

艾小倩问：“你怎么回来了？”

林娜反问：“这个时候你怎么在家？丁大卫怎么来了？”

艾小倩说：“我生病了，丁大卫送我回来的。对了，刚才还说呢，林娜你给我那个名片，我买了那个减肥茶，副作用太大了！今天去医院，大夫说是厌食症。我刚才看减肥茶的包装，三无产品。这个减肥中心多可恶！你给我做证人，我们去告他们吧！不让他们再害别人！”

林娜迟疑了一下，说：“啊，那个减肥中心啊，我就是在路上走有人给我递的名片，我也没买过什么东西，怎么给你做证人啊？”

丁大卫看着艾小倩，艾小倩明白了，好像丁大卫说的是对的，不是一路人，确实她和林娜不像是一路人。

艾小倩第二个减肥方案又以失败告终了。艾小倩体重减去了10公斤，而且还在持续下降。艾小倩有点害怕了，她已经把所剩不多的减肥茶都扔掉了，也按照医生的嘱咐少食多餐，一天吃4顿，每顿喝一点粥了，可是体重还在下降。她甚至按时按点分秒不差地在吃医生开的药，可是体重还是下降。从前艾小倩看到体重下降二两都高兴得直蹦，现在她看那个数字下降一两她都担心。

“丁大卫怎么办？这三天我又降掉了二两秤。”

“吃东西还行吗？”

“行啊，你给的建议我都在照做呢。怎么还不胖呢？”

“你不是想瘦吗？”

艾小倩喊：“我跟你说正经的呢！”

“那怎么办？再去医院检查检查？”

“去吗？”

“去呗。”

两个人又去了一趟医院。医生说问题不大，说胃肠功能有点紊乱需要慢慢调整，而且说千万不要暴饮暴食，饿也得一点一点加量。

小时候妈妈说，什么都不要怕，害怕的人会更害怕。艾小倩现在真的特别害怕，她上网找到所有关于厌食症的资料，天天看，又把伊莎贝尔·卡罗的图片翻看了无数遍。她真害怕的时候，还给陈淑打电话，说："陈淑你说我会不会像伊莎贝尔·卡罗那样啊？"

陈淑说："屁！人家是名模好不好？人家13岁就得了厌食症好不好？厌食症是吃了就吐好不好？你现在是主观上想吃并且能吃好不好？"

艾小倩就得到了安慰。她挂了电话，说："还是我们家陈淑人好，就不像你说话都不着边际！陈淑要是个男的，我就嫁给她！"

丁大卫从电脑屏幕上抬起头来，说："陈淑比你矮一大截呢！"

"爱情是不分高矮胖瘦男女老幼的，你懂什么！"

丁大卫说："既然男女都不分了，你还计较什么，嫁给陈淑好了！"

艾小倩和王元峰的恋爱进展不大。王元峰最近总出差，艾小倩就老老实实在家养胖。然后一个惊天大秘密就出现了。陈淑逼艾小倩请她吃饭，吃烧烤。吃饭的工夫艾小倩就发现这个陈淑有点不对劲，陈淑不是那种话少的人。她咬一口鸡翅膀，就一口汽水，又吃了一串羊肉串，又喝一口汽水。这么长时间，就是不说话。

"哎，你有什么事就说好不好？弄得跟丁大卫似的呢。"

"丁大卫怎么了？"

"丁大卫经常一副你现在这种要上厕所没有厕纸的表情。"

"滚！要上厕所没有厕纸的表情？什么样？你给我学学我看看！"

"到底什么事，说吧。"

陈淑咬了一口猪腰子，像是很随意地说："咱宿舍李美丽要结婚了你知道不？"

"这么快？和谁呀？"

"和赵天宇啊。"

"赵天宇谁呀？"

"咱隔壁班的体委啊，也是校篮球队的，副队长啊！"

艾小倩哦了一声，篮球队。对艾小倩来说，“朱峰”“篮球队”“大礼堂”“那凋零的花”，这些都是敏感词，在艾小倩的脑袋里，这些词都自动变成框框。

“李美丽给我打的电话，邀请我们两个，但是她也挺为难说，朱峰是她老公的铁哥们，还是伴郎，所以……”

艾小倩立刻大声地说：“所以什么呀，还能一辈子不见吗？你告诉李美丽可别这么想。不用顾忌我，结婚是一辈子的大事。她怎么想那么多呢？”

“那你去不？”

“怎么能不去呢？咱四个一个宿舍生活了四年呢，当时就说好，谁先结婚，其他人都当伴娘的。她说让我当伴娘了吗？”

“说了。”

艾小倩想想：“算了，我这身材现在还是不行，身高和你们两个也有差距，别影响她婚礼，让她再找一个身高和你们差不多的。”

陈淑想安慰艾小倩，故意说：“显摆你比我高呗？”

艾小倩说：“我就是比你高怎么样啊？”

“我身材比你好，嘿嘿。气死你。”陈淑其实都是故意这么说的，她怕艾小倩心里难受发泄不出来。

艾小倩把烤好的一个辣椒递给陈淑，说：“陈淑，咱俩朋友这么多年了，我一直没好意思告诉你。其实哈，体重不过百，不是平胸就是矮！你自己挑挑，对号入座一下！”

陈淑咬了一口辣椒，辣得眼泪都要出来了，喝了一大口汽水，因为辣差点没直接喷出来：“艾小倩，我跟你绝交！你跟我嘚瑟！有个男朋友了不起哈！”

艾小倩这边哈哈大笑，但是心里还是一阵一阵地难受。要见到朱峰了，怎么办啊？

像知道她想什么一样，陈淑擦了一下嘴，说：“你是有男朋友的人了，带着你那个王总，送一份大礼，好好气气那个该死的混蛋。你放心，我这次见到他，我一定用高跟鞋踩碎他的脚趾头，我让他再打篮球！”

“你是说带着阿峰去？”

“当然了，男朋友不就是拿来充场面的吗？你那个王总也不是拿不出手，上过多少回电视和报纸的头版头条啊！除了年纪长点再也没啥缺点了。而且那人长的面嫩，根本看不出来超过40了。你就带着他去！让他一挥手给李美丽送点什么大礼。或者干脆带一支模特队去，然后咱故意走到朱峰前面：‘阿峰，这是我前男友，现在在一家报社打工。有机会你提携他一下吧，毕竟我当年有眼无珠还喜欢过他呢！’然后你要嘿嘿地笑知道不？然后王总就和朱峰握手，说：‘谢谢你当年的承让，我能有这么美丽可爱的女朋友。这是我的名片，有任何需要，我都可以帮忙。’这时候王总要爱惜地看着你微笑。”

艾小倩听得非常入神：“陈淑，其实你挺具备当一个导演的潜质。你构造的这个景象挺有韩剧的味道，电视剧里都这么演！”

“很正常啊，本来文艺作品都是来源于生活的。所以，你现在当务之急，就是让你那个王总给你买最奢华的衣服，然后让他配合你做最奢华的演出。就是这样。”

艾小倩想想，也对呀。男朋友不就是拿来显摆的嘛。

“你吃啊，你好像什么东西都没吃。厌食症还没好？”

艾小倩说：“我刚才不是吃了鸡蛋糕了么。我没有厌食症，你别瞎说！心理学上说，你要是自己说自己有厌食症，你就真有厌食症。要忌讳！”

“哪本心理学书说的？”

艾小倩嘻嘻笑，终于赢了陈淑这张嘴一回：“《艾氏心理学》。”

陈淑一如既往地：“屁！”

艾小倩终于等到王元峰从外地出差回来。她郑重其事地找王元峰出来，谈了这件事。

王元峰笑了，说："你是说，带着我……去你曾经暗恋过的朋友面前炫耀一下？为你挽回一点你当年丢失的面子？"

艾小倩笑着说："你这么贵重身份的人，拜托你这样的事情好像不太好哈？"

王元峰笑了，说："你很聪明，这样的事情，也不是不可以做。你朋友说得对，男朋友就是拿来充场面的。何况我的确能帮你充一个很排场的大场面。不过，你看，我刚刚出差回来，我们又好久没见面了。我挺想你的，我今天晚上回去看看我妈妈，她身体不太好。"

王元峰从包里拿出一张卡："这个你拿着，明天晚上 9 点我们这里见，好好谈谈细节。我得让我女朋友绝对有面子才行。我就先走了。老人家在我出门的时候身体就不太好，我现在必须先回去看看。明天晚上我们准时见，不见不散。"

王元峰给艾小倩打了车，艾小倩摸着这张卡片，觉得手指头冰凉。

她一夜没睡好。第二天一早，她早早来到办公室，打水拖地擦灰，办公室让她收拾得一尘不染。然后她就坐在那里琢磨这张卡。

卡的质量不错，很有质感，也很有重量。艾小倩上网查了一下这个宾馆，很好，大房水床，总统套，观景房，应有尽有。价格，死贵死贵的。

丁大卫早上进屋看收拾得非常干净，表扬艾小倩："哎，艾小倩你变勤快了。不错啊，继续保持！"见艾小倩不说话盯着一张卡瞅，他一把夺过来："看什么哪这么入神，银行金卡呀！"等他看明白的时候，脸有点绿。

"那什么，你捡到的？"

艾小倩摇头："不是，那谁给的，今天晚上 9 点。"

丁大卫像烫到了手一样，一下子就扔回给艾小倩手里："不好意思，我以为银行卡，和你开玩笑的。"

艾小倩把脸贴在桌子上，不说话。丁大卫把电脑打开，开机的音乐老大，他赶紧关了音箱电源。

“丁大卫？”艾小倩喊她。

丁大卫没说话，抱起一个文件夹，说：“我去和胡总汇报点事。”说完一溜烟地跑了。

艾小倩把脸贴在桌子上，懒洋洋地给陈淑打电话。

“陈淑，我怎么办啊？”

陈淑听完这事，先说了一句：“他老婆婆地！”

“怎么样，你也觉得不对是吧？”

陈淑想想说：“分怎么说，这要是我，不等他把我推到，我早把他拿下了。但是艾小倩你不行，你从上世纪40年代穿越过来的。你保守你传统。你把贞操看得比生命都重要。”

“你别说得那么吓人好不好？”

“我不说吓人的，你今天晚上能去赴约吗？你要拿他充场面，他就提出这要求。缺德！非男子汉大丈夫所为！这要是你情我愿，干柴烈火我啥也不说了。我还得恭喜你终于把他拿下了。但是现在明显不是这么回事。你说呢？”

艾小倩脸还是贴桌子上：“嗯，我也这么想。我和他吧，就像缺点什么东西。我对他的气质吧，才学吧，头脑吧，什么的，都挺有兴趣的。我怎么对他的身体没有一点兴趣呢？”

“不爱呗，还说啥了。既然你不爱，我就直说了，他就是乘人之危！你也没什么可让他垂涎的地方，正好这个时候，把你给办了。然后他帮你充个场面。将来大家一拍两散的时候，谁也不欠谁。他的算盘打得还真响！”

“你说话总是这么猥琐！”

“屁！这是现实！你怎么决定？”

艾小倩坐直了，说：“分手。不能再继续了。要是你说的你情我愿干柴烈火我也觉得挺好。但是他突然提出这个问题，我想一晚上才发现，我其实真不喜欢他。要是喜欢你说就是一个滚床单的事至于这么愁眉苦脸吗，我也是新时代的好青年，又不是什么三从四德教育出来的贞洁烈女，你说呢？”

陈淑非常高兴：“哎，说对了。艾小倩，我发现你进步真快。你从每一个男朋友身上都能学到东西，学到一点好的习惯，这很好。我觉得你和这个缺德的王总身上就学会了如何分析问题，冷静面对自己。不错，有进步！晚上我请你吃饭。我下班去找你。”

陈淑提前下班到艾小倩公司门口等艾小倩，艾小倩没精打采地出来，陈淑说：“我们去吃肉丝面？”

艾小倩现在发现肉丝面这个词在她脑袋里也是敏感词了。

“不吃！打死不吃肉丝面！”

“和肉丝面有仇啊！没准还能邂逅Mr 肉丝面先生呢！到时候你不就有人充场面了。”

艾小倩说：“没事儿，我不去参加李美丽的婚礼了。你替我捎点份子钱，表达我一点心意就得了。”

俩人说着话往外走，陈淑一回头，看见丁大卫从楼里出来。她人喊了一声：“喂！‘纯同事’丁大卫先生？”

丁大卫抬头看见这两个女人，心说“不好，我得赶紧躲”。上次这两个女人在他面前尽数男人的薄情寡义不是东西，他作为男人的杰出代表一直听到最后。三十六计走为上策！丁大卫假装回头找人，凑到一个同事跟前：“下班啊，一起走吧。”

陈淑哪是那种见好就收的人啊，她和艾小倩一样，不见黄河不死心，见了黄河也不死心。我热情和你打招呼你敢装看不见？

陈淑几步走过去：“丁大卫，怎么了？不认识了？你忘了我们上次……”她故意把话说得十分暧昧，丁大卫知道不是她对手，连忙说：“怎么会不认识，你不是艾小倩的同学，上次我们一次吃烧烤来着。”同事就知趣地走了，陈淑轻松地就得逞了。

陈淑说：“走吧，请我们吃饭。”

丁大卫说：“你又失恋了？”

“不是我，艾小倩。走吧！”

一听说艾小倩失恋了，丁大卫心里咚的一声，然后就觉得这空气啊，怎么这么清新呢？这天空啊，怎么这么湛蓝呢？这初冬的风啊，怎么这么凉爽呢！

他立刻马上就跟上了陈淑。

艾小倩问：“你找他干吗？”

“两个女人喝酒，没有个保镖哪行。他说他要请客的。他自己说的，是吧，纯同事？”

丁大卫说：“是是，我的荣幸。”

三个人找了一家就近的餐馆。

本来对于这个房卡事件，艾小倩和陈淑意见是很一致的，两个事实：一是王元峰确实做得乘人之危；二是艾小倩确实不喜欢王元峰。但是俩人见了面，就都变卦了。尤其陈淑只记得事实一哪还管事实二啊！

陈淑说：“要我说，孔子说得对，男人没一个好东西。”

艾小倩还纠正她呢：“哎，孔子可没这么说过。”

“这个王总，衣冠楚楚的，就是一个禽兽！分手是英明的！我支持你！”

“也不能全怪他吧，我自己也有责任。”

“瞅瞅你那个没出息的样！你求他充场面，他就要求你滚床单，这不是衣冠禽兽是什么！要我说，你应该赴约，让他脱精光，给他拍照片！然后勒索他！一月一付钱那种！”

丁大卫知道这个陈淑百无禁忌，只能假装不认识她们俩，自己喝酒。

艾小倩说:“我还真没那个志向。”

“你和他牵手了没?”

艾小倩点头。

“Kiss了没?”

丁大卫拿着酒杯,准备着,偷偷地瞄着艾小倩,等着她的回答。

艾小倩摇头。

丁大卫拿起酒杯一饮而尽。今天的雪花啤酒怎么就这么好喝呢?

“滚床单了没?”

艾小倩生气:“当然没有了!喏,这是卡,送给你,谁爱滚谁去跟他滚吧!”

丁大卫又畅饮一杯,心说:“爽!好喝!”

两个人口无遮拦把丁大卫当空气聊了几句后,陈淑把矛头调过来,指着他。

“我说,‘纯同事’丁大卫同志,你的表情怎么有点幸灾乐祸呢?”

丁大卫:“没有,我渴了,喝了两杯,酒不错,你们也喝点?”

“不对,一定有故事。这个王总你从前认识吗?”

丁大卫摇头,不知道她要说什么。

“他的光荣事迹情史发家史你多少有点耳闻吧?”

“是,听说过一些。”

陈淑靠近他,眯起眼睛:“那么,你就眼睁睁地看着艾小倩往火坑里跳?”

“我没有。”

“对,你是没有眼睁睁地看着艾小倩往火坑里跳,你把眼睛闭上了!”

丁大卫觉得委屈,又想有什么必要解释呢,就没说话。

艾小倩看他不说话,对陈淑说:“这事你怎么能怪人家丁大卫呢?他从前是劝过我的,他还让我小心来着。”

“你怎么不听?”陈淑声音老大。

“我不是不听，我是没听懂。”艾小倩看一眼丁大卫，“他说话太隐晦了，不像你这么直接。你说什么我都能听懂，丁大卫说什么我得分析好几天。”

陈淑说：“我明白了。丁大卫你就是用那种要上厕所没有厕纸的表情跟艾小倩说的对吧？你怎么能那么说话呢？艾小倩啥智商啊你这么说？你说七分留三分她都未见得听得懂，你还敢说三分留七分？你把这杯酒给我喝了！”

艾小倩拦住她：“你怎么这么欺负丁大卫呢？他都喝好几杯了。你说话得讲道理！”

陈淑慢慢地看看艾小倩，又慢慢地看看丁大卫。她手指着丁大卫，对小倩说：“你在帮他说话，你知道不？”

眼见着陈淑不一定要继续说啥了，吓得丁大卫一口就把那杯酒干了。陈淑也陪着干了一杯。

“别说我了，反正我已经决定分手了。说说你吧，你单位那个……小贱人，怎么样了？”

一提这个小贱人陈淑可高兴了，说：“你不知道姐现在在单位有多快乐。每天办公室都有人打扫，每天都有人给送热水。那天我们选年底优秀员工，本来名额是给那个小贱人的，结果那个小贱人到老板那里磕头作揖硬是把名额让给了我。你说我幸福不？”

艾小倩问：“你威胁她了？”

“我用威胁她吗？她自己做了啥她自己不知道啊？那是人做的事吗？她就是害怕我这个大喇叭嘴给她广播出去，以后她怎么做人？她讨好我还不就是为了让我放她一马给她一条活路嘛！丁大卫，你说是不是？”

丁大卫说：“是，她内心有愧。”

艾小倩问：“那后来呢，她和那个……奸夫在一起了吗？”

“在一起他婆婆！我跟你说，她勾搭那个奸夫的时候就是脚踩两只船的。她脚踩两只船是因为她只有两只脚，她要是一母蜈蚣，她能同时踩一百条船！”

丁大卫听得哈哈笑。

艾小倩瞪她：“你笑什么，你们男人没一个好东西！”

丁大卫就在心里骂自己，上辈子一定做了抛妻弃子泯灭人性的事了，否则怎么遇到这两个女人。两次失恋，都是他请吃饭，两次骂男人没一个好东西，都得是他听着。不过，艾小倩失恋了这个事，挺好的。

“来来，喝酒吧。”丁大卫没办法只好给陈淑倒酒。他其实想装作不认识这两个疯女人了，可是近在咫尺，而且这个陈淑动不动就会凑近他的脸。他是绝对没机会说不认识这两个女人了。

话题又回到参加婚礼上了。

丁大卫听得明白，是艾小倩要在前男友前面，都说不上是前男友，就是她暗恋表白被拒绝的男生面前挽回颜面，请王总帮忙。王总就扔给艾小倩一张宾馆卡。意思很明显。艾小倩最终明白自己是不喜欢王元峰的，要准备分手。而且，他们就牵过手，连 Kiss 都没有过。不得不说，梳理完这个信息后，丁大卫觉得这些消息很让人振奋。

然后艾小倩问：“陈淑，你说我让丁大卫假扮一下王总行不行？”

丁大卫和陈淑异口同声：“门都没有！”

丁大卫说：“别整那些没用的，要不我把单买了先走。”

陈淑说：“你要敢走，我就哭给你看。”艾小倩微微一笑。丁大卫明白了，这两个都是表演实力派的！陈淑说的“哭给你看”绝对和艾小倩在医院威胁他的一样，演一出什么抛妻弃子横刀夺爱颓废滥情这些个桥段，都够他受的。清誉要紧，他又老老实实地坐下。

陈淑分析说：“人家王总这个衣冠禽兽经常在电视上曝光的好吧？人家王总人模狗样地和外国明星合影的好吧？人家王总为虎作伥和新闻部长吃饭的好吧？丁大卫先生……除了比他年轻，还能从哪个角度比？”

丁大卫真不乐意了，起身就走，说：“我买单，你们慢慢聊。”

艾小倩这时候慢慢地说：“你还得送我们回家呢，你要是走了，我明天就去单位哭。”

丁大卫就彻底服了。

喝着喝着，陈淑喝多了，趴桌子上睡着了。

艾小倩老大不乐意：“我失恋，她怎么喝成这样？”

丁大卫说：“正常，上次她失恋，你也喝成这样。你们两个不是亲姐妹真白瞎了。”

艾小倩把脸贴到桌子上，叹着气，眼神哀伤地，问丁大卫：“你说，这世界上会不会有个人，他不介意我所有的缺点，我的平胸短腿，我的虎背熊腰，我的无知愚蠢，我的懒惰邋遢，只是喜欢我这个人？”

丁大卫一脸认真：“会的，一定会有的，这世界上一定会有一个人不介意你所有的缺点，你的平胸短腿，你的虎背熊腰，你的无知愚蠢，你的懒惰邋遢，只喜欢你这个人。”

艾小倩知道丁大卫的话里都藏着暗器，于是问：“我老妈？”

“不，你的情敌！”

艾小倩笑了：“丁大卫，你有时候挺可爱的你知道不？”

“不知道。”

这时候，艾小倩的手机响了，短信来了：“我到了，你没来？”

艾小倩想了想，回了一条短信：“嗯。”关了手机，说：“走吧，丁大卫，赶紧地，送我朋友回家吧。”

第八章

别拿自己的脸当试验田

你把整个脸都涂满了，万一过敏怎么办？和食物过敏有可能脱敏不同，皮肤的记忆是一辈子的，一次过敏就会终身过敏。

冷空气终于袭来，城市里下了第一场雪。薄薄的一层雪，脚踩上去，雪就飞起来，非常美丽。在美丽的雪景里走过来一个心事重重的好姑娘，这个姑娘就是艾小倩。

李美丽婚礼的日子马上到了，下个礼拜大。

去或者不去？是一道选择题。

和谁一起去，是另一道选择题。

陈淑后来酒醒了，中午找艾小倩研究对策建议说："就那个丁大卫凑合凑合得了。"

艾小倩说："你不说他和那个王总没法比，又是曝光又是合影又是饭局的，给人家一顿狂扁。你做人真不地道，人家在请咱们吃饭呢，哪有那么比较的！术业有专攻，人与人本来就不具备可比性。你那会儿那么贬低人家丁大卫，这会子又让我去找他凑合，我可开不了口！"

陈淑说:“你再敢跟我得瑟,我不管你了啊!你爱找谁找谁,你要是没胆你就不去!”

艾小倩说:“我必须去!我没偷没抢没做祸国殃民的缺德事,我还不能见人了?”

“那你就找丁大卫,让他配合你。”

“你说让他配合他就配合呀,他那人,铁定不能同意!”

“使用点手段呗?”

“什么手段啊?”

“唱个小曲跳支舞啥的,取悦他呗。”陈淑笑嘻嘻地,“卖艺不卖身嘛!”

艾小倩不爱听:“用不用我喝口牛奶故意顺嘴丫子流出来,流到脖子上,再穿一个性感的吊带小背心,开叉直接开到腰部以上啊?”

陈淑被噎得一口气差点不上来,说:“艾小倩,你说话要讲究分寸的。你从前可不是这样的女孩子啊,你太没分寸了!”

艾小倩说:“也不知道是和谁混了四年之后,脸皮也厚了,也把分寸这两个字洗好晾干折叠起来压箱底了。”

陈淑切了一声,分析说:“丁大卫看上去不像坏人,而且,只要不是同学,大家不认识不就得了。你给他安个职位,伟大一点遥远一点的。都是刚出校门没多久的同学校友的,谁还能去调查底细啊。最主要吓唬吓唬他们,见到朱峰有个交代不就行了。听说朱峰也有了一个女朋友,你要是光杆司令一个人去,不得让人家挤对死啊!就找丁大卫!”

关于取悦丁大卫这件事,艾小倩做得十分的不容易。

她破天荒地第一个到办公室,把办公室收拾得一尘不染,把丁大卫笔筒里的铅笔都削好。丁大卫的水杯里永远都有一杯热水,而且他最近桌子上多了一个小果盘,每天换着样地摆好各种水果:哈密瓜都去了皮，都用牙签扎好；葡萄都一个一个地摘下来，洗得干干净净。

要是姗姗姐不在，艾小倩就更殷勤了，趁丁大卫忙中有闲的时候，就拿一块切好的香瓜塞进他的嘴里。丁大卫还没尝出来甜酸呢，又一小块就送来了。

丁大卫躲闪不及，香瓜掉到地上。艾小倩连忙弯腰，说："我来，我来。"

丁大卫按住艾小倩手，说："艾小倩，你这样我很不习惯。有啥事你还是说吧？我心里太没底了。"

艾小倩悠悠地说："其实也没什么事，就是本周日我同学李美丽的婚礼……"

丁大卫没等她说完，就甩了两个字："免谈！"

艾小倩凑过来："你看看，话说得太绝对了不好。我大学一年级的时候，有一次我们宿舍搞表演，我话就说得太绝对。"

丁大卫等着她继续说下去。"我披着我的草绿色床单，昂首站好，对着周围簇拥而来的记者说'我只能说，我和休·格兰特是绝对不可能的'。然后，你看，我到现在都没见过休·格兰特，要是我当时说话不那么绝对，也许我和格兰特先生还能……"

"有一腿？"

"你说话不要那么难听好不好，还能有一段情缘什么的。所以，你话不要说得那么绝对嘛。你想想哈，咱们两个那不是一般的缘分啊。你说说那个面馆那么大，世界有 70 亿人口，就偏偏我们两个就坐了对面。而且，我平时不是那么缺心眼脑袋进水的人，恰逢那天我面试失败，整个人都呈现真空状态的时候，一碗肉丝面，就成就了咱俩的因缘。然后一个公司，然后一个办公室，现在都坐对面桌了，多不容易。是吧？"

丁大卫说："不是。"

"佛说，前世三百年的回头才换来今生的擦肩而过，你说我们两个是多么深厚的缘分呢？说不定哈，前世你就欠了我许多钱，然后我大手一挥，说不用还了，然后这一世咱们就坐对面桌了呢。”

丁大卫说：“故事编得不错呀，你可以自编自导演一出大戏。你有潜质！加油！”

艾小倩耐着性子：“别这样，你就装一回我男朋友又不能掉块肉。而且，好人有好报，你将来一定多子多孙多福寿，少灾少难少小人。帮帮忙吧！下次要是你让我装你的女朋友，我一定打扮得漂漂亮亮的。你说装空姐我就装空姐，你说装教师我就装教师，我一定全力配合。行不？”

丁大卫被说得有点动心了。他像是随意地问：“那个王总后来你怎么处理的？”

艾小倩说：“谈了一下呗。我这么一个初出茅庐的小丫头，人家根本也不会放在心里。我和陈淑的做法一样，先说谢谢再说对不起。王总毕竟是有身份的人，说好了，以后大家还做朋友。”

丁大卫说：“处理得不错。这个圈子就是这样，别把事情做得太绝，都给别人留点余地。就像下跳棋一样，你把别人的路都堵死了，你自己也一样无路可走。艾小倩，这件事情你处理得很不错。”

“那你的意思是不是，你可以假装我的男朋友了？”

“再说吧！”

姗姗姐刚好进来，两人没再继续。姗姗姐说：“正好你们都在，欧若化妆品公司选新产品的代言人呢，我刚听说，我们去试试镜吧。”

欧若化妆品以纯植物护肤专家为第一期广告的内容。公司这一次出了新产品，听说从前合作的明星生孩子去了，续约续不上，他们看好的明星又都太贵，就开始广泛选拔了。

路上，艾小倩经过欧若化妆品的零售店，跑着进去买了几样新产品，回了车里。她道歉说：“对不起，姗姗姐，钱没带够，没买到全套的，怕你时间太赶，买了几样重点的。”

“没事，拿来给我试用一下。艾小倩，丁大卫，你们也试试，谈谈你们的想法。”于是车上四个人，除了司机，他们三个各自取了一点在脖子、脸颊、手背等部位涂抹。

气味一般，艾小倩整个脸蛋都涂满了，还没发表意见呢，姗姗就生气了，说：“女孩子没有一点常识吗？新换的化妆品怎么可以整个脸部都使用，需要在耳后试用你不知道？耳后皮肤又薄又敏感，涂抹后如果24～48小时内没有出现红肿等反应，就证明没问题才能使用！你把整个脸都涂满了，万一过敏怎么办？和食物过敏有可能脱敏不同，皮肤的记忆是一辈子的，一次过敏就会终身过敏。因此，只要在耳朵后面一试，皮肤就能很快告诉你，你可能对那种产品过敏。现在你把自己的脸当成试验田了？愁死我了！”

艾小倩说听懂了，心里充满了感激，虽然姗姗姐语气不好，但是她知道这是在真心地教她化妆知识呢。

司机师傅显然不太懂化妆品，说：“这什么味呀，姗姗姐，不好闻。”

姗姗说：“说是纯植物的化妆品，当然不可能是纯植物的。”

艾小倩傻傻地问：“为什么？”

丁大卫替姗姗姐说：“你傻呀，没有化学成分你能把水和油调到一块呀！”

姗姗姐说：“嗯，这个气味应该是有植物成分的，因为植物的气味掩盖了化妆品的气味，所以闻起来不是很好闻，但是应该用起来是好东西。”

因为去得晚，艾小倩她们三个在走廊里等着。张闻天带着一个高大漂亮的女孩走过来。看见他们三个，他故意笑着对小倩说：“小倩，你也过来啦？”艾小倩使劲地瞪他，这个人调拨离间，害得她和姗姗姐貌合神离。艾小倩想找几个词甩给他解解心头之恨，可是一时语迟，竟然就说不出话来了。她急急地:“你……我……我和你不熟!”然后转过身去,不理他。

张闻天凑近秦姗姗,语带轻蔑地说:“你也来试镜?”丁大卫赶紧过来,走在秦姗姗旁边,叫一声:“张哥,这么巧。”

张闻天瞥了一眼丁大卫,说:“听说了,接手我的烂摊子你辛苦了。”

丁大卫克制着,说:“张哥高抬贵手就不算烂摊子了。”

张闻天说:“年轻人,说话要讲究分寸。”

秦姗姗本不想和他说话,但是眼见丁大卫招架不住,于是守着礼节,笑着说:“张哥好,你们也来试镜的?”她看了一眼那个女孩,那女孩却故意把下巴抬高,眼睛看向别处。

张闻天说:“我可当不起你哥。最近都好吧?毁掉的合同不少了吧?还剩下几个商演了?”

秦姗姗笑笑说:“都是当年张哥辛苦抢来的合同,我一定尽最大努力保住合同,不能枉费了张哥的一片苦心。”

“收起你这假惺惺的话吧,听我的劝,你今天可以回去了。我们只是不想做得太明显才晚了这么久才来,已经选定是我们了。你不想丢脸就尽早回去。”

秦姗姗说:“张哥教过我,不努力永远不知道能不能成功,我只是想努力一下。”

“那你努力吧,这是你的经纪人和助理?哈哈,真粉嫩啊!你好自为之吧!”

秦姗姗脸上始终挂着微笑,艾小倩看在眼里。等他们进去试镜厅,艾小倩递给秦姗姗一瓶水。

丁大卫知道没说什么安慰的话,他只是说:“这个化妆品,我用起来,觉得很清凉,不油腻。艾小倩你呢?”

艾小倩说:“我觉得脸上有点热。可能室内外温差的原因吧?”

借着灯光姗姗注意到艾小倩的脸有了一层红斑。是过敏现象！

姗姗说："咱们回去吧。"

丁大卫以为是张闻天的关系，说："姗姗姐，还是试镜之后再说吧。"

里面就喊："兰朵公司秦姗姗请进。"

艾小倩和丁大卫跟着秦姗姗走进试镜厅，这里有宽大的背景布，有良好的灯光，姗姗姐穿着露肩的丝质裙，手里拿着一瓶化妆品，手轻抚过脸颊与脖颈，对着镜头甜甜地笑："欧若化妆品，纯植物，无刺激，抗过敏，适合任何肤质的您。"

导演喊了一声"卡"，然后说："秦姗姗小姐，你的台词能说服自己吗？我觉得耍大牌是不礼貌的，虽然我只是一个不知名的导演，但是所有人的工作都需要尊重的，您在公开的场合谈到过这个理论。"

秦姗姗笑道："薛导演，我们合作过的，我从来没有不尊重任何人。要不我们再来一条吧。"

"不要了，你对这款化妆品没有爱。您从前使用哪款化妆品？"

"索拉。"

导演阴阳怪气地说："索拉，不是什么大牌子啊！"

"是，但是我一直在用，直到一个星期前，因为一个星期前我的那款化妆品代言合同才到期。"

欧若化妆品的老总自然在拍摄现场，秦姗姗知道这个导演和张闻天有着千丝万缕的亲近关系。她自己的表演确实有瑕疵，因为她说"无刺激抗过敏"的时候，正好看见艾小倩在挠自己的脸。她的过敏症状十分明显。但是导演的话字字封喉，故意为难，只不过是说给欧若公司的老总听，给他刷掉自己提供理由。

欧若公司的老总是个干练的中年女性，大家背后里都叫她"铁娘子"。她问："秦小姐的意思是，从来没关注过我们的品牌吗？这可真是让人失望。"

“不，我不是这样的意思。”秦姗姗站起来，俯视着大家，说，“使用自己代言的产品是代言者的良心！我既然代言了索拉，就会一直使用她。也许索拉不是最好的，但是却是我信任和支持的，这就是一种良心。”

欧若的女老板显然很欣赏秦姗姗的说法，走过去，和秦姗姗握手：“好一个良心，我喜欢这样的模特。”

秦姗姗对她说：“谢谢您的赏识，薛导演说得对，我的台词的确说服不了自己。因为我在说台词的时候，我的助理因为路上使用了贵公司的产品过敏，正在挠她的脸。我不信服的东西我怎么去说服别人，贵公司广告词写得太满太大，我实在说服不了自己，我先告辞了，您一定还有更好的选择。”

秦姗姗走出来，艾小倩赶紧把大衣给她披上，嘴里说：“对不起姗姗姐，我是太痒了，才挠的。您没有必要为了我……”

“不是为了你，是为了自己的良心。”

走出来，秦姗姗没想到张闻天还在等着她。张闻天走过来，说：“怎么样？何必自讨苦吃。”

秦姗姗笑得很坚定：“谢谢张哥教诲。先告辞了。”

三个人走出来，上了车。秦姗姗说：“大卫，带小倩去买点过敏药。小倩你要记得自己过敏的化妆品，这一点很重要。不要什么事情都需要等吃了亏才长教训。”

丁大卫问：“姗姗姐，那么，这个广告我们就放弃了？”

“刚才的情景你们不也看到了么？不能为了钱沾上一个虚假代言的罪名。钱好赚，名声不好攒，做模特先做人，做人就得讲良心。再帮我联系别的化妆品，年底了，明年春季一定都有新款上市，你帮我挨家去问问。对了，索拉公司你去问问，看有没有续约的想法，不过已经过了一个星期了，恐怕对方没有这个打算，没准也是张闻天在里面搞鬼。”

丁大卫带小倩去了医院，医生开了过敏药。艾小倩嘟囔着：“我最近一直和药拼上了，厌食症的药还没吃完呢。”

“症状还明显吗？体重还在下降吗？”

艾小倩扁着嘴：“没有症状了，不呕了，但是饭量还是小，胃口还是不太好。而且，反弹了！又弹回来5斤了！”

“活该，信什么减肥药！三无产品！还什么科学减肥理性节食！你说得比唱好听多了。”

艾小倩不争辩，半晌才问：“周日去陪我参加婚礼的事，你什么时候能考虑好给我回复？”

丁大卫想了想，说：“等到山无棱，江水为竭，冬雷阵阵夏雨雪的时候。”

艾小倩脸上又痒痒了。

“别挠了，小心成麻子了。”

艾小倩都快哭了：“周日的时候能好不啊？”

丁大卫说：“能，放心吧！回家睡觉！”

艾小倩回到家里，照例贴墙站，站了一会，脸上痒，实在没心思站了，她洗脸睡觉。睡觉之前，她在自己的小本上写道：

对于所有化妆品的使用，都需要在耳后轻涂，48小时候没有过敏现象，才能使用。然后画了一个满脸过敏症状的胖丫头，旁边用粗笔写上：不要拿自己的脸做试验田！

艾小倩把小本子合上，抿了抿嘴，又打开，写道：了解代言的产品，找到产品可信任的优点，说服自己然后才能说服别人。信奉并且支持它，这是代言者的良心。“良心”两个字下面她用红色笔狠狠地画了两道粗线。

艾小倩躺在被窝里，给丁大卫发短信：“哎，你考虑好没？你信不信我明天到公司哭给你看啊！”

丁大卫回复很快:“闭嘴,睡觉!”

第二天到公司的时候,丁大卫很心疼地看着艾小倩,说:“你知道吗?艾小倩,现在科学界给小白鼠都设立专门的纪念碑了,感谢他们对人类科学发展做出的牺牲。你虽然没有达到牺牲的境界,我觉得也应该给你立块碑,写上‘谨以此碑纪念为化妆品界做出突出贡献的艾小倩女士’。”

艾小倩脸上都红了,一块一块的,吃了过敏药,还是觉得火烧火燎的,而且奇痒难耐。秦姗姗进门看见艾小倩,说:“早上没用别的化妆品吧?”

“没有,就用洗面奶洗了一下脸,拍了点水就出门了。”

秦姗姗叹了口气:“过敏的时候尽量别用任何化妆品,洗面奶和水也别用,就清水洗就行了。吃东西要注意,刺激性的不能吃,知道吧?”

艾小倩点头:“知道,谢谢姗姗姐。”

秦姗姗进了屋,又转出来,说:“你可以申请赔偿,你要了发票了吧?”

丁大卫直盯着艾小倩,上次的三无产品减肥茶她就没要发票。这回能要发票?

艾小倩点头:“我没要发票,但是售货员小姐硬给我的。那个,姗姗姐,对不起啊,因为我您丢了这么重要的代言。”

秦姗姗指指自己心脏的位置:“不是因为你,是因为这。”

丁大卫开始联系别的化妆品公司,艾小倩也初次能帮上忙。她心里高兴,觉得姗姗姐终于还是放下怀疑,开始信任她了。

有人敲门进来找丁大卫先生。

丁大卫说:“我就是。”来人恭敬地递上名片,说:“我是欧若化妆品公司的代表,受老总的委托,处理秦姗姗小姐助理使用我们化妆品过敏的纠纷事件,这是我的名片。"

丁大卫和他互换了名片。艾小倩也简单介绍了自己购买的产品,还特意拿出来给对方看清楚,发票也复印了一份给他。来人一一查验相关证据,要了艾小倩的银行账号,回去了,说三天内给出最终答复。

秦姗姗一直躲在里间,外边的一切她听得十分明白。她走出来说:"一直听说欧若公司的老板是个铁娘子,现在一看工作效率确实挺好。我们还没投诉呢,他们自己找上门来了,现在就看最后的处理效果了。"

没想到下午那人就带了当时的售货员小姐亲自登门,把一个信封递给艾小倩,售货员小姐又亲自道歉,说那款产品已经过期,自己没有注意保质期,给艾小倩道歉。以前艾小倩买过袖子一只长一只短的衣服,买过鞋号不准的鞋子,从来都是交涉无门,被店家骂出来,以后再遇到过期长毛的面包艾小倩都不去抗争了。突然遇到主动上门的商家,她倒觉得有点受宠若惊,连忙说"没关系",自己没注意保质期也有责任。她连忙接了信封,在纠纷调解书上签了字。

售货员小姐退场后,来人没有走。他从包里拿出一套新产品,对丁大卫说:"昨天秦小姐助理使用过敏的产品,其实是我们的上一代产品,我们承认有过失。老总特意嘱咐我带一套新的产品给秦小姐试用,一个星期后,如果秦小姐还愿意,可以重新到我们公司试镜。我们老总很期待与秦小姐的合作。"

丁大卫欣然接受,盛赞对方对消费者负责的态度及合作的诚意,双方又再次确认了一下名片,来人走了。

秦姗姗出来接过化妆品,对丁大卫说:"处理得很好,看来我们还有机会。张闻天还没到一手遮天的程度。"

周四了,艾小倩的脸还是有点红肿。她慢慢地开始觉得,其实自己不是一定要去争回那么一口气,有什么必要啊。

转眼周五了，丁大卫临下班的时候说："艾小倩你这块试验田好像土壤状况恢复得不错呀！"

艾小倩瞪他："丁大卫你每天采取这种全角度多方位的方式打击我，你小心我纯洁的心灵受到扭曲，将来报复社会，你担当得起这个责任吗?"

"你的语言表达能力又提高了！你去赴约的事情准备好了？"

艾小倩说："丁大卫，你别以为我会低三下四地求你。我艾小倩生得伟大，活得潇洒。我就是去找我们社区门口那只大黄狗我都不带你的，谁要是找你当男朋友谁就是没睡醒！"

丁大卫说："其实，我这几天还真帮你设计了一个好办法，但是听你这么一说，我倒觉得大黄狗更适合假扮你的男朋友。我就不费心了。我先下班了啊！姗姗姐说可以休息大礼拜，那我们下周见喽！"

艾小倩亦步亦趋地跟着丁大卫，嘴里特别甜："丁大卫……大卫……丁兄……哥……亲哥……"

丁大卫绷着脸，一点商量的余地也没有。

"请您吃饭？"

"请您喝酒？"

"送您喜欢的书？"

艾小倩想了一圈，她对丁大卫这人还真不了解，真不知道他到底喜欢什么。

"亲哥，您就直接说了吧？我以后听您的话，你说一，我绝对不说一点五。将来只要您吩咐，小的一定鞍前马后效犬马之劳。您就给句痛快话吧！"

丁大卫说："找个安静的地方吃点饭，边吃边聊？"

艾小倩屁颠屁颠地张罗了一个饭店，亲自点菜倒水。丁大卫装得二五八万似的，可是那么回事了。

吃也吃了，喝也喝了，丁大卫说："艾小倩这个事吧，你就单纯地领一男朋友过去，其实得不到根本上的解决。我说实话你别不爱听，你带王元峰去别人也就是羡慕你一下，你当年的传说还是没人给你改写，这事咱要办，就得从根本上解决。"

艾小倩眨巴着眼睛，崇敬地听着。

"怎么从根本解决呢，就得是说服那个混蛋，叫朱峰是吧？得让他以及广大的人民群从自己从心底里觉得你那根本不是表白，但是就你自己说'哎呀，当年我逗你玩呢'，这绝对没有说服力。"

丁大卫喝了一口水，艾小倩说："祖宗啊，您快继续说吧！"

"你明天就找些相熟的同学，大大方方地纠正当年的错误，你就说你当时是在做心理学研究，没想到那个朱峰的表现恰好符合了某种心理学特征，你是为了给他留面子，才没揭穿他。"

"某些心理学特征？我这么说谁能信啊！"

丁大卫从背包里拿出一本书，书名《男性自卑论》。

艾小倩问："你给我一本书干什么？"

丁大卫自豪地说："翻到28页，看看。"

艾小倩翻过去一看，自己的名字赫然印在作者一栏，题目是《男人性取向初探》。艾小倩大致扫了一眼，说："丁大卫你疯了，你弄这个干吗？"

丁大卫说："打击前情往事，你要不往七寸上打你根本就弄不死它！关于你在大学里对那个混蛋朱峰的暗恋以及那场幼稚可笑的告白。在这篇文章里，已经被我改写成你对一个男同性恋的细致研究并得出了清晰准确的结论。这篇论文，可以说，论据充分，数据准确，言简意赅，直达病灶。你这文章一出，他朱峰就立刻变成你大学期间心理学研究的一个不知情的对象。你的表白也不过就是为最后定论做了一次学术上的牺牲。你之所以没在任何人面前解释此事，是因为你善良的心灵、严肃的职业道德和对别人隐私的尊重。说到底,他不是看不上你,不是身手敏捷,其实,他就是一个同性恋!"

艾小倩嘴角的肌肉抽动了两下:"不好吧?这是不是太缺德了?"

"不喜欢?不喜欢我这里还有另外一本,你再翻开38页看看。"

艾小倩一看,作者:艾小倩。题目:《关于男人性自卑的心理分析》。艾小倩简单地看了一眼,这篇文章基本以朱峰为研究对象,东拉西扯一堆理论,也无非就是为这三个词做的准备:阳痿、早泄、性无能。

丁大卫得意洋洋地说:"选吧,就这两个方案。哪个都能让你挽回颜面。"

艾小倩都要哭了,说:"丁大卫,你这不是犯罪吗?这是诽谤罪吧?你还都登到杂志上了。白纸黑字,你就够判的了,你知道不?"

丁大卫说:"这两本杂志都是障眼法,都属于内部刊物禁止传播的范畴,你怕呀?你怕我先回家睡觉了,你自己玩吧。今天晚上还有球赛呢!"

艾小倩拉住他的胳膊,试探着问:"要不就第一个吧。这个估计抓住还能少判几年。反正流言也就几天,应该不会影响人家找女朋友。"

丁大卫颇为得意地说:"好,这本杂志我一共印刷了10本,你明天组织一些姐妹,有意无意地说说你的研究,给她们看一眼杂志,阅读后记得一定奉还,然后一定要让她们绝对保密。你也知道,你们女人那张嘴是不能用保密二字封住的!然后,你就胜利了。大家没人再笑话你了,都开始去同情他去了。等婚礼当天他的绯闻四起,瞬间就能被配成至少10对,你们女人的口才和想象力,我是有信心的。"

艾小倩怎么听怎么都觉得这不是好话,但是有求于人,她也不敢替女性伸张正义,只能假装没听见。

艾小倩把这个点子告诉给陈淑的时候。陈淑哈哈大笑,说:"哎呀,这个丁大卫,没看出来呀。我还觉得那个人挺老实的,原来一肚子坏水啊！有前途，长见识了。你放心，明天我张罗，找几个口才和想象力超群的女人们，咱聚聚。咱一定把这事给做成了。”

周六这天中午，陈淑张罗着找了几个同班同学和几个同期校友，八个女人凑一桌，以恭喜李美丽从一个少女向一个少妇华丽转身为开场，话题不知不觉就转到朱峰身上了。

“艾小倩，你和朱峰后来就没有联系了？”一个女人问。

艾小倩心里放心了，太好了，正中下怀，终于有人问了。

艾小倩大大方方地说：“其实，自从我的论文写完之后，我就不想再和他有任何联系了，不过为了论文最后的真实性，本着对科学负责的精神，我才最后在礼堂上演了那么一出戏。现在想想还真挺对不起人家朱峰的。”

嗖的一下，其他七个女人的头都转到艾小倩这个方向了。

“论文？”

“真实性？”

“对科学负责？”

“一出戏？”

艾小倩背了一个晚上的台词终于没有白费，所有的关键词都被这几个女人抓出来了。

陈淑非常配合：“艾小倩，你给我说清楚了。你怎么连我都没告诉，到底怎么回事？”

艾小倩说：“哎呀，不跟你们说了。这涉及人家朱峰的隐私，我怎么能这么不道德呢？”

女人对“隐私”这两个字何其敏感！怎么能放弃如此爆炸性的新闻？

一个女孩说：“艾小倩，你可不带这样的。咱们姐妹一场这么久了。你怎么能护着朱峰，瞒着我们呢？什么道德不道德的。我们最了解你艾小倩了，你从来就是最善良最懂事最好心肠的女孩，要说你是没有翅膀的天使都不为过。”

艾小倩一听，觉得自己的道行还是尚浅。自己不过提“隐私”二字，人家便把天使都搬出来了。艾小倩其实期待的就是这个效果，这一切都按照丁大卫的计划展开。不得不说，丁大卫真是一个运筹帷幄、决胜于千里之外的——混蛋！

艾小倩假装为难地说：“那，咱们姐妹情谊当然最重要了。那我说了，你们可别告诉别人哦！一定要保密啊！哎呀，要不我还是不说了！”

陈淑这时候又发挥神助攻的作用了，说：“别磨叽，你赶紧给我说！”

艾小倩于是勉为其难地，面对七个脖子伸得老长的女性，说了这样的话：“你们一定要保密！其实我自从上了大学就对心理学特别感兴趣，业余期间就去心理学系和一些导师探讨。他们给了我一个题目，让我调查男人性取向的一些特征和表现，真实展现他们的心理和生活状态。我当时挺为难的，但是导师说这些都是保密的，不过是一个调查，不会指名道姓。所以我就接了这个选题。其实姐妹们，你们也都能理解和尊重同性恋的生活，对吧？”

七个女人一起点头，说：“嗯嗯，你继续说你继续说。”

“我当然对这些隐藏很深的同学没什么认识，导师就给了我一个名字，我一看。”艾小倩故意停下来。

有人问：“是朱峰？”

艾小倩点头。七个女人异口同声：“哇！”

艾小倩说：“我当时和你们一样惊讶，不过，咱们把话再说回来，我们对他们必须理解和尊重，对吧？”

七个女人一起点头，说：“嗯嗯，你继续说你继续说。”

“我就开始以他为研究对象了。你们一定知道我给他送过书送过水，给他加油帮他抄笔记。陈淑那时候还以为我暗恋他呢！”

陈淑假装说：“艾小倩你太过分了，你连我都隐瞒！”

艾小倩拿出两本杂志，给七个女人扫了一眼，杂志弄得非常逼真，印刷质量很过关，艾小倩翻到 28 页，给她们瞄了一眼，杂志就放回自己的包包里了。

艾小倩说："我和朱峰接触得越多，就会发现他越多的秘密。他对女孩子还算彬彬有礼，他对喜欢的男生也一样会害羞也有占有欲。他不喜欢女人身上的香水味，他喜欢那种安静略有些忧伤的男生。他刻意隐藏自己的取向，其实他的生活状态十分值得同情。好了，就说这么多吧，你们一定要保密啊！来来，咱们敬李美丽一杯，新婚快乐早生贵子。"

众人也附和着，旋即开始三三两两地讨论起来，场面十分热闹：

"我说怎么他从来没有过女朋友呢？"

"那我听说他对隔壁班的班花好像有意思啊？"

"谁看见了呀，也就是拿那个班花当幌子吧。"

"你们有没有发现，他那个篮球队的队员，就是穿 13 号球衣的。他们简直天天出双入对的。"

"是，我见过那个男生真是有点小忧伤的味道。"

"怪不得呢，听李天宇说他一直都没有女朋友。"

"对，我还记得有一次，我洒了点香水，路过他身边，他满脸嫌恶的样子，原来他不是对香水过敏，是不喜欢一切有香水味的女人啊！"

"就是啊，我记得咱们班跳集体舞的时候，和他一组的孙彩霞，说他一点不配合，练习不到 10 分钟就去洗手。大家都以为他洁癖呢！"

"他好像和一个学弟走得也挺近。"

"艾小倩，他是不是和 13 号球衣的那个叫韩光轩的？"

……

艾小倩的表演十分到位，她面带微笑，对她们进一步的问询不做任何回答，但是她用微笑纵容了她们对 13 号球衣韩光轩的猜想。艾小倩心内佩服：丁大卫神通广大，女人的想象力果然超乎想象。艾小倩想起一句话，想象力是人类发展的源泉。艾小倩现在坚定地认为，这句话前面必须加上三个字：女人的。

一切按照原计划进行，非常顺畅，等聚会结束，其他姐妹都离开，就剩下艾小倩和陈淑的时候，陈淑笑得都快背过气去了。

"哈哈哈！艾小倩，你不去当演员真白瞎了！"

艾小倩愁眉苦脸的，一直在问："我是不是有点太缺德了。怎么能这么诋毁朱峰呢。好歹我当年还喜欢过他呢。"

"你光喜欢过他有什么用！他又没喜欢过你！而且，我说得很清楚。当别人对你表白的时候，你有绝对的权利拒绝。但是先说'谢谢'再说'对不起'，这是最基本的礼节！他朱峰当时考虑你的感受了吗？他当时就不缺德啊？没事！若事情败露，你就说你在写一篇关于《女人的八卦能力》的论文，我们都是你的试验品，就得了。这个社会节奏这么快，流言也就那么几天，过几天就过去了。咱就是解解气，咱也没玩大的！"

艾小倩说："这还不大呀？丁大卫都说了，这叫打蛇打七寸。诬陷一个血气方刚的良好异性恋青年是同性恋，这就是抓住人家七寸位置往死了打呀！"

"哪那么多废话！叫丁大卫出来，你们得买套情侣装什么的参加婚礼吧。"

"我没钱，不用买。七寸就够了，不用再加料了。"

陈淑说："不行！必须的。婚礼现场有人给你铺路，给你打前战，你自己更不能跌了份。丁大卫多少号，我给他打！"

李美丽的婚礼庆典定在10点58分，丁大卫在艾小倩家门口足足等了二十五分钟，艾小倩才下楼。两个人边走边聊。

丁大卫看了一眼艾小倩："你最近瘦得真多啊！"

"真瘦了吗？哎，我说这件衣服怎么样？还行吗？"

丁大卫看看自己的衣服："你觉得呢？咱哥俩是一款的，情侣装！你要说你自己穿得不好看，我怎么办？"

丁大卫问："你说我这为了你牺牲如此之大，将来我要是找不到女朋友，你负得了责任吗？"

艾小倩说："那我就把陈淑介绍给你！"

丁大卫说："你俩特征太一致，都不是我喜欢的款。"

"怎么说？"

丁大卫用手在头顶画了两个圈。艾小倩懂了。她斜眼瞅他。丁大卫说："哎，注意态度，你现在是有求于我！"

艾小倩醒悟过来，收回眼神，问："具体有什么策略？"

丁大卫说："我真心地问一句，对于你们女生来说，在前情人面前挽回面子就那么重要吗？就不能当作过去式直接忽略吗？"

艾小倩悠悠地说："我学英语的时候，过去式学得相当不好，我就记不住动词的过去式怎么变形！生活中我也一样。你没试过面子掉地下摔八瓣的滋味，你当然不懂。如果我不采取点措施，今天上午，我就得比李美丽还耀眼，凡是认识我和听说过我的传说的同学和校友，一定都把目光集中在我身上，同情地，可怜地，和我握手，和我说话，和我谈理想、人生、世界和平！对于他朱峰这事可能成为过去式。但是对我和广大了解我传说的人，这事永远不能成为过去，他们会茶余饭后不厌其烦地说起我的光荣历史。所以，你说我不在前情人面前挽回面子行吗？"她拔高了音量，自己回答说，"绝对不行！"

丁大卫说："那一会你负责和朱峰握手，我可不能和他握手。"

"为什么？"

"我是你的男朋友，朱峰是个同性恋，你不怕他非礼我啊？"

艾小倩说："哦。"

艾小倩和丁大卫穿着情侣装一出场，就引起了关注。有人悄悄地说:“那个不是艾小倩吗？就是毕业礼堂上表白被拒的那个,哎……男主角也来了呀！”

突然一个女人就拍打了这个女人的手臂:“嘘……别瞎说，你们不知道,那个朱峰,是个同性恋！根本就不是不喜欢艾小倩,是性取向问题！艾小倩当时是拿他做同性恋研究对象了。这是秘密,可别和别人说啊！”

“我的天啊,我还把我男朋友介绍给他认识,他们在那边聊天呢！”这个女人说完,呼呼地就走过去,小心地看着朱峰,把自己的男朋友生拉硬拽地给拽另一边去了。

这些事情,艾小倩是挽着丁大卫的胳膊,故意放慢了脚步,不露声色地听到的。艾小倩这心情美得呀,拉着丁大卫,小声地说:“哎,丁大卫,你真有才！”

“必须的！”丁大卫倒不谦虚。

谈话对象被强行拉走,朱峰还没反应过来。转头看见艾小倩,不得不说,朱峰也表现得有点紧张。艾小倩这边脚下的步子就要停。丁大卫握住她挎在胳膊上的手,侧过来,对她说:“艾小倩,你要是敢给我腿肚子发抖,我明天到单位就哭给你看！”艾小倩想就丁大卫这个笑话笑一笑了,可是努力了一下,没笑出来。但是脚下的步子还好没停下来,两个人就直奔朱峰走过来了。

朱峰看看丁大卫，对艾小倩说:“小倩你好，好久不见，你的男朋友？”

说着就伸手,要和丁大卫握手。艾小倩非常机灵,忙把自己的手伸过去,十分夸张地伸过去和朱峰握了握手,说:“你好,我男朋友丁大卫。你怎么一个人？你男朋友？啊,不,你女朋友怎么没和你一起？”

艾小倩假装口误，其实就是说给旁边那两个端着饮料有一搭没一搭地聊天，其实耳朵已经伸到艾小倩面前的两个女人听的。

朱峰说："我还没有女朋友呢。"然后，他迟疑了一下，说："小倩，我其实一直想和你解释一下了。"

艾小倩客气说："哪里哪里，是我不对，难道你都知道了？是我不好，不该瞒着你的。"

丁人卫在旁边说："啊，原来他就是朱峰啊？"然后伸手出去又缩回来："小倩一直想和你道个歉的。你是男人，大人大量，就原谅艾小倩吧。"

朱峰有点蒙了，说："其实我也有做得不对的地方，我当时那么做真是反应过激了。过后我都挺后悔的，小倩，你别介意啊。"

朱峰说得非常诚恳，艾小倩不是不感动的。她心里好像这么久，等的也不过就是这么一句话而已，艾小倩笑了一下。

因为是伴郎，有人喊朱峰过去帮个忙，朱峰就走了。

旁边两个女人把这一切听在耳朵里，小声说："你看，是真的！你没听艾小倩问的是他的男朋友怎么没来吗？艾小倩还因为把他当研究对象道歉了呢，听到了吧？"

两个人的交谈，很快就变成了四个人，四个人再扩大到八个人。女人的扩散能力远比媒体强多了。

等朱峰回来，站在大厅里帮忙指引同学找位置的时候，有男同学过来和他问点事情，他高兴地要去拥抱好久不见的同学。那个同学却和他当年一样，一个闪身，差点没把朱峰闪倒。朱峰站稳了，说："干吗？高级西装啊？怕弄脏啊？"来人脸色颇为尴尬，问："怎么，你没和韩光轩一起来？"

朱峰想了想，说："毕业之后，我们就没有联系了。他去广东发展了。"

那人颇为惋惜地说："真是可惜了。你想开点。"朱峰还没明白要想开点什么呢，那人就走了。

朱峰看到他的同桌也挎着男朋友出席，主动过去打招呼，告诉他们典礼后，可以去包房里，但是朱峰伸出去的手，依然是被女同学握了一下，那男生的手被同桌给拉住了。

隔壁班的班花过来，和朱峰说话，问："记得我是谁吧？"

朱峰说当然记得，班花问："怎么没和韩光轩一起来？早知道你们……哎呀，我当年就不喜欢你了！"

朱峰开始觉得有点不对劲了，大家怎么都提韩光轩。

他皱起了眉头，四周查看。

此刻的场景，就像武侠片里，一个武林高手被一个暗器所伤，他不得不稳下心神，从右到左仔细观察周围动静，寻找暗器的发出方向。而且导演一定把镜头围着高手转，衬托神秘紧张的气氛。

朱峰现在就这样，他目光所及之处，感觉大家都在看他，而且窃窃私语，指指点点。他浑身发冷，他走到新郎身边，把他从一推人中拉出来。新郎赵天宇是他铁哥们，他得问问新郎今天自己有什么不对，是发型乱了还是裤裆开线了。没想到赵天宇慢慢地推开他的手，说："别这样，有话你说。"

"有点不对劲啊，天宇，我怎么觉得大家都在看我呢？而且都问我怎么没和韩光轩一起来？怎么回事？"

赵天宇表情不是很自然，说："那什么，大家都说你和韩光轩是一对。"

"我和他是一对？什么意思，我怎么能和他是一对？"

"都说你是同性恋。"赵天宇小声地说。

"什么？"朱峰愤怒地发出两个字，把空气都震得一颤，"谁说的？"

赵天宇小声地说："都，都这么说。"

朱峰回头看看这些偷偷瞄向他的眼神！他明白了！

他要冲出去抓一个人的脖领子问问到底是谁在造谣。赵天宇拉住他，说："别冲动，马上就典礼了。你别！这是我的婚礼啊！"

就是啊，这是赵天宇，他的铁哥们的婚礼啊！他此刻怎么都得忍下来啊！他还是伴郎呢！他用眼神把周围的目光扫射了一遍，有几个目光牺牲了，躲开去，马上又还魂站起来，瞄着他。

朱峰，绝望地，孤独地，愤怒地，站在大厅中间。

艾小倩看着惊慌失措的朱峰，想起自己当年在礼堂里的一切。时光倒带，她爬起来，她后退，她站在后台，她站在礼堂门口，她向宿舍倒退，她解下蝴蝶结……这一切，终于结束了。艾小倩终于把自己从那个可怜的境地里慢慢抽离出去。

婚礼结束，陈淑，艾小倩，丁大卫一起吃饭，陈淑说是庆功宴。

陈淑咬一口鸡大腿，哈哈大笑，说："哎，你们不知道，流言四起，连赵天宇单位的同事都开始问，谁是朱峰。哈哈，最可笑的你们知道是什么？就连赵天宇都开始怀疑了，而且他不知死活地在李美丽面前说他们经常一起洗澡，李美丽就使劲掐他，问他被朱峰占便宜了没！哈哈哈！"

陈淑笑了一会，突然收声："哎，你们怎么不笑呢？"

丁大卫看艾小倩，也说："怎么了？你干吗不高兴啊！我策划这个可是花了不少工夫的！"

艾小倩嘿嘿干笑了两声，说："没意思，我还是觉得太缺德了。"

陈淑瞪她："怎么了？还喜欢他？心疼了？"

艾小倩说："早不喜欢了，有什么可心疼的？只是觉得有点太缺德了。"

"切，瞅你那个没出息的样！你不知道他站在大厅里那个样子，我有多解气！"

艾小倩递给陈淑一个大肉串，又递给丁大卫一个大肉串，说："不过呢，我还是非常感谢你们，我终于释然了。我看见朱峰在大厅里可怜的样子，想起自己当年，然后时光倒回，我把我从那件往事里抽离出来了。谢谢，你们吃，今天我请客。”

突然，身后有个男人的声音传过来：“你们，聊什么呢，这么开心？”

三个人一起看向来人，都呆住了。

第九章
又一次冒傻气

丁大卫记得，大家误解艾小倩吃里爬外、毁掉合同的时候，原来艾小倩的解释有理有据，却因林娜的狡辩，艾小倩被弄得更加百口莫辩。

来人不是朱峰，艾小倩呼出一口长气。

来人是王元峰。

自从上次艾小倩找到王元峰，把房卡还给王元峰后，两个人再也没有联系。没想到这样一个不起眼的小店，两个人能狭路相逢。

王元峰非常优雅地看着艾小倩，说："小倩，你比从前更漂亮了。"

"谢谢王总，给您介绍一下，这位是丁大卫，我的同事；这位是陈淑，我的同学。"

王元峰过来握丁大卫的手："幸会幸会，兰朵公司的同事，也许以后还有很多机会接触。兰朵公司培养的模特在业内是很受欢迎的。"

丁大卫也非常礼貌："谢谢王总认可。其实，我目前主要的身份是秦姗姗的经纪人，以后还请多关照。"

陈淑非常主动地伸手过来，说："我叫陈淑，淑女的淑，艾小倩的好朋友。”

王元峰也和陈淑握手，然后说：“陈淑小姐高就？”

陈淑说：“胜豪广告公司。”

“胜豪广告，我认识你们的刘总，是一个非常具有创新精神的企业家，值得学习。”

陈淑明白艾小倩和这人为什么不来电了。这一句一句说得冠冕堂皇的，怎么听怎么没有真话。彬彬有礼有时候就是拒人于千里的代名词。陈淑笑一下表达认可，旋即笑容就没了。她松了手就落座，把刚才对这个有钱人的一点好感就一口水喝下去了。

丁大卫还站立着，保持礼貌。艾小倩不知道接下来说点什么好。王元峰当然也看出来了艾小倩的不自然，再看一眼艾小倩和丁大卫的衣服。他微笑了一下说：“小倩，我那边有客人，我就先过去了，我们保持联络吧。”转身之前，他又说：“今天的衣服很漂亮！”

艾小倩低头看一眼自己的衣服，才想起来婚礼过后陈淑就拉着两个人出来庆功，根本没时间换衣服！她拿筷子就敲了陈淑的脑袋一筷子，又对丁大卫说：“你怎么不换件衣服再出来！”

丁大卫说：“你怎么不换！”

陈淑抢过筷子，吼艾小倩：“你给我安静点，否则我去王元峰那里哭一场给你看。”

艾小倩后来惴惴不安了几天，她生怕一出公司门，看见朱峰站在门口痛斥她的诽谤罪。好在几天之后，门口的大石头狮子依旧凛然，对面的大厦的转门依然经常坏掉。日子平常如昨，艾小倩渐渐也就把这事忘了。

和秦姗姗的关系似乎有所改善，艾小倩的工作比从前多了许多。尽管一些重要的合同她依然无法参与，但是姗姗姐对她的态度似乎好了许多。

自从和丁大卫两个人恢复了彼此互贬的关系后，艾小倩的心情也好了许多。艾小倩依旧胃口不大，饭量始终没有恢复到从前的标准。她后来又去了一次医院，医生十分不耐烦地说:“胃这个器官也有适应的过程啊，空着的胃容量约为一般成人的一个拳头大小。但是，吃太多的话就会被撑大，最大时可以达 10 公斤。你从前胃口大开，暴饮暴食把胃撑大了，现在你一直吃得很少，它不被鼓胀，那么胃的容量就会逐渐恢复到从前的大小，那从此以后你再吃太多胃就会觉得撑得慌。这不就是女孩子减肥中常用的胃容量减肥法吗？你这个不是什么大问题。就是胃容量慢慢在恢复从前的大小，坚持住，你以后的饭量基本就固定了。”艾小倩听了很高兴。她最近确实瘦得很不错。从 144 斤，已经瘦到 130 斤了。当然这和她自己的标准差距还很大，但是毕竟和目标在一步步靠近，艾小倩也很高兴。

不高兴的是，自从上次遇到王元峰。王元峰这个人似乎又回到她身边了一样。他给艾小倩打了几个电话，有邀请吃饭的有邀请看电影的，艾小倩都一一委婉地拒绝了。

那天艾小倩又借口说公司事太多，说“谢谢王总”之后，不无愁苦地对一直偷听电话的丁大卫说:“我是不是不知好歹？是不是你们男人都希望情人不行就做朋友？”

丁大卫转了转眼珠，说:“我还真没这么想过。两性之间的关系本来就不好处理。你自己看着办吧！”

“陈淑说过，那个让你看着办的人根本就没关心过你，因为他太狡猾而不愿承担责任。”

丁大卫没反驳，呼了口气说:“但是咱们这个圈子吧，多个朋友总比多一个敌人强。不过这个王总，我觉得你的方式倒挺好的。敬而远之吧。”

“给我说说他的传说吧。你一直欲言又止的，不是第一次了。我记得我刚开始征询你意见的时候，你就支支吾吾的，还说让我小心。后来还问过我有没有什么事。我是有点冒傻气，但是你这个状态我分析出来了，用陈淑的话说，这里头有故事，说吧，直接并且详细点。”

丁大卫说：“背后说人不好，而且，公司多么迫切地希望和他有更多的合作，你是知道的。我说太多会影响你以后和他的相处。所以，我必须保持沉默。”

“丁大卫，你老没劲了你！”艾小倩扔过去一本杂志，丁大卫伸手就接住了。

临下班前，林娜来到他们办公室，进去和姗姗姐简单汇报了一下近况，又和丁大卫聊了几句，最后和艾小倩说：“小倩，我有点事求你。我们出去说。”

“什么事啊，这么神秘？”艾小倩问。林娜回头对丁大卫说：“女人之间的秘密，你别误会啊！”丁大卫嘴角扯了一个笑容，就继续忙自己的了。

林娜把艾小倩请到自己的办公室，倒了水，握着艾小倩的手，说：“哎，小倩，你不知道，我最近点特别背，一直也谈不成什么案子。同期的模特要么代言要么走秀，李琳都通过电视剧女三号的角色甄选了，就是我一直这么空闲着。要是以后还这样，我估计公司就要和我解约了，我自己都没脸在公司待下去了。”

“不是说你的经纪人贤姐非常有人脉，都有‘张闻天第二’的名号吗?”

“小倩，你快别听他们瞎说了，都是公司里互相吹捧的，要么就是嫉妒贤姐特别关照我吧。”

“哦，你也别着急，合同都是慢慢谈的。兰老师说这期里你和李琳是最有前途的，现在的状况只是暂时性的。你看我要当模特，到现在还没减肥成功呢，还不是得一直给自己加油嘛！你也加油！”

林娜知道，要是想拐弯抹角地让艾小倩明白几乎是不可能的。要么就是艾小倩反应迟钝，要么就是艾小倩估计假装听不懂。但是就林娜的分析，前者的可能性大。林娜只好直接说："小倩，我其实是想请你帮忙的。"

"好啊，什么事！只要我能办到的，你就别客气！"

"小倩，你知道《时尚风》的 20 周年庆典。"

艾小倩点头，是，我知道。

"《时尚风》只签了公司姗姗姐剪彩外加头秀。其实，据我了解，他们有两场服装秀，找了两家模特公司。我们兰朵只选了姗姗姐走个头秀。你能不能和王总说说，让我也参加一次走秀？当然，我和姗姗的档次比不了，但是只要有一个机会参加走秀，对我也是一个良好的锻炼啊。"

艾小倩这才听明白。她非常为难地说："林娜，按理说，我是应该帮忙的。但是，你知道我和王总已经分手了，我再去麻烦他这样的事，不是很好，如果是公司行为还好，这是个人行为，单独加模特进去，估计别家模特公司也会反对。最主要，还是我们两个已经没有恋人关系了，我真的不便开口。"

林娜又给艾小倩倒了杯水，说："我明白，我明白。我不是这样的意思。我的意思是你引荐我认识一下就好。我自己来谈，这种拜托王总的事情怎么好让你低头呢。我自己来试试，你就帮我把王总约出来就好，我请你们吃顿饭就行。我听说王总是原则性特别强的人，我们也不能为难人家呀，所以，你就帮我约王总出来就行。"

艾小倩想了想，说："那好吧。"

回到办公室，丁大卫咬着笔头，眯着眼睛，问："干吗？这什么新表情啊？这表情就是你所谓的要上厕所没有厕纸的表情吗？"

艾小倩坐在转椅上，转了两圈，然后坐椅子上往丁大卫跟前凑。丁大卫防备地后退："干吗干吗？又有什么阴谋？扮演你男朋友的事免谈！你别想再用哭给我看的套路威胁我，免疫了！"

艾小倩说："林娜让我给她引荐一下王总。"

丁大卫斜眼看她:“你同意了?”

艾小倩点头。

丁大卫用手指在头顶画圈。他说:“我其实要给你看个东西。一直没机会,你现在看看吧。”

丁大卫掏出手机递给艾小倩,艾小倩没接。她说:“你知道么? 我毕业以后,就决定再也不伸手向我妈要钱花了。我对孝顺的定义是:不让老人操心就是最大的孝顺。我家住在这个城市的郊区,我找起工作来,实在不方便,要是遇上堵车,上午的面试,我下午才能到。所以,我就要自己出来租房子住。正好看到合租的广告,我打过去电话,林娜很温柔,一下子就同意了。我搬进来之后,缴纳了第一个月的房租以后,就再也没交过房租。是她一直替我交的,而且我后来天天煮过水面的时候,林娜给了我两千块说让我先拿着用。直到上个月我才还钱给她。”

顿了一下,艾小倩坐着椅子挪回自己的位置。“她这么善良地对待过我,你说我怎么能说不帮她?而且只是引荐一下。林娜也不想为难我,她说所有拜托恳请的话都由她自己来说。”

丁大卫记得艾小倩呼哧呼哧帮林娜搬椅子。其实,那是林娜和李琳的任务,为了讨好有摄影师朋友的李琳,林娜抓艾小倩当了劳工。艾小倩却因为觉得能帮朋友一个忙而感激万分。

丁大卫记得艾小倩香蕉减肥法减得拉肚脱水,艾小倩打给林娜的电话,被林娜挂断了,林娜正在上一堂很重要的培训课。她甚至还直接将手机关机。

丁大卫记得艾小倩被当作“反面教材”的时候,林娜被兰老师点名说出艾小倩服装搭配失败的地方。为了在胡总面前表现,林娜指出问题的方式尖刻而且冷酷。

丁大卫记得,大家误解艾小倩吃里爬外、毁掉合同的时候,原本艾小倩的解释有理有据,却因林娜的狡辩,艾小倩被弄得更加百口莫辩。

丁大卫记得艾小倩喝减肥茶喝到几乎厌食，要求起诉减肥中心，林娜马上撇清责任，说自己只是在路边拿到的名片。

这些事情看在丁大卫眼里，就如海水褪去，沙滩上留下了一块玻璃那样耀眼。可是艾小倩她头上冒着傻气，痴痴念念地在想着别人的好。丁大卫把手机收了回去。他觉得，让一个这么满心欢喜满眼感激的人，承受那样的打击，好像是一种罪过。

“你不说要给我看什么好东西吗？给我看看！”

“我想了想还是不给你看了，你又不给钱！”

“切！谁稀罕看呢！”艾小倩摸出了手机，打开又合上，合上又打开，“丁大卫，帮个忙吧，你说我得怎么和王总说呀？好几次他要请我吃饭我都拒绝了。我不知道怎么拨出去这个电话好了。”

“不好拨就不要拨了。你感谢林娜有很多方式，不一定非得这么勉强自己。做人不得有点原则吗？难道你真的希望把所有前任男朋友都变成铁哥们，织成强有力的人际网，将来你踩上面，一个弹跳，这些前男友就能把你举上天去？”

艾小倩想了想：“这个前男友的理论你从哪学的？好像颇有些道理。”

“不是你们自己说的嘛！你、陈淑、李琳有次吃肉丝面的时候说的。”

艾小倩想想，有那么一次吗？好像有哦。

和王元峰说了分手以后，陈淑主动过来纠缠过她好几回，说是怕她想不开，实则就是找个人一起吃饭而已。有次遇到了李琳，大家一起吃面，话题从服装转到韩剧，从韩剧转到雾霾，转来转去就转到了前男友的身上了。虽然李琳和陈淑是第一次见面，但是聊起前男友来，大家观点集中，情绪激动，不一会就成为好朋友了。

当然话主要被陈淑说了。陈淑最后的观点就是：“别那么伤感，别整得像敌人似的。我们应该有那种不要脸的精神！把所有前任男朋友都变成铁哥们，织成强有力的人际网，将来咱踩上面，一个弹跳，这些前男友就能把咱举上天去！这才行！”

陈淑振臂高喊的样子，以及她铿锵有力的前男友理论引起了周围食客们的纷纷侧目。丁大卫是经过了很多次才明白，遇到几个女人在一起聊天，一定要退避三舍的。否则所有诅咒贬低诋毁男人的论调都得他来承受，那不是什么好滋味。所以，当他端起一碗肉丝面看见前面有三个认识的女人的时候，他选择了一个离她们很远，恰巧能偷听一些内容却不被发现，也不用被别人认为是认识这三个剽悍姑娘的地方。

“你，跟踪我们了？”艾小倩眯起眼睛问。

“我只是去吃了一碗面而已！”

艾小倩撇嘴，说：“快点说，我怎么拨这个电话，怎么说呢？”

丁大卫说：“我的观点很明确了。别勉强自己，感激的方式很多种，不一定非得用勉强自己的方式。我不是你说的什么狡猾不愿意承担责任的人，我只是没办法直接告诉你 yes 或者 no！”

“那就还是狡猾，不想承担后果责任！”

“懒得和你说！”丁大卫不管艾小倩，继续在电脑上查资料。

“丁大卫，我能问你个问题不？”

“说！”

“当年哈，你怎么想，把自己的肉丝就夹给我的？”

丁大卫认真地看着屏幕，空出一只手，在自己头顶画了个圈。

艾小倩“切”了一声，然后抓着电话，她搓了搓手，给王元峰打电话。

“王总您好，我是小倩。我想请您吃顿饭，给您介绍我们公司的一个模特认识。”

电话那边笑了一声：“做红娘啊？”

“啊，不是不是。是我们模特想认识认识您。”

“好吧，小倩。就这样吧，否则想要和你吃顿饭都不容易。你把地点告诉我，我请你们吧。”

艾小倩挂了电话，凑近丁大卫："这个王总还真是好人，一下子就答应了，吓我一跳。"

丁大卫只是摇头，回头说一句："小心点！"

"小心什么小心！姐已经瘦成这样了，就算摔倒压到王总，也压不扁了，你放心吧！"

丁大卫气鼓鼓的，在头上使劲画了两圈："艾小倩，你冒傻气！缺心眼！"

艾小倩告诉了林娜这个消息。林娜特别高兴，林娜选了一个档次很高的饭店。艾小倩把时间地点发给了王元峰。王元峰很快回了短信：我一定准时到。

林娜和艾小倩提前三十分钟到了饭店等着。林娜有点担心，艾小倩有点不自在。两个人有一搭没一搭地说着话，林娜又一次表达了自己的感激之情。艾小倩说："我们还用客气吗？你帮助我的时候难道是想要我说谢谢吗。别客气，一会儿你好好和王总沟通吧，希望你能有好的机会。"

林娜掏出自己的化妆品，给艾小倩补了一些粉。然后她说："小倩，你没有撒香水的习惯是吧？"

艾小倩点头说是，又说："我不喜欢那种身上香味特别冲的那种女人，所以我自己对香水也挺反感的。"

林娜说："小倩，这种想法其实不对。香水的味道有很多种，你可以选择淡味道的。可可小姐曾经说过'不懂得撒香水的女人是没有前途的'，女人一定要有一款符合自己身份的香水。你要不先试试我的吧。"

林娜在艾小倩面前喷了一点香水，艾小倩呛得直咳嗽，忙用手往外扇味道，这个时候，王元峰敲门进来了。

王元峰点头致意，又在艾小倩介绍下，和林娜握手，交换名片。原本，林娜和艾小倩坐在方桌的一侧，但是林娜几步就换了位置，指着艾小倩身边的位置说："王总，您请坐。"

王元峰问艾小倩："可以吧？"

艾小倩点头说："当然可以。"

王元峰坐下，给两位女士倒了酒。他端起酒杯，对林娜说："小倩和我说起过你，说你们是室友，你一直非常照顾小倩。来，我先敬你一杯，谢谢你照顾小倩这么久。"

林娜和王元峰碰杯，说："哪里，小倩是我的好朋友，生活中，其实小倩照顾我更多些。"

王元峰看向艾小倩，目光柔和，像在自言自语地说："嗯，我相信。小倩一直就是一个心地善良、单纯美丽的好姑娘。小倩在电话里说，你是小倩公司的模特？"

林娜赶紧接过话题，说："是的，王总，我是兰朵公司第十三期学员，经过了三个月炼狱般的训练。您可能听说过我们兰朵公司对模特要求的严格，也可能知道我们的兰老师对我们提出的要求有多苛刻。我不是抱怨，其实我是感激。这样才能让我有一个质的飞跃。"

"是的，我听说过。小倩也说过，你们的胡总和兰老师我都认识，虽然接触不多。林娜小姐的气质也非常不错。"

"所以……"林娜说，"我是希望能和王总成为朋友，并且大言不惭地希望能得到您的帮助。小倩是我的好朋友，她背后总是说王总是个好人，是原则性特别强的人。我请求您的帮助，当然是在不违背您的原则的情况下。您也可以让我走一次秀，您看看，如果是会给您丢脸的程度，你大可以直接说。"

王元峰还是看着艾小倩："小倩，你说呢？"

艾小倩不敢迎接王元峰的目光，说："嗯，林娜是她们这一期的佼佼者。她一定不会让您失望的。"

王元峰看了看周围的环境，宽大的餐厅，里面是落地玻璃的套间，能看见一张床，床前还有一张麻将桌："这饭店找的不错，小倩你选的？"

"不是，林娜选的。"

"挺好的，我们边吃边聊吧。来，小倩，这个菜，你尝一下，也许你喜欢。"

艾小倩吃得十分不自在。

"小倩，我第一次注意到你有用香水，选的什么牌子？"

"我对香水毫不了解，刚才是借用了林娜的香水。"

王元峰说："香水是提升魅力的良好媒介。在古波斯，香水象征着身份和地位。在皇宫里，皇上一定是最香的一个。你现在撒的这款香水属于百花型淡味道的一款。林娜小姐选择的香水很能体现你的气质。小倩，要是你不介意，我愿意多讲述一点香水的信息。"

艾小倩连忙点头："不介意不介意，你说。"

艾小倩学习的劲头上来了，甚至掏出了小本子。

"香水是一种混合了香精油、固定剂与酒精或乙酸乙酯的液体，用来让物体(通常是人体部位)拥有持久且悦人的气味。常用的原料有动物性原料和植物性原料。植物性原料好理解，能够提取香料的动物，比如抹香鲸、雄性麝鹿、香猫、海狸……"

王元峰滔滔不绝地讲了香水的成分、分类、制造标准等诸多知识。艾小倩记得酣畅淋漓，只有林娜喝一口红酒，陪着笑一下，再喝一口红酒，再赔着笑一下。两个人就像在一对一的上课一样，把林娜晾在一边。

在他们说话的空当，林娜抓紧时机插了一句说："王总的《时尚风》杂志20周年庆典什么时候呢？"

王元峰说："我以为你有关注呢，是三个月后呢，但是很多事宜基本准备就绪了。"

林娜知道这是委婉在拒绝她提出别的要求。林娜是多么狡猾的人，她已经看出来,目前要说服王元峰,自己是做不到了。能做到的人在哪?就坐在王元峰的旁边。那么能说服王元峰的方式是什么?林娜心里有数,王元峰对艾小倩是喜欢的,那种上升到肉欲的喜欢,那么她能做的,就十分简单了。

"小倩,一定要记住,不要在阳光照射到的地方抹香水,因为香水中的酒精在暴晒下会在肌肤上留下斑点,此外紫外线也会使香水中的有机成分发生化学反应,造成皮肤过敏。"

艾小倩在小本子上记了好多东西,抬头看见林娜一个人把一小块西兰花放在嘴里,脸上的笑有些不自然。艾小倩才意识到自己的失礼,她连忙把小本子装好。收回话题:"谢谢王总,您总是能教给我许多知识。吃菜吧,一会菜要凉了。"

林娜也说:"王总,您尝尝这道菜。"

艾小倩收好本子,发现手上不知道什么时候沾了蓝色笔油。她也想单独给林娜点时间,说些恳求和拜托的话。于是,她说:"不好意思,我去下洗手间,洗洗手。"

王元峰说"好的",眼神也跟着艾小倩站起来。

林娜说:"王总不过去帮着拿包包吗?这是绅士行为哦!"

王元峰看了一眼林娜,嘴边挂上了笑容:"这是我的荣幸。"

艾小倩推辞着,说:"不用了,不用了,你们聊吧。"王元峰却已经站了起来,跟着艾小倩出了包房。

包房里,林娜拿出一小袋白色的粉末,倒在了艾小倩的酒杯里,她又用勺子搅拌了一下。杯子中的粉末慢慢融化,和红酒融为一体。

艾小倩回到包房里,王元峰跟着进来,把艾小倩的包包还给了艾小倩。

三个人又随便聊了聊。林娜提议说:"来吧,我们干杯吧,认识王总很高兴。谢谢小倩的引荐，让我收获良多。来，我们干杯！”

三个人碰了杯，一饮而尽，林娜又给艾小倩倒了点酒。

艾小倩慢慢觉得头很晕，眼前的一切摇摇晃晃的。这时候她的手机响了，艾小倩挣扎着掏出手机，按了接听键，就一头扑在餐桌上昏睡了过去。

丁大卫自从下了班就烦躁，特别烦躁，单纯是王元峰和艾小倩吃饭也许他还不至于这么担心，但是有个林娜，他就一直心神不宁。他回到家，胡乱吃了口饭，把电视机打开，一个台一个台地换，眼看着石英钟在一秒一秒地过去，终于忍不住了。他给林娜的经纪人打了电话，旁敲侧击问出了艾小倩他们吃饭的地点。

丁大卫站在饭店门口，给艾小倩拨电话。他打算好了，就假装问问那个上午的文件放在哪里，就这么问就行。

可是手机被接起来，没人说话。那边有窸窸窣窣的声音，他假装很正常地说："艾小倩你怎么才接电话，上午那个宣传资料你给放哪了，我现在着急要。你能不能回来一趟帮我找找？喂？艾小倩，艾小倩？”

艾小倩没有说话，丁大卫听到林娜的声音。

“小倩，小倩？你怎么了？喝多了？小倩你醒醒！

“王总，你看，不好意思，我才想起来我还有个客户得去见下，只好麻烦您送艾小倩回去了。”

随后，电话就被挂断了。

王元峰也和艾小倩喝过酒，艾小倩不至于这么一点酒量就能立刻昏睡过去。他看了一眼酒杯，然后看了看林娜，林娜会意地笑笑，挑了一下眉毛。王元峰不动声色，说："那我来送艾小倩吧，你去忙你的。另外，你明天来我公司和我们的业务主任谈谈，庆典上需要的模特很多，我想一定有适合你的位置。”

林娜高兴地说："谢谢王总，小倩说得对，您真是好人。"

最后这句倒让王元峰一阵哆嗦。

林娜拿起包，笑盈盈地说："王总，那我先走了。您一定要把小倩安全地送回家哦。"

王元峰看着她的背影说："我来买单。"

林娜停下脚步："谢谢王总。"

可是推开门，林娜脸色马上阴暗了下来。

丁大卫站在门前。他推开林娜，几步走过来，拍艾小倩的脸："小倩，小倩，醒醒！醒醒！"

林娜说："小倩她喝多了，王总会送小倩回去的。"

丁大卫看着眼前的情景，说："是吗？小倩是喝多了吗？"

林娜往外拉他："你找小倩什么事啊？王总和我们公司有重要合同的，你这样很没礼貌。"

丁大卫看看艾小倩面前的杯子，再看看艾小倩如泥一样瘫坐在椅子上的样子。他用手指了指杯子，说："真的喝多了吗？用不用我把杯子送去检验一下？那样对谁都不好，您说是吧，王总？"

王元峰神情镇定，说："我不懂你在说什么，我只是想把小倩送回家，她喝多了。你正好赶来，如果不打扰，你送艾小倩当然更好，公司同事嘛。"

林娜手疾眼快把杯子划拉到地上，杯子应声而碎，一地碎片。

"那你送小倩好了，我还有事，先走了。王总，顺路吗？送我去一趟城东。"

王元峰摇摇头，说："不好意思，林娜小姐，我还有一单生意要谈，不能送您了。"王元峰整理了一下领带，从丁大卫身边过去，先走了。

丁大卫看着满地的碎片，说："林娜，这一次，我不会轻易放过你的。"

“丁大卫你在说什么？我请小倩吃个饭，小倩喝多了而已，你在说什么不着边际的话呀。这要是小倩听到了，还以为我故意灌她酒呢。小倩不胜酒力而已。”林娜说完，用鞋又踩碎了几个比较大的玻璃碎片。

丁大卫扶起艾小倩，艾小倩和一摊泥一样，根本扶不住，丁大卫也背不起来，最后只好抱着艾小倩。

林娜假惺惺地：“用我帮忙吗？”她抓起了艾小倩的手包。

“不用！你滚远一点！”

林娜把艾小倩的手包扔到丁大卫手里，自己踩着高跟鞋噔噔噔地走了。

丁大卫抱着艾小倩从酒店里冲出来，好不容易拦了一辆出租车，直奔医院。

“什么情况？”大夫问。

“大夫，您先给她洗胃吧。”

“没有诊治，怎么能直接洗胃？”

“大夫，她不知道喝了什么东西，刚刚喝完就昏睡不醒了。洗胃吧！”

艾小倩被洗胃了，吐得稀里哗啦的。一直到吐干净了，人还没醒。大约过了2个小时，艾小倩才醒过来。她觉得浑身无力，胃里难受，看见丁大卫还吃了一惊。

“你怎么在这？”

丁大卫眼睛里似乎有点湿润，但是他一别头，转回来的时候，说：“艾小倩，我能认真和你谈谈吗？你既然醒了，我们找个地方谈谈吧。”

丁大卫带着艾小倩打车到了一个陌生的小区。丁大卫扶着艾小倩，艾小倩觉得浑身都没劲。

“这是哪啊，丁大卫？”

“我家。我们得谈一谈。”

艾小倩说：“干吗上你家呀？”

丁大卫不说话,扶着她继续走,说:"先别说话了,到我家坐一会,我们谈完之后,你再决定去哪。"

"什么意思啊,丁大卫,孤男寡女的。"

丁大卫说:"你家我都去过两次了,快别废话了。你不是总说谁谁谁是好人吗?难道我是坏人?"

艾小倩很累,就没再说话,任由丁大卫扶着自己,上楼开门进屋。

这是一个典型的单身汉的公寓,拖鞋只有一双,整整齐齐地摆在门口,灯光亮起来,艾小倩打量了一下这个房子。两居室,开放式厨房,单卫生间。屋子里干干净净,一尘不染。

丁大卫把拖鞋让给了艾小倩,自己光着脚。把艾小倩安顿在沙发上后,丁大卫脱掉外衣,给艾小倩倒了杯水。

艾小倩靠在沙发里,说:"丁大卫,我怎么这么困呢。我刚才怎么在医院醒过来的?我和林娜还有王总吃饭,我喝多了?"

丁大卫把手机递过来,艾小倩看到一个视频,问:"什么?"

"你看看就明白了。"

艾小倩没再争辩,按了播放键。一段无声的监控视频出现在自己的眼前。林娜的一张脸看得不是很清楚,艾小倩又看了一遍。看完,她坐直了身子,人也完全清醒了。

"就是那天的监控?"

"对。"

"你在哪里拿到的?"

"公司保安室。"

"你什么时候拿到的?"

"有一段时间了。"

"你为什么不早给我看,为什么不早给我看?!"艾小倩吼起来,把手机扔到了地上,手机电池被摔出来。丁大卫弯腰捡起来,重新装好,手机正常开机。

“我只是不想让你难过，你从前一直觉得林娜对你那么好。三个月的房租和两千块钱的接济款你一直挂在嘴边。我怕你知道了这个真相会难过。”

艾小倩冲丁大卫喊：“我现在更难过！她为什么要这么做呢？我一直很感激她。我和她也没有利益关系，没有竞争关系，我在公司里不过是个小小的助理。她是个将来前途无量的模特呀！”

丁大卫说：“听说张闻天答应她如果能帮忙毁掉秦姗姗，张闻天会帮她在模特界立足，给她接几个能够出人头地的大案子。”

“所以她利用我！可是她现在没有接到一个有分量的合同啊！”

丁大卫说：“因为，张闻天得知你后来又从王元峰那里拿回了合同，就用这个当借口没有再理睬林娜。其实张闻天也不是通天的人物，有好事自然会想着自己手里的模特，怎么可能去帮助林娜这样一个名不见经传的新人。”

“原来如此。那你为什么非要给我看这个，你既然都藏了这么久了，你继续藏下去多好！”

“要不是今天……”没等丁大卫说完。艾小倩明白了：“你是说今大我不是喝多了？是被陷害了，所以才在医院醒过来的？”

丁大卫说：“对，应该是林娜在你的酒杯里下了迷幻药之类的东西。”

“她为什么要这么做？为了她，我还非常为难地去求王元峰！”艾小倩有点不敢相信。

“就是为了王元峰，我分析林娜应该是知道王元峰对你还有意思。我在电话里听到她让王元峰送你回去，她还有事。那么应该是她故意把你迷倒献给王元峰，王元峰必然会给她一定的好处。”

艾小倩咬着嘴唇：“王元峰也参与了？”

“我不确定，但可以确定的是，他一定知情，他应该是纵容了林娜的行为。林娜把酒杯故意碰到地上，而且踩得细碎，她在毁灭证据。而那个王总虽然一副毫不知情的样子，但是他应该是知情的，电话里我听得很清楚是林娜建议王总送你回去，而我去的时候，他正在扶着你要走。”

“也可能不知情。我还是觉得王总那个人不算坏人。”

丁大卫摇头：“关于王总的传说除了他的丰功伟绩外，还有就是他好色，口味很重，标准美女他往往不喜欢。听说有一个过气的明星，想上他的杂志封面，主动投怀送抱，王总连这个比自己大 18 岁的明星都睡了。”

艾小倩止住他：“别说了，怪恶心的。我不明白，他要真是这样的人，我和他相处那么久了，他想得逞早就得逞了，为什么非等到林娜出手？”

“大概是不想脏了自己的手吧。有人把鱼都杀好了，去鳞除内脏，弄得干干净净，他直接下锅蒸煮不是更好？”

艾小倩现在比较平静了，她看着丁大卫说：“你的比喻也很恶心。那么，你怎么出现在现场的？你又跟踪我了？”

“我没跟踪过你。我只是不放心。你白天说要帮林娜引荐王总的时候，我就告诉你小心，你自己不听嘛！”

“你说话遮遮掩掩的，我怎么听！你就不能直接点说吗！”

丁大卫不说话了。

艾小倩问：“你有什么想法？”

“酒店的事，我着急送你去医院，没收拾杯子碎片。估计现在林娜都收拾得干干净净的了。所以，想控告她是不可能的了。但是这个视频还有用。我们给胡总和姗姗姐看看。起码先解除你和姗姗姐的误会，然后胡总会把林娜除名的。这种吃里爬外、陷害同行的人，估计以后她也没什么路可走了。”

艾小倩非常冷静地说：“听我说，丁大卫，酒店的事，我同意你的观点。其实就算你拿了酒杯，那上面只有我自己的指纹，弄不好我会被起诉才对。林娜既然这么做了，一定也考虑后手了。她只要和王元峰口供一致，我会摊上罪名的。所以，不管王元峰是不是参与了，我们拿他没办法。暂时就这件事，我们拿林娜也没办法。”

艾小倩拿过丁大卫的手机：“这个视频你先留着。我想再给林娜一点机会。”

“还给她机会？你以为你能像陈淑那样把那个小贱人玩得团团转？你没有陈淑心狠，林娜也没有那个小贱人愚笨。你给她机会就是给自己挖坑。放虎归山是绝对错误的！”

艾小倩播放那个视频，边看边说：“就当是我对她这几个月的照顾的报偿吧。”

“照顾？”

“怎么？还有我不知道的？”

“艾小倩，我一个一个跟你说：你当年帮她搬的椅子，其实那是林娜和李琳的任务，她为了讨好有摄影师朋友的李琳，抓你当了劳工；你采用香蕉减肥法拉肚脱水给她打电话的时候，她忙着上重要的培训课，故意挂断电话把手机关机；你当反面教材的时候，为了在胡总面前表现，她指出问题的方式尖刻而且冷酷；你被大家误解吃里扒外毁掉合同的时候，你的解释有理有据，可是偏偏林娜出来维护你，你想想她当时说的话是置你于百口莫辩的境地。”

艾小倩呼出一口气，说：“陈淑其实第一次看见她的时候，就告诉我让我小心这个林娜，你也不止一次希望我搬出来自己住，是我太笨了。视频你还是先留着，先不用拿出来。我希望这个视频出现在恰当的时候，而且我得搬出来住了。”

“搬到陈淑那里？”

“不行，陈淑住的是公司公寓，两个人一个房间。”

“那你搬哪里去？回你父母家里？”

“不行，我父母在郊区，开车得2个多小时，还是不堵车的时候。我先搬到你家来暂住吧，丁大卫？”

“啊？”丁大卫一下子站起来，“这不好吧？”

“房租我照付。我很会做饭，而且我吃得很少。”艾小倩说。

“不了，孤男寡女不方便。”丁大卫摸了一下头发，有点不太自然。

“怎么？难道你喜欢我？”艾小倩问。

“我又没冒傻气！”

“那就行了，我明天就搬过来，你就先暂时收留我几天，等我找到合适的房子再搬。视频的事情我们先保密。我会继续装作毫不知情，包括今天的事情。你该怎样还怎样，就是别让林娜知道我已经知道详情了。我不想就这么便宜了林娜。就算不能像陈淑治小贱人那样，我至少也得让她付出代价。”

丁大卫说：“你不太一样了。”

艾小倩淘气地歪了歪头，说：“我长大了，瞬间。”

然后她咬着下嘴唇，慢慢地说：“有人说，别人泼过来的脏水，要烧开了泼回去。但是我不想那么做。黄晓明说过一句话，他说，他要做石灰一样的人，别人越泼脏水他的人生要越沸腾。我，和他想的一样。我也想要做一个石灰一样的人，别人越泼脏水，我的人生就越沸腾。”

丁大卫看着艾小倩，有点失神，想了一下，说：“你说得对。”

艾小倩看了看房子，说：“我今天就不回去住了，我怕我把握不了情绪，我估计林娜今晚也不会回去。我今晚在你这里屈就一晚，想想对策。我睡哪个房间？”

丁大卫指指沙发后面的位置：“这个房间行吗？”

“行啊，能睡觉就行。不说了，我困了。我先洗洗睡了。”说着就进了洗手间。洗手间是拉门的设计，没有门锁。艾小倩仔细把门关好，开始洗脸，包里带的化妆品不多，用洗面奶洗脸，没找到毛巾，不好意思用丁大卫的，就扯了两张面巾纸对付。

艾小倩洗完了脸，涂了晚霜出来，说："丁大卫，你家真干净。"

丁大卫不无得意地说："当然了，这才叫个家么。你们那里，和猪圈有什么区别。"

"你是不是当过兵？"

"没有，干净的男人不一定都是当兵训练出来的，有些就是良好的习惯。我妈妈特别爱干净。"

艾小倩撇一下嘴，推门要进去，又抽回身子，问："丁大卫，说实话，你们男人喜欢一个女孩，到最后都是为了 the thing in bed？"

丁大卫被这个大胆的问题吓了一跳，一口水强咽下去，孤男寡女的，这个死丫头问这个问题，还真是胆子不小啊！

"应该是吧。如果真喜欢一个女孩，the thing in bed 不是很正常的事情吗？除非……"

"除非什么……"

"除非这个男人心理或者生理有什么问题。"

艾小倩推门进屋了，在屋里喊："丁大卫，床单被罩不用换了吧？新的吧？"

丁大卫在外边喊："不用换了吧？上个月换的，没人用过的！"然后小声说："旧的也比你的干净。"嘟囔完了，他挺高兴。他以为艾小倩会非常非常难过呢，没想到很冷静，似乎一瞬间长大了一样。

卧室里的艾小倩躺在床上翻来覆去，像煎鸡蛋一样，煎得两边都糊焦了，还是没有睡意。

怎么让这个林娜得到应有的报应？去搅黄她的每一个合同？这个想法好是好，但是这和那个缺德的张闻天也没什么区别，所以不能那么做。公开她的丑陋嘴脸，让大家知道她的真面目，让她在模特圈从此无法立足？这个方法倒是可以，但是她不想这么做。她想让这个林娜近在咫尺，然后亲眼看看她的后果，最好是经过她正大光明的手段，这样才能对自己说干得漂亮！怎么做才好呢？

第二天一早，艾小倩迷迷糊糊坐起来，迷迷糊糊下床，迷迷糊糊拉开了洗手间的拉门。眼前一个赤着上身的男人在低头刷牙，艾小倩迷迷糊糊地意识还没清楚，盯着看了半天，才啊地尖叫了一声。丁大卫突然一回头让她吓得又啊地尖叫了一声！

两个人啊啊啊地叫了好几秒钟才结束。

叫完了，艾小倩来了一句："哎呀妈呀，吓死我了！我才想起来这是你家！"

丁大卫说："哎呀妈呀，你可吓死我了！你叫唤啥呀你！这下完了，一会全小区的大妈都得问我家里到底发生什么事了！"

艾小倩说："你这赤身裸体的，我还迷迷糊糊的，我能不尖叫吗？"丁大卫瞅一眼镜子里，说："啊，不好意思，忘了家里多了个女人了！以后注意。好了，我刷完牙了，轮到你了。我去准备点吃的。"

丁大卫煎了两个鸡蛋，热了牛奶，拿出两块面包。分好，一人一份。

"看不出来呀，丁大卫，你，挺……"艾小倩想了一会儿，找了个词，说，"挺贤惠呀！"

丁大卫说："你想了半天就弄出这么一个词来？"

艾小倩把自己杯里的牛奶倒了三分之一给丁大卫："我喝不了这么多，油煎鸡蛋脂肪太高，也送给你了，面包我要一片就行。"

丁大卫说："又有什么减肥计划呀？快别折磨自己了，真没必要。经过了这么多事，你还没看出来么？时尚界就是魔界，模特圈就是鬼圈。老老实实做个助理也挺好的，往好了想，军功章有我的一半也有你的一半，姗姗姐的成绩咱俩不都有功劳么。何必放着阳光大道不走，非挤独木桥呢！”

艾小倩碰着牛奶杯，问：“丁大卫你说实话，我就不能当模特吗？”

“说实话，你就一定要当模特吗？”

“有个人和我说过一句话，梦想是不能辜负的。我眼瞅着就奔30岁翩然而去了。过了30岁，是不是就得结婚生子在家擦地洗尿布了？想一想，人生用来实现自己的梦想的时光不多。而且，每一次，我想到我瘦身成功，站在T台上，那不是虚荣心，丁大卫，那时我抖落浑身的灰尘，从丑陋的茧里慢慢爬出来，突地展开翅膀的那么一瞬间。你能想象那种美好吗？我能让一件衣服或者一件配饰或者一个发型闪闪发光，我和我所展示的产品合二为一。不好吗？”

丁大卫认认真真地听着，看着艾小倩谈论梦想的样子，美得像一朵花一样。丁大卫一时失了神。

丁大卫回过神来，说：“林娜你打算怎么办？今天去搬家需要我帮忙吗？你真打算住我这里？”

艾小倩用手指摸着杯口，很有信心地说：“她会来找我的。慌乱的那个是她，不是我。她也许会去找你，如果她不找你，麻烦你找找她。让她知道我还不知道就行。我去搬家，我会说搬到陈淑那里，搬到你这里的事情暂时先保密。我觉得住你这里比较安全，你可以监督我减肥，我们工作上也好配合。对了，公司下一次招收模特学员是什么时候？我要报名参加，参加培训，成为第十四期学员。够朋友，给我点鼓励，别总打击我。”

丁大卫把煎蛋吃了，说：“好吧，都听你的。”

第十章

21天减肥法

丁大卫把小纸片扔回给艾小倩，说："艾小倩你又来了，你从来吃香蕉吃得泻肚，喝减肥茶喝得厌食，你还没折腾够啊？"

公司最近比较安静，所有十三期的学员们都被经纪人拉着，到处找机会。林娜是最不常在公司出现的人，今天却和小倩在走廊里"碰巧"遇到。

"小倩，你怎么样？昨晚，你喝太多了。还好丁大卫也在那个酒店吃饭，碰到送你回家了。你没事吧？我昨天被经纪人拉去谈合同，后来就在外边住的。"

艾小倩笑吟吟地说："我没事。我酒量真是不行，喝一点酒就醉了，还真是丢人。好不容易帮你引荐一回，没因为我耽误你的大事吧？"

"没有没有，你说得对，王总那个人特别好，说要考虑给我机会呢。别说我了，胃疼不？头疼么？走，先别忙了，我请你喝点热汤醒醒酒吧。"

"我们还这么客气干吗，昨天丁大卫都和我说了。"艾小倩说完这句话偷偷地看着林娜的表情。林娜故作镇定，但是眼神里闪过一丝紧张，她说："是吗？丁大卫都和你说什么了？"

"丁大卫说我醉得跟个猪似的，送我回家的时候吐他一身。这不一早上来了还让我给他洗衣服呢。"

虽然很轻，但是艾小倩听到林娜长长地舒了一口气。

"对了，林娜，还有件事非常不好意思。陈淑住单位的公寓住不惯，非要出来租房子住，又嫌贵，非让我搬过去和她一起住，今天就要搬，否则她就要无理取闹。陈淑你见过的，她那张嘴在我们宿舍里是数一数二的，有理能说死人，没理能讲三分。都是同学，我和她合租倒是没问题，但是你这边还得找合租的人，觉得太对不起你了。"

林娜有一丝怀疑，说："怎么会呢？陈淑那人刀子嘴豆腐心。她对你是真心好。没关系，你搬过去吧，真没关系。我这里再找合租的人也行，不找也行。你知道模特一天天的也没个时间，再找时间上能适应我的人也不好找。谁都能像你一样善良啊？不可能的。你什么时候搬，用不用我帮忙？"

"不用，我的东西也不多，陈淑说他们单位会派个车帮她搬家，顺便就把我的东西也都拉过去了。等我们收拾好了房间，我邀请你过去坐坐。你是不是要和经纪人出去？我刚才还看见你经纪人到处找你呢。好好加油！我先过去了，一会姗姗姐要找我了。"艾小倩非常礼貌地退场了，走廊那边丁大卫上场了。艾小倩觉得刚才自己的一番话说得有理有据礼貌周到，满分！见丁大卫走过来，她真想和他击掌呐喊，然后她下场他上场，轮番上阵，必胜无疑。艾小倩走进办公室，故意把关门的声音关得老大。

丁大卫走到林娜身边停了脚步，凑近了小声说："你最好离艾小倩远点，那个丫头傻别人可不傻！"

林娜凑近他耳朵："难道你喜欢她？"

"喜不喜欢不归你管，同门相残就是罪大恶极！"

“丁大经纪，没有证据就少说话。我很感谢你还没有告诉艾小倩。不过，我觉得你最好还是收声，你没有证据她不会相信你的。”

丁大卫故意展现一副被击败的面孔，说：“夜路走多了总会遇到鬼，你好自为之！”

两个人说完了狠话，慢慢离开一段距离。林娜微微笑一下，礼貌地欠身点头，转身，昂首挺胸而去。

陈淑来帮忙搬的家，艾小倩没有解释太多林娜的所为，她怕陈淑会控制不住，坏了她的计划。陈淑本来也不喜欢林娜，听说她们相处得不好小倩要搬出来，她很开心。但是听说小倩要搬到丁大卫的家里，陈淑又开始不正常了。

“你确定要搬到丁大卫家里？”

“嗯，你公寓不是不方便么，我家又远。要马上找到适合的地方也不容易，丁大卫已经同意了。”

陈淑眯着眼睛，琢磨着坏事：“艾小倩，那你岂不是有机会上演嘴丫子流牛奶的戏码了？”

艾小倩把衣服一件件塞进行李箱里，没注意陈淑的话，于是问：“什么？”

陈淑凑过去，色迷迷地说：“你要住到丁大卫家去，岂不是，你就可以穿那件开衩到腰部以上的吊带裙，喝一口牛奶顺嘴丫子流到脖子上，然后，给他一个眼神，搞定！”陈淑一边说还一边表演，凑到艾小倩旁边不断“勾引”。

艾小倩把她推到一边，说：“哎，你快点帮我收拾好不好？我就请了半天假。而且，你记得，如果遇到林娜或者我同事，我都是搬到你家去了。可别说漏了。”

陈淑干脆不管艾小倩说什么，继续自己刚才的话题：“男女同居也不是什么大事啊，都 21 世纪了。”

艾小倩纠正她：“同住，不是同居！注意用词！而且只是暂住。怎么好意思长时间打扰人家，多不好。”

陈淑说：“暴殄天物啊！拿他练练手呗，上吧，姑娘！不用给我留面子！”

艾小倩忽略她，把最后一个相框装进了行李包，拉好拉锁，拍拍手。

“好了，收拾好了。住了五个半月，说说还挺舍不得的。”艾小倩回头看了一眼自己的房间，在那个房间里她度过了第一个减肥的夜晚，也时常靠墙站起一条线。现在自己的房间里已经空无一物，连床单都已经被收走。

艾小倩回忆起，自己每次洗床单被罩都会连同林娜的一起洗了。公寓不太大，因为没有晾晒衣服的固定空间，艾小倩怕湿衣服晾在林娜卧室里，房间会发潮，所以，每次衣服都是支了架子放在自己的房间里。

艾小倩回忆起，自己会主动做晚饭。林娜喜欢吃西兰花，她总是用热水煮过，把绿莹莹的西兰花摆盘放在林娜的眼前，自己就会挑一些不爱吃的菜来吃。林娜会假惺惺地让一让，而艾小倩却真的一口不动。

艾小倩还回忆起，自己呼哧呼哧地扛那些桌椅到顶楼，因为不小心还抻伤了右胳膊。现在她知道了，当她擦着满头大汗在楼顶气喘吁吁的时候，林娜正在公司的走廊里和李琳有说有笑套着近乎。

艾小倩慢慢吐出一口气，从前的自己多天真可爱，现在她的眼前是餐桌上一只干干净净的高脚杯。也是这样的高脚杯吧，在那个装修豪华的酒店里，盛满了美酒，也混合了罪恶，把她对友情的认识一股脑掺杂到红色的液体里，被她一口喝下去，昏睡之后就是彻底的清醒，带着一种疼痛的清醒。

“看什么呢？走吧！行李箱重死了。”陈淑喊小倩。艾小倩说“好的”，然后拉着行李箱抬头迈步离开。

住到了丁大卫家，艾小倩觉得除了自己穿衣服要注意点外，也没觉得有什么不方便，晚上，艾小倩走到丁大卫身边，从身后拿出一张小纸片。

纸片上手抄了一张表格，题目用粗笔写着：21 天减肥法。

下面详细地绘制了一张 21 天减肥的具体做法。

全程 21 天减肥，分为三个阶段：

前 3 天：排毒阶段，断食疗法，完全禁食，只饮凉开水。

中 8 天：消脂阶段。蔬菜水果餐，不可过量。

后 10 天：可正常饮食。饭量是六成饱，睡觉前 5 小时不进任何食物。

丁大卫把小纸片扔回给艾小倩，说："艾小倩你又来了，你吃香蕉吃得泻肚，喝减肥茶喝得厌食，你还没折腾够啊？"

"这次一定成功！相信我！我有自信，一定成功！就 21 天，你好好监督我就行！"

丁大卫不以为然："艾小倩，你看，我认识你不到半年，我已经送你去了两次医院了。你还得记得，医院那个大夫，也不知道我上辈子和他什么缘分。你一生病我就能挂上他的号。那个大夫多吓人啊，你是知道的。"

艾小倩想起那个大夫大声问丁大卫："胖点不好吗？"丁大卫唯唯诺诺地说："挺好的，胖点挺好的。"艾小倩想到这里偷偷地笑了。

第一天断食，艾小倩喝水，在公司喝水。因为工作忙，艾小倩楼上楼下地跑，也就忘了。等到回到家里，丁大卫在厨房咣咣地切菜，香菇炖鸡的香味飘出来的时候，艾小倩饿了，非常饿。

丁大卫故意说:“喝碗鸡汤?”

艾小倩扭头回屋了。她贴墙站好,听到丁大卫喝汤时的声音,想象着温热的鸡汤通过口腔滑落到食道时的舒适感觉,艾小倩不禁咽了一口唾沫。艾小倩一直站着,丁大卫喝汤的声音老大,艾小倩到最后连可以吞咽的口水都没有了。

因为饿,艾小倩站了不到一个小时就没劲了。她走出房间倒了杯热水。丁大卫正在洗碗筷呢。

“艾小倩,你这么折磨自己真不对。我国古代有位贤人说过:身体发肤受之父母,应善待之。你这么拒绝美食,人生还有什么乐趣呢?”

艾小倩一口喝了一杯水,又倒了一杯。

“艾小倩,有一个词叫水中毒,你应该学习一下。”

艾小倩咬着牙,把水杯放下。无聊就会饿,所以艾小倩打开手机上网。她发现朋友圈里,有个叫陈淑的美丽姑娘把无数的美食照片都发在朋友圈里,而且每次都@艾小倩。那些好吃的,好喝的,甜的,咸的,辣的,没有一个不刺激艾小倩的味蕾,让她口水横流。艾小倩气坏了。她在美食图片下面评论说:“陈淑,全世界这么多女人,我就爱你,不是因为你聪明,不是因为你好看,就是因为你最会刺激我。我以后每天说一句我爱你,我让你找不到男朋友!”

第二天,艾小倩还是一直在喝水,她觉得口渴,嘴巴里面有淡淡的苦涩。这一天秦姗姗被邀请参加一个时尚聚会,规模不大,聚会是以自助餐的形式进行的。秦姗姗对艾小倩说,去和几个相熟的人打招呼,让艾小倩随意,一会一起走。艾小倩正处在天人交战坚决抵抗美食诱惑的关键时刻。看着满桌子的糕点、饮品,艾小倩给丁大卫打了一个电话:“丁大卫,你来吧,你快来吧。这里到处都是美食,太诱惑人了!”丁大卫非常高兴,说:“美食不多得,你要懂得珍惜。我很忙,你自便!”艾小倩蔫蔫地，背对着食物，念口诀：“要么瘦，要么死！要么瘦，要么死！要么瘦，要么死！”

那天晚上回到丁大卫的公寓，艾小倩脸色很不好看。她没有贴墙站，而是把自己扔床上直接睡觉了。第二天闹钟响起来的时候，艾小倩一个起身，头晕晕的，四肢无力。

丁大卫敲门进来的时候，吓了一跳：“艾小倩，你脸色太差了。去医院吧。”

艾小倩摇头，然后晃晃悠悠地站到秤上，瘦了 4 斤。

丁大卫看着艾小倩，说：“你说，老天给了你一副健康的身体，你却用它来减肥，你让老天情何以堪啊！这回你晕倒了，别让我送你去医院啊！”

艾小倩眉头一紧，想拔高音量，但是没有力气。丁大卫听到她小声地说：“你留点口德吧，我祝你健康！”

第二阶段开始的时候，艾小倩知道自己是不能吃香蕉了，然后她上网找了些大家的方子，觉得有个人说得对，应该把蔬菜和水果按照 70%和 30%的比例来吃。艾小倩烧开了水，把大白菜放在水里煮，稍稍加了点盐。她弄了两片大白菜煮完了，一小口一小口吃的时候，丁大卫满脸的不解。

“艾小倩，我们的祖先发明了火，就是为了吃熟食的。但是你这熟食吃得也太原始了。我们家的猪都不这么吃了。你快别折腾你的胃了！”

艾小倩吃得也非常费劲。这水煮白菜一点味道都没有。艾小倩吃了两口就想吐，没办法又倒了一点醋，嚼了两口就咽了下去。

连续吃了两天水煮白菜，艾小倩走路都有点打晃了，脸色越来越差。

丁大卫说：“你看你，黑眼圈都要掉到脚面上了。”艾小倩到洗手间里看看镜子，觉得自己和鬼差不多，但是脸庞好像都小了一圈，艾小倩觉得很高兴。

坚持了两天，艾小倩一称，短短五天，瘦了8斤。可是问题也出来了。艾小倩现在看见什么都想吃。丁大卫也够意思，天天地换着样地做好吃的，今天炖个排骨，明天就做个可乐鸡翅，后天炒荷兰豆，大后天就清蒸鱼。艾小倩那个饿呀，看着丁大卫一边看球赛一边往嘴里塞鸡翅。

陈淑又打来慰问电话："我说艾小倩，你今天还爱我不了？"

艾小倩没力气，说："我连握手机的劲都要没有了。你讲重点吧。"

"我的重点就是，你和那个丁大卫怎么样了？住一起好多天了，搞定没呢？"

"我说……陈淑……"

"搞定了？有效率啊！"

"我说……陈淑……哎，丁大卫，你吃鸡翅膀的时候能不能不吧嗒嘴呀？"

丁大卫对着电视骂一句："臭脚！回家抱孩子得了，踢什么足球！"骂完又喝一口啤酒，继续吧嗒嘴啃鸡翅。

"丁大卫，给我一个鸡翅膀吧，我实在饿得受不了了！"艾小倩一屁股坐在丁大卫旁边。丁大卫侧头看她："你自己要的，将来后悔的时候可别怪我。拿吧，你自己拿。这个大的留给你。"

艾小倩拿起一只鸡翅膀，急忙往嘴里送，可是送到嘴边她又停下来了。

她侧头问丁大卫："哎，你不拦着我吗？"

"不，你随意！"

"你确定不拦着我吗？我已经坚持5天了！"艾小倩问。

"不，你随意！"

"你不拦着——那我不吃了！"艾小倩说着又把鸡翅扔回盘子里，汤汁迸溅到丁大卫的衬衫上。"哎，我的衬衫，我的衬衫！艾小倩你成心的是不是？”

丁大卫作为秦姗姗的经纪人已经发挥了一定的作用。除了有两家张闻天在的时候签署的合同彻底丢失了以外，其他已经有意向的合作都得以成功。丁大卫非常高兴。秦姗姗慢慢恢复了从前的笑容，对艾小倩的态度也比从前好了许多。虽然很多重要业务还是会隐瞒着艾小倩，但是艾小倩已经十分知足了。

丁大卫有一天喝着哈密瓜汁，推开了艾小倩的门。对着贴墙站的艾小倩说：“我发现最近姗姗姐心情好多了。”

艾小倩说是，又问：“你想说什么？”

“我觉得是不是应该把林娜的事情告诉她了？彻底解除误会，对你来说也是好事啊。”

艾小倩想了想，说：“再说吧。反正我也习惯了。她有些东西防备着我，我心里有数，也没什么。我毕竟还是从她身上学到了更多的东西。对于林娜，我不是已经说了么。我不想把她泼过来的脏水烧开了再泼回去。我想端端正正地站在和她一个起跑线上。我不去抢她的合同，但是我会公平竞争。你看我已经瘦了吧。参加三个月的模特特训。我相信就有机会和她一较高下了。先不急，而且，你知道，她目前也不会对我怎么样的。还是那句话，该慌乱的是她，不是我。”

“可是三个月后，她都给自己铺好路了，她起点就比你高。你怎么和她一较高下？”

“不急。不急。”艾小倩这样回答。

公司里一个模特的经纪人和外公司沆瀣一气，让本公司的模特做了分母，去促成了别的公司的合同，这是典型的背叛。这个经纪人被胡总立马开除，事情闹得很大，这个经纪人再没找到合适的公司或者模特，直接转行了。公司里一直对此事议论纷纷，艾小倩的那次误解本来已经快销声匿迹，结果又被大家提起来，艾小倩心里非常难过。

秦姗姗那几天身体不好，一直在咳嗽。因为头一天她拍杂志封面，结果拍摄过程中艾小倩去了洗手间。等她拍完封面出来，在门口等了足足五分钟，艾小倩才从洗手间出来把衣服送给她。她第二天就发现自己感冒咳嗽。

艾小倩那天昏昏沉沉的，丁大卫家里有事没有到场。秦姗姗刚刚进去拍摄，艾小倩就急忙冲进了洗手间，可是因为吃不好睡不好，她竟然坐在马桶上迷糊地睡着了。等艾小倩睡醒了才发现秦姗姗已经站在门口了，她一边递衣服过去一边赔礼道歉。秦姗姗脸色不好，但是也没发火。艾小倩为此还特别感激。回到住处，她还和丁大卫说："姗姗姐素质还是很高的。估计她至少站了五分钟了，冻得都发抖了，但是穿上衣服就不生气了。其实不用她发火，我自己对自己的自责都够我难过的了。所以，你那天说林娜的事，我觉得完全没有必要和姗姗姐解释。姗姗姐是一个好人。"

过了八天只吃水煮白菜和苹果、白梨的日子，艾小倩每天回到家里基本都是有气无力的，倒头就睡。终于熬到可以吃饭了的日子了。艾小倩看着丁大卫做的米饭、牛肉炖萝卜，使劲地给自己盛了一大碗饭。

丁大卫看着那一大碗冒尖的饭，劝她："艾小倩，你悠着点，你别把胃撑破了。"

艾小倩苦着一张脸："可是我饿呀！"嘴上虽然说着，她还是回去把米饭匀出一半回锅里。她举着饭碗，很生气地问丁大卫："这回行了吧？这么小气，吃你一碗饭还啰啰唆唆的！"

丁大卫生气，找不到什么好词，伸手在头顶画了两个圈。艾小倩一边吃饭一边说："你才冒傻气呢！"

艾小倩的 21 天减肥法非常成功。加上她香蕉减肥法和减肥茶减肥法以及五点一线减肥法的功劳加在一起，艾小倩现在的体重是一百一十斤。她的胳膊上的赘肉没有了，小腹的赘肉没有了，大腿的赘肉没有了。她给陈淑打了一个电话，报告自己的成果。陈淑不关心这个，还是问："搞定没有呢？上啊，姑娘！"

艾小倩没办法只好挂电话。

艾小倩如愿地报名参加模特班培训。她填完报名表那天，和秦姗姗谈了谈，秦姗姗表示理解。而且，秦姗姗已经在往演艺方面发展，她参加了一个短期的演员培训班，基本上用不到丁大卫和艾小倩跟随。艾小倩出现在培训班上的时候，兰老师还是那个挥着兰花指的兰老师。

"哎呀，艾小倩姑娘，你竟然瘦了这么多。"

艾小倩挺不好意思的："兰老师，我终于要做您的学生了，请多指教。"

"别哭就行。我虽然年纪大了，可是心肠还是很硬的。"兰老师说完拍手，"都坐好了，今天，我们先来讲讲模特这个行业……"

和艾小倩从前在公司里偷听课程不一样，现在她非常认真地坐在座位里，记着老师讲述的一切。她还是喜欢画几个漫画，来帮助解释一些难以理解的知识点。有的学员只是听着，有些学员有一个小小的本子，有些学员直接用手机录音。用一个厚厚的本子在记录的只有艾小倩。

宽大的教室里，兰老师在黑板上敲打，他时而严肃时而幽默，讲得慷慨激昂，像是在竞选演说。艾小倩把老师的重点记得清清楚楚，偶尔走神的时候，她会想起自己偷偷站在训练室门口，被兰老师委婉赶出去；想起自己低头站在讲台的位置上，当一个反面教材，接受大家的品头论足；想起自己吃香蕉，喝减肥茶，最终躺在医院里，有气无力的样子。时光就这样在她的回忆中流逝了。服装、化妆、形体、走台……三个月的培训很快结束。艾小倩精神抖擞地站在兰老师面前，不知道是不是穿了高跟鞋的缘故，艾小倩发现兰老师个子好像比自己矮很多。

“艾小倩你到底还是做了模特了，真是不容易。”

艾小倩耸耸肩：“年轻人么，总要做些自己认定了的事情。谢谢兰老师您的教导。”艾小倩竖起大拇指，“您果然是魔鬼训练师。我天天晚上回家哭，哎呀，我的泪水呀，都能哭倒长城了。”

兰老师就笑：“你是在说我还没老，心肠还是那么硬是不是？”艾小倩咯咯笑，摇头说：“当然不是，您放心。所有您的学员在未来的某一天都会感激您今天对我们的严厉的。”

兰老师说：“不过，说实话，你是这期学员里最出色的，简直高出她们一大截。”

“哪里，兰老师您过分夸奖我了。我只是比她们准备的时间长，我自从进入这个公司就开始准备了。我做后勤服务也是准备，当反面教材也是准备，做助理也是准备。我只是比她们准备的时间长而已。也许您不知道，我小声告诉你，关于形体训练，我从姗姗姐那里学到的五点一线法比这些新晋模特早训练了3个多月呢。”

“当年你做反面教材的时候，我和胡总就说起过你。我们都觉得你是个很有韧性的女孩子。你将来的路一定会越走越宽的。”

“谢谢，我一定努力！”艾小倩振臂加油。兰老师温柔地笑着。

“不过，小倩啊，你得找一个非常适合的经纪人才对。像张闻天那样的经纪人也好，但是不一定适合你。有一个了解你的个性、有一定能力的经纪人对你未来的发展很有好处。你有看好的经纪人和胡总谈谈，他会栽培你的，你很有潜力。”

关于经纪人的事情，这一期的模特们也都议论纷纷，有相中外边的，有看好本公司的，但是目标都一致，要选一个实力超群的。胡总一一都给大家安排。考虑到各方面的实力，很多当期的模特就和上期的模特用了一个经纪人。

这一期的模特照例也有一个毕业展示秀。模特们为此进行了艰苦的训练。

这天，窗外下着大雪，训练刚刚结束，模特们都很疲倦，有些人直接没来公司，有些人在公司玩玩电脑，全当休息。

丁大卫这段时间因为秦姗姗外出学习，他就帮着胡总做一切其他的事情，主要是帮着张罗一下模特毕业展示秀的事情。艾小倩在网上和陈淑互动，玩一些心理测试这样的幼稚游戏。丁大卫时不时看一眼，还嗤笑几句。

有人敲门，两个人都没抬头，直接说了："请进。"

一个头发上都沾满雪花的高大的女孩子走了进来。她样子清秀，小脸冻得有些发紫，额头上还有尚未消退的青春痘的痕迹，看起来像一个高中生。

艾小倩问："你找谁？"

女孩撅着嘴："他！"

丁大卫疑惑地站起来，问："你怎么称呼？为什么找我？"

"我要当模特，你来当我的经纪人。"

艾小倩笑了，小声说："丁大卫你还真是挺抢手的。"说完，端起一杯水来喝。

丁大卫抱着肩膀，说："你继续说。"

"我要当模特，你来当我的经纪人。不管任何条件，我愿意接受潜规则。"女孩子话音刚落，艾小倩一口水就喷了出来，她赶紧拿纸巾擦桌子。

丁大卫却故作镇定地说："你的身材条件还可以，但是，你到18岁了吗？”

“我昨天就18岁了！”女孩子很不服气的样子。

“你有男朋友吗？”

“有。”

“你爱他吗？”

“我当然爱他。他要出国去读土木工程专业。那需要很多钱，我要当模特赚钱给他，让他完成梦想。”

艾小倩这时候问了一句：“那你的梦想是什么？”

“我的梦想就是让他出国读书。”

艾小倩心里唏嘘。

丁大卫说：“你打算为他的梦想牺牲一切是吧？”

“是。”

“那么他打算为你的梦想牺牲什么？”

“他，他……”女孩子一时语迟，她支吾了好半天才说，“他去国外读书就是为了我的梦想！”

“哦……那，你为什么来找我呢？”

“因为我看过你的报道，你是一个很厉害的经纪人。你一定能把我捧红。”

丁大卫长吐出一口气，求助地看看艾小倩。艾小倩脸色不太好看，她看看墙上的钟表，对女孩子说：“我们去吃点东西吧。”

女孩子却拉住丁大卫的胳膊，说：“我要你做我的经纪人，我不和你吃饭。”

丁大卫指指艾小倩，说：“我现在是她的经纪人。我要是想签别的模特，一定得得到她的认可。所以，你还是先和她吃顿饭融洽一下关系吧。小同学！”

“我不是小同学，我已经18岁了！昨天就18岁了！”女孩子不服气地对丁大卫吼了一句。艾小倩穿戴好衣服，围了围巾，回头苦着脸看着丁大卫，然后偷偷地笑起来，接着她伸出手指在头顶画了两圈，带着女孩子离开了。

艾小倩和女孩坐在一个面馆靠窗的位置，面馆里面很安静，有一种热气腾腾的感觉。女孩子的脸上也泛出了红润。

“吃吧，这里的面很好吃的。”

女孩子看着筷子不动手。艾小倩把筷子放在她的手里：“天冷，吃点热乎的。”

女孩子慢慢地拿起筷子。

“要加辣椒油吗？或者香菜？这里很多调料你自己弄啊。我要先加一点醋……”

女孩子看艾小倩吃得很香的样子，也给自己加了些调料，慢慢吃了起来。

艾小倩一边吃一边随意地问了一句：“你了解模特这个行业吗？”

女孩子摇头，说：“不了解，但是很多明星都是模特出身，像林志玲、吴尊、胡兵、言承旭……”

“从前大批模特杀入娱乐圈的现象很多，但是目前其实已经不多了。毕竟经过专业学习的演员更容易适应角色。不是当了模特就能成功的，很多模特无法出名甚至都食不果腹的。”

女孩放下筷子，说：“姐姐你是在打击我吗？姐姐你是很成功的模特应该给我更多建议才对。”

艾小倩说：“姐姐我也不成功。我只是希望你把作为模特的梦想想得再现实一些。我当年要做模特的时候和你一样，什么都不懂，只是被漂亮的衣服绚烂的舞台所吸引，也是希望有一天就算一块抹布披在我的身上我也能把它演绎成时尚，能通过我自己的努力让一块普通的抹布闪闪发光。"艾小倩顿了一下，说："我付出了很多努力，但是只有一点点的成绩而已。"

女孩子抱着肩膀，往窗外看，样子很生气："你和阿德一样，都觉得我不能成功。阿德家里没钱不能出国去，我说要做模特给他赚钱，他和你说得一样。"

艾小倩在心里羡慕这个叫阿德的男孩，他何德何能，有这么一个把他的梦想当成自己的梦想的女朋友呢！

"18 岁的女孩子其实已经很有判断力了，我绝对不是嘲笑你的梦想。每个人都有可能成功。但是台湾著名歌手陈升说过这样一句话，他劝所有的女孩子都自重。他说，一个女孩子，永远不要对别人和盘托出。因为你将来是要嫁人的。如果都交出去了，那么等结婚的时候，还拿什么留给你丈夫呢？"艾小倩看看女孩子的眼睛，笑着说，"我说的话像上个世纪的人一样古板保守对吧？可是，我还是觉得他说得对。他说得真对！你才 18 岁，你就大胆地说你愿意接受潜规则。你没看过莫泊桑的《羊脂球》？也没看过《情人》？你愿意的付出你爱的男孩会接受吗？你所坚信的爱情到最后是什么样子你是不是也该想一想？"

女孩子不说话了。艾小倩接着说："刚才那个丁大卫经纪人他是个好人，幸亏你遇到了好人！人生的路其实有很多，挑一条光明的路去走不是更好吧？阳光是最好的防腐剂，你在在阳光大路上行走才会健康成长。"

女孩子不说话，看着面说："我可以继续吃了吗？我都饿了！你不知道我刚才在你们楼下徘徊了多久才找到勇气上去。真是又冷又饿。"

艾小倩就笑了，说："你放一点辣椒油吧，保管你马上就会暖和起来。"

"是吗？但是我坚决不要香菜，我讨厌死那个味道了。"

艾小倩说："好的，其实我不喜欢葱花，想不明白人们炒菜的时候为什么非要用葱花,难吃死了。”

“是吗? 我同桌就不喜欢吃葱花,炒的菜里面有葱花他都能直接吐出来。特别严重。”

两个人就这样你一句我一句话题就发散了,气氛也就融洽了,吃完了那顿饭,两个人就和姐妹一样了。女孩最后要了艾小倩的电话号码,说自己叫苏小禾,以后要多联系。两个人都挥手向相反的方向而行了。女孩又跑回来,用力抱了一下艾小倩,说:“姐姐,你说得对。你说得真对!”然后蹦蹦跳跳地跑远了。

艾小倩回到公司。丁大卫看她一个人回来,直直地看着她,问:“怎么样?”

艾小倩一边脱外衣,一边说:“我把你的小小爱慕者给劝回去了。看不出来,丁大卫,你还这么招人稀罕呢!”

丁大卫不以为然地说:“你才看出来呀? 我一直就这么招人稀罕! 我上幼儿园的时候就有女生为我打架呢!”

艾小倩就相信了,她认真地说:“真的? 你这么抢手啊? 为了什么呀?”

丁大卫一本正经地说:“一个女孩说我是男的,一个女孩说我是女的,然后就打起来了。”

艾小倩反应了一会儿才哈哈大笑起来,一边笑一边就过去捶了丁大卫两下子。最后一个小拳头落到丁大卫身上的时候,艾小倩突然就停了下来,丁大卫敏感地察觉到了她的异常,立即站直了,不敢乱动,笑声戛然而止。过了两秒,丁大卫打破了尴尬。

“你以后别动手动脚的,万一让我的爱慕者看见,你没法收场。”

艾小倩小声地“切”了一声,回到自己座位上,假装看书。

丁大卫问:“展示秀之后就得选经纪人了,你有什么打算啊?”

艾小倩想起丁大卫当年拒绝秦姗姗的理由，于是说:“反正我是一个新人,谁带我都一样。成功了就军功章一人一半,不成功就是我实力尚浅运气不足。不用做什么细打算。而且,你看到刚才那个 18 岁的女孩了吗？不骗你,我都要吓死了。才 18 岁公然说愿意接受潜规则,这模特界时尚圈是不是真的这么不干净啊！我刚才一颗坚定要做模特的心都动摇了。”

“怎么了？要放弃？”

艾小倩摇头:“不能放弃,怎么能放弃呢。我从进入公司开始,偷偷去新人培训班学习,用各种手段减肥,现在又经过了三个月魔鬼般的训练。终于从硬茧里爬出来,我至少要振翅高飞一下,看看自己到底是一只蝴蝶还是一只飞蛾吧？我绝对不要放弃！”

丁大卫说:“说得也有道理。那你的经纪人怎么办?总得有个人为你跑前跑后的呀。”

艾小倩笑嘻嘻地问:“要不……你来做我的经纪人吧。我看姗姗姐马上就要转战大荧幕了。你不就空闲了吗？”

丁大卫躲开她探寻的目光,说:“大家都说你潜力无限,我怕耽误你的前程。”

艾小倩就没再说话。

屋子里沉默的时候,李琳敲门进去了。

艾小倩很高兴,和李琳聊天。

“听说你接了一个平面模特的合同,还有一个车模的合同呢。好厉害啊！”

李琳笑得有点不自然,她说:“还可以吧。平面模特的合同,还没签呢。现在车模的合同,呵呵,听说林娜也在谈。中国这么大,不知道为什么同公司的人非要抢一个合同。在外人看来其实特别可笑,你知道吗?别的公司都是互相捧着,我们公司倒互相踩着。这对我们公司今后的发展都有影响。”

艾小倩一惊，只好说：“是不太好。我以为，你们关系一直特别好，所以这些信息才共享的呢。”

“关系好？我知道你们是室友，林娜似乎也特别关照你。但是小倩，我不怕直接和你说，我们在同期训练的时候，因为我有同学做摄影，她一直让我给她介绍，寻找机会拍封面，可是你知道吗？我那同学有女朋友的，她硬是给搅和黄了。如果她是喜欢我同学也就算了。她只是利用了我同学而已。现在弄得我这个同学都不理我了！我同学的女朋友看见我就骂我，我特别为难！”

艾小倩说：“那她做得太不对了。”

“小倩，你别袒护她。我不怕你去告诉她。你最好防着她点。你和我一样都太单纯了，根本不是她的对手。”

艾小倩说：“我怎么会去告诉她呢，你也是为我好，你过来是不是有什么事？”

李琳才想起来，她走到丁大卫身边，说：“丁哥，我想让你做我的经纪人，我去和胡总说了，胡总说还得征求你的意见。我看姗姗姐现在的精力都在备战大屏幕上，听说已经有导演和她接触了。我想也许你空闲下来，就做我的经纪人吧。我虽然不是大模特，但是你对姗姗姐的帮助，我们大家都看在眼里。尤其你能充分尊重模特的想法，能站在模特的角度想问题，我非常赞赏。所以，我就过来，想征求你的意见。”

艾小倩没想到李琳和自己的想法如此一致，她低着头，丁大卫听了李琳的话，看了一眼艾小倩，见她低头。丁大卫说：“谢谢你的信任，我还得和胡总具体沟通一下，毕竟目前你是公司的主力，我怕自己能力有限，我和胡总沟通一下再告诉你好吧？”

“当然。那我先走了。对了，小倩，毕业展示秀你要加油。我听说姗姗姐不回来，公司派林娜作头秀带你们的。”

艾小倩送李琳出去，回来的时候，丁大卫正看着她呢。

艾小倩笑笑说："你真挺招人稀罕的，现在我相信幼儿园的时候就有女生为你打架的事情了。"

丁大卫挺严肃的，说："你说让我做你的经纪人，你是认真的？"

"我开玩笑的，李琳这么好的模特，你当然应该做她的经纪人才好。她已经有些名气了，你工作开展起来一定很轻松。"

丁大卫又问："你说让我做你的经纪人，你是认真的？"

"哎，丁大卫，你别这么严肃好不好？你说过你宁可带新人也不愿意给姗姗姐这样高级别的模特做经纪人，所以刚才我才开玩笑的。你还是去给李琳做经纪人吧。她风头正劲呢。"

丁大卫还是很严肃："我再问一遍。你说让我做你的经纪人，你是认真的？"

艾小倩沉默了一下，说："不是认真的，我这样的新人一定不好带的，当然不是认真的。"

"我最后再问一次，让我做你的经纪人，你是认真的？"

艾小倩不说话了。

丁大卫呼地站起来，往外走，回头说："艾小倩，你可没劲了你！"

"我是认真的。"丁大卫刚要关门，身后传来艾小倩蚊子叫一样的小声音。丁大卫站定，没回头，说："你想好了？我可不是什么大牌经纪人，可能会耽误你的前程。"

"我想好了。我不要什么大牌经纪人，我只要一个能尊重我为我着想的经纪人就行了。"

丁大卫脸上慢慢有了笑容，他推门出去了。

"你说要做艾小倩的经纪人？艾小倩也没和我说呀。"胡少宇在办公桌后一边喝茶一边看着丁大卫。

“艾小倩刚才和我商量了。她说自己资历浅，不好意思过来找您。”

“刚才李琳倒是过来和我说，想让你做她的经纪人，说你做事沉稳值得信任。你要不考虑一下李琳？她现在正是直上青云的时候，而且她为人低调，其实她有好多畅销杂志的资源，封面模特这个事情对她来说轻而易举。而且，她从小学表演，将来接广告代言或者其他一些案子都会容易得多。而艾小倩，她像一张白纸一样，想飞起来，除非被折成纸飞机。艾小倩的个性，会同意被折成纸飞机吗？我是为你着想。”

丁大卫说：“您不是说艾小倩很不一样吗？我其实过来公司就跟着大模特，好多努力都是建立在别人的基础之上的，我其实功劳真不是很多。艾小倩是一张白纸，我可能就更要努力了。如果您不反对，在姗姗姐不需要我的时候，我就做艾小倩的经纪人吧，而且……我能力有限，暂时就先带她这一个模特吧。”

胡总喝一口茶，说：“好。喝茶吧？新茶，别人送的，很不错。”

丁大卫回到办公室，对艾小倩说：“公司决定了，在姗姗姐不需要我的时候，我就做你的经纪人了。而且，公司觉得我能力有限，决定就先带你这一个模特。所以，以后就得请您多关照了。”

艾小倩半天没说话，最后说：“谢谢你。请你多关照。”

第十一章
误会是这样产生的

丁大卫没觉得尴尬，倒觉得如释重负！太好了，不是你的款我就放心了！

林娜跟着新人模特进行了两次排练，兰老师亲自督场。林娜走在最前面，艾小倩和一个叫罗香香的女孩走在林娜的身后。

林娜有一种趾高气扬的气势。走到T台尽头，林娜本该转两圈再往回走，可是她转了一圈就走回去，艾小倩和罗香香就乱了阵脚。艾小倩反应很敏捷及时跟上了她的节奏，但是罗香香还按照从前的排练转两圈。结果三个人一出场就出现了错误。

兰老师喊停，问："这是怎么搞的？"

林娜不道歉，反而说："到底是新手，完全跟不上节奏，你叫罗香香？还听说你在新人里很出色呢，怎么反应这么慢？就算我走错了，你不会跟上节奏吗？怎么艾小倩就能跟上节奏呢！"

罗香香一句话都说不出来，眼泪就在眼圈里打转。艾小倩过去拍拍罗香香的手，说："别难过，失误是难免的，不能怪你。我从前也失误过很多次。”

林娜不愿意了，走近了说：“小倩，你这么说，是在怪我了？你不知道谁是头秀吗？头秀就是要求你们配合的。难道要头秀去配合你们吗？”

排练现场一时议论纷纷。

艾小倩微微笑了，说：“林娜，我们当然知道头秀的分量，只是我们没有你那么经验丰富。我们只是按照排练好的节奏在进行，香香本来也没有错，错在我，我不应该反应太快了，这样反而乱了阵脚。我应该配合香香才对，因为头秀怎样表演都是头秀，我反应过快，反而乱了次序，下次我一定改正。”

林娜自然听出来艾小倩是针对自己，其他模特也都满脸怒气，她想用前辈的气势压倒这些后生，显然没有成功。林娜对兰老师说：“兰老师，我时间很紧，别浪费时间了，我们再来一次。”

于是兰老师带着大家又排练了一次。没想到罗香香因为太紧张，竟然摔倒了！林娜又发了一次火，把自己行程很紧的事说了好几次，说得兰老师都不爱听了。最后一次排练，总算有惊无险，效果不错，大家才散了。

晚上回家艾小倩把这些事情说给丁大卫听，丁大卫说：“这很正常了。一旦有点名气，这些人往往都希望被区别对待，那个罗香香后来怎么样？太难为她了，没什么舞台经验，怎么可能随机应变呢。”

艾小倩说：“还是怪我，我要是不反应太快，就不至于把她凸现出来。我应该配合她，让林娜出丑才对！”

第二天下午，模特毕业展示秀正式开始。艾小倩站在后台上，非常紧张。丁大卫走过来，给她拿了一瓶水。

艾小倩摇头，说：“我刚化完妆。怎么样，妆容还行吗？”

丁大卫说：“行啊，多漂亮啊，别紧张，就是一个展示秀。不过听说胡总邀请了两个客户过来看的，大概是想推荐一下这期的模特。你好好表现。”

“你就不该告诉我，现在我更紧张了。完了，我都忘了我要走几圈了。香香，走几圈来着，我太紧张了。”

香香两只手不停地搓着：“我也忘了，几圈了，两圈吗？一圈吗？”

丁大卫过去拿了兰老师手里的指导书，过来告诉她们走两圈，换两次衣服。

灯光绚烂，随着音乐声响起。艾小倩跟随在林娜身后，她坚定地迈着步子，眼神坚定，身姿挺拔，一件绿色抹胸长裙在她的身上，衬托得格外显眼。艾小倩和罗香香配合默契，林娜的骄傲气势不足以压倒艾小倩的清纯靓丽。林娜转身用余光看了一眼艾小倩，轻蔑地抬眼走过去。

台上林娜和艾小倩眼神与气场之间的较量丁大卫都看在眼里。一场秀走下来，丁大卫看到艾小倩长吐了一口气。

“怎么样？我的表现还行吗？有什么缺点？”

丁大卫说：“我觉得挺好，还是有点紧张，肩膀有点僵。其他都挺好。”

大家换装卸妆穿回原来的衣服，后台里一阵忙乱。

一个叫小影的女孩子，衣服都没换，就冲到台下。一个神态慈祥的老人家在台下等着她。

崔秀看着小影甜兮兮的样子，说：“看，人家命多好。爷爷是大企业的老总，小影不过就是来要一个模特的资历，马上就会接拍电视剧的。人家只是靠这个出道。不像咱们，在模特这条路上不知道要混多少年才能有点名气，才能接个代言，跑跑剧组。”

艾小倩听着心里也不免感慨。她安慰崔秀说：“命运这种东西呢，休论公道，女人最要紧是活出自我。”

那天聚餐，照例是谈谈理想，谈谈为什么选择模特这个行业。

林娜就坐了一会，她给胡总和兰老师都倒了杯酒，之后，又给艾小倩倒了杯果汁。

“来，小倩，恭喜你结束培训。”

艾小倩此刻突然想起陈淑第一次去她家里，陈淑给林娜倒饮料，林娜却不肯喝的样子。

艾小倩说：“谢谢林娜，你能来带我们走秀，真是很感激。从你身上我学到了很多东西，不过，我正在节食呢，你知道我一直太胖了。这果汁糖分太大，我就不喝了，谢谢你。”

林娜端着杯子却被艾小倩拒绝，脸色就有些不好看了。

“不差这一杯果汁了。你不是一直说科学减肥、理性节食吗？来，把这杯果汁喝了。”

艾小倩打定主意，不给她面子。大家这时候突然静下来，丁大卫看看眼前的状况，接过那杯果汁，一饮而尽。

“谢谢林娜，果汁很好喝。”

林娜不好说什么，有人就起哄说：“丁大卫这个经纪人做得实在太到位了。”然后就起哄往艾小倩的餐盘里放食物，艾小倩控制着饮食，把别人夹给她的食物几乎都夹给了丁大卫。丁大卫帮她吃了太多的东西，回到家里，有些胃难受。

“你下次不吃的东西别夹给我了好不好？我的胃都要爆炸了。”

“你是我的经纪人，我当然得对你好一点了。哈哈，你吃不下去不吃不就行了。看你撑成这个样子，真搞笑。”

丁大卫拿遥控器丢她：“你还笑得出来，还不是为了你，我看到在T台上林娜对你很不友善，她在后台没说什么吧？”

“倒是也没说什么？不过她现在有点公然针对我了。你说这人怎么这样，她自己做了亏心事还理直气壮的，今天在后台我就是安慰了香香几句，而且，完全是她走错了，她怪香香好没道理。”

丁大卫说:“反正你小心她吧！”

第二天就是周末,难得放一天假,艾小倩回家去看爸爸妈妈。爸爸妈妈身体都好,而且妈妈天生粗线条,不为艾小倩操太多心,这倒让艾小倩心里放心不少。

下午艾小倩就坐车回来了,她回家之前给丁大卫打了一个电话。

“丁大卫,你晚上想吃点什么？我顺路买点吧。”

丁大卫说:“随便。”

艾小倩就逗他:“清蒸随便还是红烧随便？”

丁大卫说:“拔丝随便吧！”

艾小倩看着手机笑了,她知道自己是赢不了他了,索性挂了电话。艾小倩心情特别好,一路飘着去附近的超市采购东西,看看这也挺好,那也挺好,购物车里一会就满了。她买了很多青菜,又看到有抱枕,又买了一对抱枕。她想着,这回看电视的时候一人一个,就免得他们两个抢丁大卫家那一个抱枕。

艾小倩在楼下按门铃,好半天丁大卫才接起来。

艾小倩说:“丁大卫,你下来接我吧。我东西买多了。”

丁大卫的话非常迟疑:“啊,好,好的,我下去。”

艾小倩等了半天也没看见丁大卫上来，索性自己开了锁，走上楼来,没等她敲门,门已经开了。林娜从里面走了出来。她看着艾小倩,笑得十分诡异,突然回身在丁大卫脸上响亮地亲了一口。

丁大卫吼她:“你有病啊！”

林娜一脸妩媚:“看见艾小倩,你就不好意思了?我先走了,call me!”

艾小倩抱着一堆东西,就站在门口呆住了。丁大卫把她拉进来,咣地关了门。他看艾小倩一脸迷茫的痛苦模样，说:“艾小倩，你听我解释！”

艾小倩把青菜、抱枕一股脑扔到地上，转身就回了房间。丁大卫追进去："你干什么？你听我解释，刚才林娜过来要找你。我说你不在。她说送你落在她家的东西，我一路拒绝也没拒绝过去，她硬是上楼来了，其实她根本不是来送你东西的，她是……"

"你不用解释！你没有必要和我解释。你有什么必要和我解释这么清楚。"

丁大卫说："你别站这里，墙太凉。你过来坐下，我慢慢和你说。"丁大卫拉着艾小倩坐在沙发上。丁大卫拿起艾小倩买的抱枕，很高兴："你还买抱枕了？太好了。以后你就不会和我抢抱枕用了。你买的什么菜？我去做？"

艾小倩就是不说话。

丁大卫说："林娜的为人，你比我还清楚。她根本不是来送你的东西的，她就是来警告我，别和她抢合同的，还有就是上次她在你红酒里下药的事。"

艾小倩气呼呼地说："那她还亲你呢？"

"是她亲我又不是我亲她的！"艾小倩把抱枕放在后背，往里靠了靠，手下就碰到沙发缝里的一件东西，她拉出来一看：黑色丝质小内裤，不是她的款。不是她的，那就是她的。

艾小倩扬手就扔给了丁大卫。丁大卫就蒙了，他一直看着林娜的，这个狡猾的狐狸是什么时候把内裤塞进沙发缝里的。丁大卫蒙了，艾小倩没蒙，她大脑重启没用五秒钟，转身回屋收拾东西去了。

她一边收拾一边眼泪就出来了。她抹了一把眼泪，东西很快就装到了自己的行李箱里。她就是这么来的。她这么来的就这么走。突地想起来，她从来没给过房租，艾小倩从钱包里拿出一张银行卡，拍到丁大卫眼前，扔下两个字："房租！"

丁大卫过来拉她的箱子："艾小倩你干吗！你明知道不是这么回事！

你别冒傻气好不好？”

平日里丁大卫摆着手势说艾小倩冒傻气的时候，艾小倩从来不觉得难过，此刻她突然觉得自己确实冒傻气。平白无故地在这里住了这么久，她已经把这里当成自己的家了。她刚才还贱兮兮地去超市买食材，还买了一对抱枕。她越想越恼火，她甩开丁大卫就出了门。门在身后砰的一声关上了。

艾小倩站在大街上，无路可走。电话在她的口袋里一遍一遍地响着。她知道是丁大卫，她不想接。在冷风中站了好久，艾小倩找了个旅店住了一晚。

第二天早上醒来，艾小倩不想去公司，她知道公司里就得遇到丁大卫。她给胡总打了一个电话，委婉地说想换一个经纪人。

胡总听了非常诧异，问："小倩你多虑了吧？丁大卫就是脚踝受伤了，估计休息个十天半个月的就能好了，不能耽误工作吧，你这就要换经纪人啊？”

艾小倩心里一惊，昨天还好好的，怎么脚踝受伤了？

胡总说："你们这些年轻人，成功得一步一步走，步子不能跨得太大。就十天半个月的能耽误很多事吗？算了，那要不你先和罗香香用一个经纪人？还是你有看好的经纪人，我调给你就是了。”

艾小倩说："啊，不用了，不用了。我……没事了。”

艾小倩回了家里，打开房门，看见丁大卫一脸忧伤的坐在沙发上，脚上裹着药包，满屋子的药味。丁大卫回头看了艾小倩一眼，没说话，继续看着窗外，神情很伤感。

艾小倩轻轻地走过去："怎，怎么回事？怎么伤到的。”

丁大卫愤愤地说："你回来干吗？你不是走了吗？胡总说你要换个经纪人？好啊！换！马上换！反正我们也没签什么合同！你赶紧换吧！”他生气地要站起来，啊的一声叫了一下，又愤愤地坐了下来！

艾小倩第一次看丁大卫发火，有点不知所措。她小声地说："我和胡总说不换了。"

"换吧！立刻换！"

艾小倩鼻子发酸："我都说不换了，你吼我干什么！"说着就抽抽搭搭地哭了，一边哭一边说，"她还亲你了！她还把内裤放沙发上了呢！你怎么怪我！"

丁大卫一看艾小倩哭了，一时气全消了。他有点慌乱，碰碰她的胳膊："哎，哎，别哭了，是我不对，我错了。哎，你别哭了。我错了还不行吗？"

艾小倩哭得更大声了，"啊啊"地使劲哭了起来。丁大卫拿纸巾给她，哄着："别哭了，你离家出走你还有理了啊！我错了，我真错了。我再也不吼你了。可是你也长点心啊，林娜那样的人她啥事做不出来啊？咱俩住了这么长时间了，我是什么样的人你还不了解吗？林娜那是故意做给你看的，就是想挑拨离间的。你怎么这么傻就能上她的当呢！咱俩之间连这点信任都没有吗？哎，艾小倩，你别哭了。"

艾小倩抽搭着问："你脚怎么弄的？"

丁大卫指着自己的脚说："你还好意思问啊，我昨天穿着拖鞋出去追你，你拎着大箱子就跑了，我追得有点急，拖鞋没穿好，从台阶上摔下去了！"

"疼吗？"

"不疼了，没伤到骨头，大夫说过几天就好了。"

"你早上吃饭了吗？我给你做点吃的吧。"

丁大卫疼惜地说："我不饿。我们以后别吵架了，行吗？你昨天一走，这房间里都黑漆漆的，我自己住都害怕了。你行李呢？你没把行李拿回来？"

艾小倩哽咽着说："我一会就去拿回来，在旅店了。"

丁大卫想过去抱艾小倩，伸了一下手，又缩回来了。

丁大卫和艾小倩和好了，两个人的感情其实升温不少。只是谁也没有公开说什么，都专心致志地找走秀机会。除了公司里安排的一些小型走秀活动外，他们没有接到任何合约。丁大卫到处打探消息，拖着受伤的脚踝打电话跑现场，可还是没有什么消息。丁大卫真上火了，嘴上起了一小圈泡，吃饭的时候都一个米粒一个米粒地吃。艾小倩看丁大卫愁眉不展，在家里的时候就故意没话找话。

“丁大卫，你说北京雾霾天气最可怜的事情是什么？”

丁大卫摇头。

“在北京雾霾天气里，最可怜的事情是，你在天安门都看不见毛爷爷。那么你知道比这更可怜的是什么吗？”

丁大卫还是摇头。

“比在天安门看不见毛爷爷更可怜的是，我打开钱包看不见毛爷爷。”艾小倩自己笑得前仰后合的，丁大卫却没有一点反应。艾小倩过去碰碰他，“哎，丁大卫，给点面子行不行？”

艾小倩不知道，丁大卫本来就自责自己没有足够的实力去帮助艾小倩，所以，平时一个简单的玩笑，却让他联想到，因为没有什么合约，艾小倩的工资少之又少。也许打开钱包真的看不见毛爷爷。

艾小倩觉得没意思，拿了个大白梨递给丁大卫："你可真没幽默细胞，给你讲笑话都不会笑。来，吃个大白梨去去火。我跟你说，不用着急，模特这行业，本来就是这样啊！必须得耐住寂寞。我的梦想就是让衣服因为我闪闪发光，不包括我必须得名利双收。别上火了，吃梨吧。”

丁大卫接过梨，放在一边，继续看网上网店招聘平面模特的广告。电话响了，艾小倩拿起电话，一看号码，她迟疑了。

丁大卫说："接电话呀，说不定是有合作呢！"

艾小倩接起了电话："您好，王总。"

艾小倩回头看丁大卫的时候，丁大卫手就定在键盘上面，没有动作。

“是的，模特培训已经结束了。对，正在寻找适合的合约。您打来电话是……哦，谢谢王总，但是《时尚风》20周年的秀场，我这样的级别恐怕不行吧？当然，我们当然是朋友。可是我资历太浅，怕给您添麻烦，好的，那我再考虑看看。”

放下电话，艾小倩神情有点不自在。她坐到丁大卫旁边说：“看什么？网店的平面模特？好啊，好啊，这个绝对没问题。”

“王总邀请你参加《时尚风》20周年的走秀？”

“是，我没有答应，我说要考虑看看。”

丁大卫装作很高兴的样子：“这还需要考虑吗？当然要去了，那个层次的走秀，只要走一场接下来的合约都够你忙一年了。我相信全国的媒体、时尚界的名流都会在那里，这是个好机会。”

艾小倩拿起白梨，说：“你不是不知道那个王元峰是个什么样的人物？就算他不是凶手，起码也是包庇犯！你让我去他的秀场？送羊进虎口啊！”

丁大卫的声音变小了：“他不是说，情人不成还能做朋友嘛。何况这真的是一个好机会。”

“你真的想让我去参加这个秀？”

丁大卫说：“我也是为你考虑啊，你既然选择做模特，这样的机会就不能错过呀。”

艾小倩又问了一遍：“你真的想让我去参加这个秀？”

丁大卫迟疑了一下，说：“可以考虑看看的。”

艾小倩大声地喊了起来：“丁大卫，我最后问一次，你是不是真的想让我去参加这个秀？”

丁大卫不说话了。艾小倩把梨扔到果盘里：“说呀，真的吗？”

丁大卫闭嘴不说话。

艾小倩抓了衣服，扭头就走。丁大卫也胡乱穿了衣服，特意穿好了鞋，追了出去。

艾小倩边走边给陈淑打电话，痛诉丁大卫的罪行："你说男人都怎么想的？那个王总什么角色他不是不知道！是他把我从虎口里救下来的。现在却要把我送回去！他到底长没长脑袋！"

陈淑在电话那边也义愤填膺地骂丁大卫没长心眼，最后劝艾小倩说："你有什么可生气的，男人是头猪，女人是本书，你指望猪能读懂书？别做梦了！"

艾小倩也愤愤地："对，他就是头猪！"

陈淑挂了电话就拨给了丁大卫："你猪啊？你让艾小倩接那个案子！丁大卫你是不是猪啊？"丁大卫说："我错了，好了，陈淑，一会和你说啊。艾小倩，艾小倩，你等我一下，你等我一下！"

丁大卫追上艾小倩，像所有的韩剧情节一样，他一把抓住了艾小倩的手臂。

"我错了，对不起，艾小倩，我错了。我绝对不想让你去参加这个秀。你绝对不可以去参加！"

"你别拉我，我一会就回电话，我同意去走秀。"

丁大卫使劲拉着艾小倩的胳膊，说："你敢！"

两个人拉拉扯扯的时候，有个清脆的女孩子在后面叫艾小倩："姐姐，是你吗？"艾小倩回头一看，原来是那个18岁的小女孩，"艾小倩姐姐，你不认识我了？我是小禾啊！苏小禾！我去过你们公司，找这位丁大卫先生做我的经纪人的。"

艾小倩一下子想起来了："啊，是你啊？都好吗？这么冷的天，学校放假了吗？"

小禾拉过身边的男孩，说："姐姐，这就是我男朋友阿德。阿德，这就是我说过的艾小倩姐姐，是个大模特，这位是丁大卫先生，是个超级经纪人。”

艾小倩心说，年轻真好，什么事情都可以夸张来说。一个大模特，一个超级经纪人，连个普通的模特合约都接不到呢。

丁大卫趁这机会招呼着，四个人找了一个就近的面馆吃面条。女孩子丝毫没有约束，话匣子一打开，就是她和阿德的故事。

原来阿德非常低调，其实他爸爸是个大企业家。阿德借口说没钱去国外读书，是不想和小禾分开。得知小禾去模特公司要做模特并且愿意接受潜规则后，阿德才把实话说出来。两个人因为这个事还互相埋怨生气了好一阵子，终于发现彼此都很深爱对方才冰释前嫌的。

丁大卫和艾小倩满脸羡慕地看着这对金童玉女，觉得自己真是老了。

小禾问：“丁大卫先生，你在和艾小倩姐姐谈恋爱吗？”

丁大卫一口面条强咽下去，说：“没，没有啊！”

小禾很失望：“我还以为你们在谈恋爱呢，上次艾小倩姐姐说你是好人。”丁大卫看一眼艾小倩，不敢说什么。

小禾说她们系要组织一次服装设计大赛，她也设计了一套衣服，但是找不到模特来演出，她笑嘻嘻地说：“艾小倩姐姐还不知道我是服装设计系的吧，我还是系学生会的主席呢。要是艾小倩姐姐，你们这些专业模特来我们的设计大赛就好了。这样，我们设计的服装就有生命了。你不知道，我们上届的师兄学姐，服装设计得特别好，但是模特就只能用本班或者本校的学生，不说别的，就说个子吧，都参差不齐的，出来的效果相当差。可惜了他们设计的服装。”

艾小倩问：“你们系搞服装设计大赛呀？你的作品是什么主题啊？”

“中国新娘。我设计的是婚纱。”

阿德在旁边说：“小禾设计的婚纱特别漂亮，真的特别漂亮，比婚纱店里设计的都漂亮。可是没有模特，学生们根本穿不出来气质。小倩姐，你能来帮帮小禾吗？”

艾小倩看着丁大卫。丁大卫说：“我们商量商量，然后给你们打电话，你们什么时间服装秀啊？”

“下周日，时间来得及，小倩姐姐你不用为难，实在不行，我就找我们班同学，就是……个子高矮不一。”

送走了小禾和阿德，艾小倩生气地问：“这个我可以去吧？就当锻炼锻炼，再不锻炼胳膊腿都僵硬了。”

丁大卫说：“可是，你一个人去，意义不大。你一个专业模特和一些学生走在一起，那些学生可能只有 1.58 米，你穿上高跟鞋有 1.78 米。那样的话你就不是去帮忙了，是去捣乱的。”

“不过小禾说得非常有道理，这些充满灵性的孩子们，可能设计的服装特别出色，但是因为没有出色的模特，服装才华都埋没了。”

丁大卫说：“既然不能赚钱，索性我们赚赚名气好了，我和胡总汇报一下。”

艾小倩说：“你们经纪人脑袋里面除了名就是利，还有别的吗？”丁大卫笑了一下，抬眼看了一眼艾小倩，艾小倩当然不知道他心里在说：还有你。

没想到胡总特别支持，他说：“这批模特也不知道为什么，能抢到合约的特别少。再不走台都要忘了怎么迈步了。我同意。支持祖国未来花朵成长，我们责无旁贷。去吧，不过，服装和 T 台你得负责把关，别伤了我的模特们。媒体宣传一定给我做好，我派兰老师过去督场。”

艾小倩把这个想法告诉给小禾的时候，小禾乐得不行了，她立刻联系了班里的很多同学，大家分组，一共筛选出 10 个主题的服装，把服装照片和样品都给艾小倩发送过来了。艾小倩发现，他们的服装有一个共同的缺点:短,肥。

小禾又按照艾小倩的要求和同学们进行了修改。周日的时候,一群魔鬼身材的模特们出现在A大学的校门口。校园门口竟然打着横幅“热烈欢迎兰朵公司模特们光临指导”。模特们都笑了,觉得自己第一次受到如此高规格的接待,本来是要帮忙的,现在反倒不好意思了。

服装系的服装设计大赛设在了大礼堂。艾小倩深吸了一口气,才推门进了大礼堂。T台比较简陋,好在结实平坦,模特们把学生们的衣服穿在身上,这些衣服真的就在灯光下闪闪发光了。

一共换了10套衣服,模特们忙得直叫苦,有人还会突然喊一句:“这谁设计的衣服,这臀部是河马呀,这么宽大?”然后就有一个非常谦虚羞答答的女服装设计师走过来,用别针进行处理,抱怨的模特也就不好意思说什么了。

艾小倩穿了小禾设计的婚纱,优雅地走出来的时候,场下的女孩们哇地发出赞叹。不同的手机举起来,闪光灯不停地闪耀,兰朵公司的善举被学生们和媒体大力地宣扬出去。

表演结束,艾小倩就被小禾拉着,接受了校刊的主编采访。这个采访刚结束,又有一家报社来采访艾小倩,一时间,艾小倩有些不太适应。

这次演出后,公司的活动一时活跃了起来,又有很多院校邀请兰朵公司的模特去走秀,胡少宇直呼后悔,说当初第一场秀就不应该免费,这接踵而来的校园邀请起码也能要点价钱。这一个开头没开好,后面的演出都没法谈费用了。

艾小倩甚至接到了一家婚纱影楼的合约,为她们的产品担任模特。这是艾小倩第一次接到合约,李琳很高兴,在拍摄当天过来给艾小倩打气。陈淑听说消息,硬是在单位装病号,捏着鼻子给主管打电话说自己拉肚拉到脱水请一天假。

艾小倩从试衣间里走出来的时候,在场的人都呆了。丁大卫眼睛直直的，看得艾小倩有些难为情。

艾小倩试探着问大家："不好看吗？是不是我的气质担不起这件婚纱呀？"

婚纱馆的老板娘笑得美滋滋的："怎么会，你简直是世界上最美丽的新娘。"

陈淑凑过去问："老板娘，如果我将来结婚了到你这里来买婚纱，就这件，你会不会算我便宜点。我可是艾小倩最好的朋友啊！"

"当然，一定给你打折。"

李琳问："丁大卫，你怎么不说话？小倩漂亮吗？"

丁大卫眼睛看向别处，说："漂亮，当然漂亮。"

陈淑把丁大卫的脸扳过去，直接看着艾小倩，开玩笑地说："你这是害羞的节奏吗？干吗不看着艾小倩说漂亮？"

"请大家离开，我们要拍摄了。"

艾小倩像女神一样，在婚纱馆的摄影基地拍摄了两组照片，宽大的落地窗，纯白色的婚纱，闪亮的镶钻，艾小倩幸福的笑容，摄影师连连称赞。

那天拍摄得很晚，丁大卫和艾小倩累得要命，两人在外边随便吃了点东西，就回家了。到了家里，丁大卫接到了陈淑的电话。

陈淑话说得特别客气，语气温柔，不复从前的样子，让丁大卫有点不适应。

"大卫，你有时间吗？我想和你说点事。"

丁大卫有点害怕，说："有什么事吗？我们刚回到家。"

"你不要让艾小倩知道我找你了，你出来一下好吗？我在你小区对面的拐角咖啡厅等你。不见不散。"然后陈淑就挂了电话。

丁大卫有点想不明白，他磨磨蹭蹭地走到在沙发上躺着在脸上贴小黄瓜片的艾小倩身边。

“那个……你和陈淑说什么了吗？”

艾小倩脸上贴着黄瓜片，问：“什么？”

“就是，你说要把陈淑介绍给我，你是开玩笑的吧？没和陈淑说吧？”

艾小倩不说话了。丁大卫拿起艾小倩眼睛上的小黄瓜塞进嘴里，吃了。

“我真的不是陈淑的款，对吧？”丁大卫把另一只眼睛上的小黄瓜片也吃了。

艾小倩愣愣地看着他：“你到底要说什么？”

“没什么，我出去一下，马上回来。”

艾小倩说：“等下。”

丁大卫站住了，心里害怕，她不是真的和陈淑说这些不着边际的话了吧！

“丁大卫……”丁大卫心都哆嗦了。“我刚才没洗脸就贴黄瓜片了！”丁大卫噗地就吐了出来，吼了一句：“艾小倩你是不是女人啊！”

艾小倩哈哈大笑，心说，丁大卫疯了！陈淑也是他能研究的？

丁大卫到了咖啡馆，看见陈淑已经到了，穿了一件鹅黄色的外衣，样子特别妩媚。

丁大卫开门见山：“陈淑，你有什么事吗？”

“大卫呀……”

丁大卫阻止说：“陈淑，大家都叫我丁大卫我都习惯了，不太习惯被叫大卫，要不你也叫我丁大卫吧。”

“啊，丁大卫，我能问你一个问题吗？”

“问吧，你是艾小倩的朋友，有什么事情你直接问就行。”

陈淑舔了一下嘴唇，说：“你是喜欢女的，还是喜欢男的呀？”

这是什么问题？

丁大卫说："当然是喜欢女的呀！你问这个干什么？要给我介绍对象啊？"

陈淑挑挑眉毛："介绍什么对象啊，这不是现成的吗？"

丁大卫咽了一口唾沫，他回忆起陈淑提到过的理论，对于一个喜欢你你又不喜欢的人的表白，要先说谢谢再说对不起，于是他说："那个，陈淑啊，我呢，目前工作才开始，还没考虑个人感情问题。所以，谢谢你啊，也很对不起你！"

陈淑听出来不对劲了，恢复了正常，问："丁大卫，你什么意思？你该不会以为我喜欢你吧？你想想清楚，你不是我喜欢的款！"

丁大卫没觉得尴尬，突然觉得如释重负！太好了，不是你的款我就放心了！

"那你刚才的意思是……"

陈淑怒了："我刚才的意思是，放着艾小倩这么好的姑娘你不下手，你是不是喜欢男人啊你！你是不是不喜欢女人，你不是喜欢男人吧？"

丁大卫嘿嘿笑，说："艾小倩她的模特事业刚刚起步，她斗志昂扬地向前奔跑的时候，谁拖她的后腿都不对呀，是吧？这个事，你就不用操心了。我有分寸。"

"分寸你个头，我是艾小倩的好朋友，她身边好不容易有个雄性，我怎么会抢过来呢！"她撇撇嘴，说，"况且，你也不是我喜欢的款啊！"

丁大卫从外边回来，艾小倩已经在沙发上睡着了，黄瓜片掉得满地都是。丁大卫慢慢走过去，贴在艾小倩的耳朵边，说："哎，艾小倩，我喜欢女人。真的！"

第十二章

模特都有一颗善良的心

因为滴水之恩当涌泉相报，所以，她一再忍着，可是这个人，得寸进尺，一而再再而三地挑战她的底线。艾小倩对自己说，是时候了。

艾小倩忙完了婚纱拍摄，又有一个度假山庄来找艾小倩。艾小倩心里特别高兴，觉得人做好事总有好报。她帮助小禾完成校园秀，自己也得到了更多的机会。艾小倩的好机会自然也引来很多人的嫉妒，有人在背地里说："我们去义务演出，接受采访接到代言的都是她艾小倩，我们才是真正的绿叶，捧她这朵红花呢！"听到这样的话，艾小倩也只好当作听不见了。

一天，艾小倩忙着回公司取手机，路过库房的时候，她下意识地停了下来。这是她曾经工作过的地方，她在这里站过五点一线，也在这里喝水吃香蕉减肥，丁大卫也是在这里告诉自己墙体太凉。

艾小倩慢慢推开了门，她"妈呀"一声叫了起来。因为有一个女孩如当年她一样，贴在墙上，是罗香香，而且她满脸热泪。

艾小倩平复下心神，过来拉罗香香："香香，这个墙体很凉。不能站这里的，过来，我们说说话，怎么了？”

香香一下子扑到艾小倩的怀里，大声地哭起来：“小倩姐，我怎么办？我怎么办？”

艾小倩以为是走秀摔倒的那件事，于是安慰她说：“你不要这样，没关系的。我从前连高跟鞋都不会穿的，你别哭了，那不过是一次展示秀而已。你的经纪人会给你找更多机会的，你不要心里有压力，这只是小事情。”

香香边哭边摇头：“不是的，不是的。我爸得了癌症，他拒绝做手术，他要回乡下去，他说他再也没有机会看我站在T台上了。”

艾小倩一边劝着一边听香香断断续续地讲。

罗香香家在农村，为了自己的模特梦想，父亲跟她来到城里。因为没有一技之长，恐高的父亲在工地里做事。站在二十八层的脚手架上，父亲还说可以看到香香所在模特公司的大楼。

香香说：“我爸爸总安慰我说，他不觉得辛苦。他觉得自豪，因为在这个城市，他是最早被太阳照到的人。而且当他站在二十八层的脚手架上的时候，他很高兴，因为地面上的一切都和他一样渺小，他不再觉得自己做一个普通的力工在这个城市有什么不好。”

就在毕业展示秀之后，香香的爸爸吐血，换了几家医院，结论都一样：晚期胃癌。

香香说：“爸爸说不治疗了，因为他不想最后的生命里有无数管子插在他身上，阻挡他要走的路。爸爸说要回去乡下，乡下那个果园他要重新围一圈栅栏。乡下有很多他想做的事。”

艾小倩也知道现在的人面对癌症，已经越来越理智。最后的日子里，有人会选择旅行，有人会选择读书，有很多人不是放弃治疗，只是不想生命被浪费被辜负，总想用最后的时光做一些喜欢做的事。

艾小倩说：“也许，尊重爸爸的意见是对的。”

香香说:“我尊重爸爸的意见。可是爸爸说他还没见过我走秀,他说电视里那么多模特走来走去，从来都没见过自己的女儿穿漂亮的衣服走秀。他和他的工友们吹嘘说自己的女儿是个模特,可是他连我走秀的样子都没有见过。工友们说让我去他们的工地给农民工演出,小倩姐，我多么希望我能做一个孝顺的女儿，在工地上给爸爸和工友们进行一场走秀,能让我爸爸自豪地说:你们看,那就是我姑娘！”

香香一边说一边流眼泪。

艾小倩抱着香香,心里想:一个人也可以走一场秀。可是舞台呢?灯光呢?音乐呢?让自己的爸爸自豪,是所有女儿的心愿。她能为香香做点什么呢?

艾小倩把这个想法告诉丁大卫的时候,丁大卫说:“难道你想组织公司的模特去工地表演?不可能的!你们这一期模特,你是知道的,两位是有深厚背景的,她们不过是进行三个月的短期培训,志不在此,只是想要在自己的资历表上添上‘模特’两个字而已。还有至少三个已经联系了相关的演出,而且,都是商演。都是有钱可以赚、有名可以出的演出。去工地演出?别想了！就算你想去,我都不能让你去！”

艾小倩不乐意:“农民工就没有权利看场秀?”

丁大卫也不争辩,说:“你知道我不是这个意思。好了,研究咱们自己的事吧。”

第二天,艾小倩找到了罗香香,她说:“香香,我们组织吧。组织模特到你爸爸的工地去演出,让你爸爸自豪地说,‘看那个就是我姑娘！’”

香香很疑惑,说:“可是,都谁去演出啊?我爸爸没有钱给大家呀！”

艾小倩举手:“我算一个,你算一个。我们就已经有两个人了,我去找小影,你去问问崔秀,分头行动,找十个人,我们就可以走一场秀。”

小影正在办公室里,和经纪人研究着什么。艾小倩笑呵呵地过去,说："小影，和你商量点事，占用你几分钟。"经纪人就知趣地离开了。

艾小倩说明了来意，说："能不能占用你一天的时间，帮帮香香？"

小影说："小倩姐，同情心谁都有。我也很同情香香的遭遇。可是你也明白，如果我这场秀义务演出，下一个来找我的人，也会希望我无私奉献。我一个案子价位报低了，下一个案子价位就上不来，你也知道，模特走秀我不是很在乎。我只是需要这个平台，我目前在甄选电视剧的女主角呢。到那天万一我去试镜怎么办？反而耽误了香香的这件大事，所以，不好意思小倩姐，不是我不帮忙，你能理解的。"

艾小倩说"能理解能理解"，转身走了。

香香那边却很干脆，直接说："有演出？和我经纪人谈吧。我很忙，不说了。"

艾小倩又电话问了两个人，她们都说，舞台够大就去。言外之意都能理解。得够层次！像丁大卫说的一样，能赚钱能出名的演出，一定都参加，其他的都免谈。

同期的没有同意的，艾小倩又开始联系上一期的。她第一个给李琳打电话。

李琳说："有事求我？客气什么？我一会给你回电话。"

李琳回电话的时候已经接近中午，她们两个一起吃了中午饭，听了罗香香的事情，李琳和艾小倩一样难过。李琳当即答应："我参加！还有什么我能帮上忙的？"

艾小倩说："算上你现在才三个人，人数不够。而且，舞台灯光音乐都得咱们自己想办法。"

李琳说："没关系，会有办法的。不行咱们就在地面上走。每一个模特都是一场秀。无论舞台多么狭小，我们的光彩是无限大的！这件事一定要办成！只要一想自己要参与到这件事当中，我心里怎么这么高兴！"

艾小倩说："是吧？是吧？我也有这种感觉。这好像比模特大赛都让我激动！”

两个人正吃得高兴呢，艾小倩接到胡总的电话。

在办公室里，胡总脸色很不好，他说：“艾小倩，你胆子不小！我公司的模特，你就敢私自联系义务演出？舞台安全么？哪个模特摔了卡了出了事谁负责？媒体报道怎么办？你有没有想过公司的利益？你是要走秀，但是弄不好会被媒体爆料成作秀，你懂不懂？你翅膀硬了，自行其是了是不是？马上给我停了！小影过来找我，她说得对。你以为义务演出你们愿意就行了？出场费你压不住，以后怎么叫价？你能不能考虑问题成熟一点！”

“可是……”

“没有可是！马上叫停！”胡总最后喊完，挥手让艾小倩退了出去。艾小倩头有点疼，迎面看见丁大卫，丁大卫狠狠地瞪她。

“你瞪我干什么！”

“我不瞪你我瞪电线杆子去吗？都是你做的好事！胡总叫我过来训话！你就是……你就是……冒傻气！”丁大卫说完，敲门进了胡总办公室。

“你不劝劝她？你这个经纪人怎么当的？第一次校园毕业季走秀，义务的，没问题。第一次，积累经验，而且宣传做得那么好，大大地宣传了一下兰朵公司模特们的素质，艾小倩还接受了本地报纸的采访。但是，这就是以后你们要走的路了？一直以义务演出为路线？做慈善啊？做慈善也得有资本啊！你看哪个不出名的明星做慈善去了？开玩笑啊！”

丁大卫知道胡总是真的生气了。他老老实实地听着，一直等胡总说完了，才说话。

“胡总，我知道，我明白。我也劝过艾小倩。但是艾小倩这人，不太一样。您也是知道的，其实，去工地给农民工走一场秀，也……也可以吧？”

“你是不知道搭建舞台要多少钱？还是不知道服装要多少钱？谁提供舞台？谁提供服装？谁来走秀？这些模特是你说一句义务奉献就能做好事不留名的？兰朵公司的模特，有自己的市场地位。这个地位也包括出场费的价位！你不用说了，回去，坚决拦住艾小倩。她个人不能代表公司做决定，让她死了这条心！”胡总下了逐客令，丁大卫回了自己的办公室。艾小倩不在，打电话不接。

终于接了电话，丁大卫在电话里大声吼起来：“艾小倩你干吗不接我电话？”

“丁大卫，你别骂我，你骂我这件事我也要做！”

“艾小倩，你冷静点。你用个人的名义带公司的模特出去演出，你知道这得担多大的责任吗？模特们的脸蛋手臂连脚趾头都是珍贵的，真有个闪失你怎么办？你要去走秀，对方同意吗？没有舞台你在水泥桩上走秀啊？没人支持你，你和罗香香两个人自己去吗？你冷静点好不好?！”

艾小倩说：“不说了，我先回家了。”

艾小倩买了一把空心菜，买了一点小白菜。回家做了两个菜，等着丁大卫回家。

丁大卫进门闻到菜香，外衣还没脱呢，就说：“艾小倩，你别和我来这套啊。胡总已经下了死命令了，就是不行！艾小倩？艾小倩？”

丁大卫发现艾小倩没出声，敲门进了艾小倩的房间。

果然，艾小倩贴墙站呢。

“干吗不说话？吓我一跳。”丁大卫说。

“吃饭吧。”艾小倩今天特别平静。

两个人安静地吃着饭，各怀心事，都没出声。吃完了饭，艾小倩收拾洗碗，又回自己房间贴墙去了。

第二天一早，艾小倩做了早餐，照例不和丁大卫说话。收拾完碗筷，自己上班走了。丁大卫一边拿外套一边说：“你等我下，一起上班啊！”

两个人坐上公交，一路无话。

中午的时候，新一期模特接到通知，说胡总要求下午 2 点准时在公司对面的街道口集合，有急事。

所有的模特加经纪人除了罗香香和他的经纪人全部都到齐了。艾小倩仰着脖子抬头看正在建造的高楼，旁边的模特和经纪人也都跟着仰头。艾小倩从下自上一层一层的出声数着，数到二十八层，艾小倩的眼睛都有些酸疼。她回头说：“你们也数数二十八层在哪里吧？”有人跟着数，有人就问胡总为什么让大家在这里集合，有什么急事？

艾小倩说：“二十八层，香香的爸爸就在那个位置工作。他有恐高症。他一定不敢向下看，不敢欣赏如火柴盒一样的汽车，和如蚂蚁一样的我们。香香的爸爸说自己是这个城市最早被太阳照到的人，其实他也是被太阳晒得最多的人，你们觉得呢？他有恐高症，他一定眩晕，但是他从来不向这个世界发火，他查出了胃癌晚期，活不了多久了，但是他有个让他骄傲的女儿。他准备放弃治疗回到乡下，但是他说他没看过香香的走秀会死不瞑目，那么高的脚手架，我都不敢想，如果一脚踏空……”。

“小倩姐，你别吓唬我。”有个模特说。

艾小倩回头看着这些模特，她身后是阳光，所有人都不能直视她。

“香香的爸爸绝对不会用时尚的眼光看我们的表演。他就是一个在二十八层的脚手架上工作的农民工，他也只是一个普通的为自己女儿骄傲的爸爸，他要离开人世了，他想看看自己女儿的表演，而我们这些穿着时尚的衣服的模特们，就因为舞台不够绚烂出场费不够耀眼，就眼看着香香一个人站在水泥柱上给爸爸表演吗？他爸爸会笑吗？他要离开人世了，如果让他的女儿在那样的情况下为他表演，他会哭的！他一定不会笑的！他会哭的！我们，都是穿着时尚衣服的混蛋！”

艾小倩抹着眼泪跑开了。

模特们，面面相觑，不约而同地抬头看着高高的建筑。

丁大卫又被胡总叫去挨了一顿训斥。接着，不同的经纪人被叫到办公室里，接受训斥。总经理办公室不时地发出叫喊声。

“去给你的模特找机会！而不是陪着他们数楼层！

“让你们去抢合同的时候你们怎么不努力，聚到一起数楼层你们倒是齐心！

“我什么时候通知开会了！我什么时候让艾小倩代替王秘书通知开会的！”

丁大卫回到办公室，艾小倩又不在。

晚上回到家，艾小倩还是做好了饭菜，和他一起吃饭，然后去自己房间贴墙站。丁大卫坐在沙发上看电视，看了一会，坐不住了。他去敲艾小倩的门：“行了，我认输了。你出来，艾小倩，咱俩谈谈。”

艾小倩笑嘻嘻地跑出来，拉着丁大卫坐下。

她把手挎在丁大卫的胳膊上：“你肯帮我了？”

丁大卫把她的手送回去，说：“说说你的计划吧。”

“舞台，我问过了，价格还可以，我问了一家婚介公司，1 米 5 宽，10 米长的要价三千元。”

“1 米 5，你要走单溜？不行。太窄。至少 3 米，你得走双溜。既然是为了罗香香的走秀，让她走头秀和闭秀，你们走双溜！长度也有点短。这个秀一定在室外进行，至少按照 20 米的规格来做。这就得五千多了。服装呢？”

“小禾答应帮我借。上次我们去支援毕业季的汇报演出的服装都可以无偿借给我们。”

丁大卫说：“音乐没问题。我可以租借，费用不能太高。现在的问题是模特。都谁答应一定演出了？”

艾小倩说：“目前，也就是我，香香和李琳。人确实太少。”

丁大卫叹气：“现在胡总坚决反对，我估计也不会有别的模特来帮忙了。要不就你们三个吧，实在不行，我和司机小宋也参加，反正你们没有男模特。”

艾小倩说：“那么大的舞台，人这么少怎么行呢？而且，对方是工地，能不能让演出也是个问题啊。怎么和对方接洽上我都不知道。”

丁大卫说：“这个我负责。”

两个人挤在茶几上，研究很久。

丁大卫和建设工地的主管进行了沟通。因为耽误工期，这位胖脑门胖下巴的主管无论如何不同意。丁大卫上班堵，下班截，办公室的门槛都让丁大卫踏平了。

丁大卫后来找了一个折中的方法，他查了天气预报，把时间定在了周一上午，因为周一有大雨。丁大卫说：“下大雨你总该让工人们休息吧。休息的时候看一场高规格的模特秀，就算是给工人们发福利了，这多好。您知道，我们公司的模特都是在模特大赛上走秀的选手啊，平时咱们想看都看不到呢。要不是为了罗香香的爸爸，这些模特您花多大的价钱都是请不到的。”

主管心动了，问：“你说在哪搭台子？室外是不行的，我们这是建筑工地，怎么能让你们随便搭台子呢。这样吧，我们有个大食堂，你去看看，在那里搭台子吧。”

丁大卫走进食堂的时候，心里很不是滋味。这不光是大食堂，还是员工宿舍，到处都是锅碗瓢盆臭鞋烂袜子，屋子里有刺鼻的霉味。木板搭成的简陋床铺，乱七八糟地散放着，有休息的工人倒头睡在床铺上，身上没有盖一张毯子。

丁大卫查看了面积，地方倒是够大，但是这些床铺必须收起来。丁大卫算计着，周一上午 10 点 58 分开始演出，头一天晚上施工不可能，不能让工人们搬到外边去睡。那就只能一早上施工拼装舞台。

胡少宇不知道从谁那得知艾小倩密谋的演出在周一上午 10 点 58 分开始，为防不测，他安排秘书周日逐个通知模特及经纪人，周一上午 10 点 30 分准时开会，研究年末模特大赛相关事宜。模特大赛对模特来说，是出人头地的好时机。胡少宇打定主意这些人不会怠慢。

周一上午下起了大雨。

丁大卫带着拼装工人，一大早一块一块地装舞台，一个螺丝一个螺丝地扭紧，他忙得满头是汗。可是还是不放心，他在舞台上来回走了三遍，学着模特的样子转身，摆 POSE，惹得厂里的工人瞪着眼睛看。

工地里，工人们看着天议论。

“是老罗的姑娘要来模特表演？”

“谁看过真人的模特表演？我就在电视里看过。”

“女模特比你个子都高，你都得抬头看她们呢。不过下大雨了真能来吗？”

“老罗这回神气呢，从前他天天吹牛姑娘是模特，这回可够他神气的了。人呢？人怎么还没来？”

“老罗，你真不是吹牛吧？人怎么还不来，都 10 点半了！”

罗香香的父亲，显然很紧张。他说：“会来的，会来的，我姑娘从来不说谎。”他的话音刚落，一辆车就开进了厂区。工人们瞪着眼睛看车里走下来的模特。

艾小倩从车上下来，眼睛都湿润了。丁大卫说一早过来拼装舞台，工人们竟然乖乖地把自己的床铺都搬到了门外。床上盖着简单的塑料布，锅碗瓢盆都掩盖在塑料布下面。艾小倩对李琳说："你看这些工人，他们多可爱。我们这些模特，什么时候受到过这么高的礼遇。为了我们演场秀，他们把床铺都搬到大雨里了。"艾小倩说着，撑着伞，把一张床铺上的塑料布拉了拉，把床铺挡好。

艾小倩和李琳把服装都拿下来，摆到临时搭建的后台里面。这里勉强能遮挡住四周，却到处漏风，非常阴冷。罗香香和爸爸打过招呼后，也来到后台。艾小倩哆哆嗦嗦地脱衣服，换装。李琳一边脱衣服一边四处张望，生怕周围有人看见一样。罗香香走进所谓的后台，看见艾小倩和李琳冻得哆哆嗦嗦的样子，眼睛里有些湿润。

罗香香说："谢谢小倩姐，谢谢李琳姐。让你们在这样的地方表演。"

"别说了，别说了，快换衣服。"艾小倩说，"其实是我不好意思，最后只能咱们三个来表演。不过你放心，我和你李琳姐一定不会敷衍的。你今天要加油啊。你可是头秀啊！"

三个人衣服还没换好，就听见外边有些吵吵闹闹的。她们不知道外边发生了什么事。艾小倩把脱掉的衣服赶紧穿好，要出去看看。可还没等她穿戴利索已经有人走了进来，大呼小叫地说："丁大卫说个地址也说不清楚，害我们绕了大半天的路。艾小倩，你回头好好教育一下你的经纪人，怎么做事的！衣服呢，艾小倩给我衣服，你知道我的尺寸！"

三个人愣愣地看着同期的模特鱼贯而入，把一个小小的后台挤得满满当当的。

小影说："干什么愣成这样？给我衣服啊！我从别的现场请假出来的！抓紧时间，不是 10 点 58 分吗，我们还没化妆呢。"

崔秀也说："艾小倩你快点吧啊，看什么啊，没看过模特脱衣服啊！别看了，我们是不会把好事都让你艾小倩一个占尽的。我们也不傻。丁大卫，你给我进来，组织一下。"

丁大卫没进来。兰老师进来了，他说："时间紧迫，你们换衣服注意

点分寸就行了，我是老人家了，不和你们客气了。我安排一下顺序！罗香香，头秀！接下来李琳、艾小倩，然后是小影、崔秀！……”

安排完顺序，兰老师说：“你们都给我好好表现！农民工才是这个城市的主人！香香的爸爸就坐在台下，谁出错谁今天晚上请吃饭，海鲜大餐！罗香香你干什么呢？你今天敢摔倒，我打折你的小腿！换衣服！”

女孩们异口同声说“好”。姑娘们衣服没脱完，胡少宇带人进来了：“兰老师，用我们公司的服装。学校那服装别将来出现什么纠纷，用咱们自己的！就是上次培训班结业展示秀的衣服。都知道自己穿哪套吧？”

“知道！”

“不知道！”李琳大喊了一声。

兰老师一想：“你们先穿，剩下的给李琳，李琳来看看，第一次出场转一圈，第二次出场转两圈，每人三套衣服。罗香香，你四套，知道了吧？换！”

模特们热热闹闹地换起来，艾小倩感动得直吸鼻子。罗香香眼泪一直淌，妆都盖不住。

艾小倩安慰她：“好了，好了！爸爸等着你呢！你走头秀的！快化妆，快化妆！”

台前，胡少宇站到T台上，他感慨激昂。

“今天，我们兰朵模特公司有幸为农民工兄弟走一场秀，是我们兰朵公司的荣幸。我们祝农民工兄弟工作顺利，身体健康！”

有人拍照，没人鼓掌。胡少宇看着台下一张张黝黑朴实的脸，俯身小声问：“不鼓掌吗？”

丁大卫带头，大家也都鼓起掌来。

胡少宇带了全套的灯光和音响到场。10点58分，在人头攒动的工地食堂内，发霉的空气里有女孩们脂粉的香气，有动人的音乐和绚烂的灯光。

罗香香身穿抹胸公主裙出现在T台上，她高贵而优雅，合着音乐的节拍稳健地走在T台上。罗爸爸在台下，使劲地拍手："我姑娘，看，那是我姑娘！"周围的人啧啧赞叹，眼睛一眨不眨地看着台上鱼贯而出的漂亮姑娘。她们的眼神有些冷，可是她们的华服，她们的步履，无不吸引着这些人的眼球。

音乐变换，又一轮青春朝气的服装展示出来。罗香香带头跳舞，很轻快很悦动的舞蹈，模特们表现得淋漓尽致。

短短二十分钟的走秀结束了。罗香香挽着兰老师走了出来。模特们拍手聚在一起，鞠躬致谢。

罗香香走在舞台最前面，大声喊着："罗有才，我爱你，爸爸！"

罗有才一直在抹眼泪。罗香香也擦了一把眼泪，嗔怪地说："叔叔们，这时候是要鼓掌的！鼓掌啊！"

罗有才也向着台下喊："鼓掌，鼓掌！"全场掌声雷动，闪光灯也一起闪动起来。丁大卫和胡少宇搀扶着，把罗有才扶上了T台。罗香香过去拥抱住自己的爸爸。偌大的食堂里，工人们使劲鼓掌。T台上模特们站在罗香香身后，不时的有人抹眼泪，场面格外感人。

罗香香要陪着爸爸回乡下了。临走她到胡总办公室辞行，弯腰鞠躬表达感谢。胡少宇一时都不知道说什么好，只是一直说："好好照顾你爸爸，好好照顾你爸爸。"

那天晚上大家聚餐，都喝得挺多。

小影过来敬艾小倩，说："小倩姐，你身上吧，就有一种气场。一种特别善良让人无法拒绝的气场，我喜欢你！我马上要演电视剧了，我推荐你做我电视剧里的姐姐！我们干杯！"

胡少宇也敬艾小倩，说："你有一种勇气，我佩服你。你不要以为我今天带模特出场就是你做得对，下不为例！"

艾小倩唯唯诺诺地说小话："胡总我错了，我真错了。下不为例！绝对下不为例！"

罗香香挨个敬酒，最后哭着给大家鞠躬致谢。她说："感谢大家，香香此生不知道是否还能站在T台上，但是今天我作为首秀在T台上走了一遭，也算完成了平时的心愿。谢谢大家，谢谢姐妹们！我祝福你们身体健康！"

所有人心里也都不是滋味。

晚上回到家里，艾小倩问丁大卫，胡总后来怎么同意的。

丁大卫说："人心都是肉长的。胡总以为用模特大赛开会的手段就能让大家屈服，结果10点了没一个去开会的。他心里就明白了。而且他的宣传手段多强呀，你明天看新闻就能知道。兰朵模特公司绝对能上娱乐版头条！"

果然，第二天，本省的电视台、本省的报纸分别以为农民工义务表演，一位父亲的夙愿等题目多角度地报道了兰朵模特公司的善举。兰朵模特公司接连得到三个走秀合同：电视台的大型节目、电视剧里的客串演出、某品牌的推介会。兰朵公司一时忙得不可开交，胡少宇乐得合不拢嘴，和丁大卫说："我说我和艾小倩合财吧，真合财！这个丫头是个福星！"胡少宇心情好，奖金也发得十分痛快。

艾小倩拿着奖金，和丁大卫商量。

"陈淑当时说欠了我的钱给了我五千块，我得怎么还给她呢？"

丁大卫问："你总不能还现金啊，她喜欢什么？你买给她好了！"

艾小倩盯着丁大卫，丁大卫一时紧张起来："干吗？她喜欢我？"

艾小倩笑了："想得美！你不是她的菜！我是说我只发现她喜欢男人，没看她喜欢别的。要不我给她介绍一个男朋友吧？你有没有比较好的哥们，品行端正，才华横溢，有钱有型，风度翩翩，有没有这样的，给陈淑介绍一个。"

丁大卫把手在头顶转了两圈，说："我的哥们都是人，不是神。谁没有点缺点，你把这么多优点集中到一起，除非是神仙！"

艾小倩看着丁大卫，说："我早就想提醒你了，丁大卫，你画的这个圈吧，实在表达不出冒傻气的意思。冒是一个动词，应该是往上升的意思。"艾小倩一边说一边比划，"应该是这样，往上走，这才是冒傻气。你这个就是有慧根的意思！"

丁大卫哈哈大笑，说："艾小倩你太有慧根了！"说着就按照艾小倩的方法在头顶比划了一下。

公司接连接到好几个走秀合同，名声大震。胡少宇高兴，把所有的模特从各处叫回来，要开一个年终总结大会，顺便部署一下模特大赛的相关事宜。模特们纷纷从各处赶回来，秦姗姗也从拍摄现场赶回来，想着手处理与兰朵公司的合同，从此转战影视。

秦姗姗走到走廊上，迎面看到林娜正在打电话。秦姗姗想礼貌地避开，又觉得太刻意了也不好。于是就笑盈盈走过去。林娜情绪激动，冲着电话大声喊着："你别忘了，你当初答应过我什么！是我当初帮你毁了合同的！你别翻脸不认人！我林娜也不是好欺负的！"

她一抬眼看见秦姗姗从左边走过来，就侧身避过去，艾小倩又从右边走过来，她站在中间。电话里还有一个男人的声音："林娜，你给我小心点！别不识抬举！"

林娜眼珠一转，拿着电话，笑着说："张哥，您要找小倩啊？电话怎么打到我这里呢，小倩早就不和我合租了。呀，小倩过来了，我把电话给她好了。"

三个人的脚步都停了下来。艾小倩一下子明白了林娜的诡计，说："给我吧！是张闻天是吧？给我电话，我按免提，大家一起听听他都和我有什么阴谋诡计吧！"艾小倩去抢林娜的手机，林娜一下就把手机关了，说:“你们要谈什么,还是用自己的手机好了。我等一个电话呢,漏接了可不得了。姗姗姐,好久不见,我们去那边聊聊吧。小倩好像要打一个重要电话呢!”

秦姗姗看着艾小倩,跟着林娜走了。

两个人边走边聊,秦姗姗说:“听说你最近接了杂志封面模特的合同,恭喜你了。”

林娜谦虚着:“只是一个省级杂志而已,和姗姗姐没有可比性的。姗姗姐听说你要专心做演员了?”

“还在考虑呢,好久没回公司来了,好多人都不认识了。”

“都是新一期的模特了。姗姗姐不做模特真是模特界的损失。那您从前有意向的合同,如果合适,还请姗姗姐推荐推荐我,我就大脸一回,不和姗姗姐客气了。”

两个人的声音渐行渐远,艾小倩一直站在走廊里。空荡荡的走廊此刻显得格外空旷。艾小倩边向会议室走,边看墙上的模特,各期的成功模特都有一副大照片在墙上挂着,秦姗姗的身边还有林娜张着大嘴笑着,在沙滩上沐浴阳光的照片。

艾小倩边走边想。这个人,一副人畜无害的样子,一张天真无邪的笑脸。为什么心底里充满着邪恶?她念及在这个人的庇荫下生活了三个月,房租她不催,还主动拿出两千元支援她的日常开销。因为滴水之恩当以涌泉相报,所以,她一再忍着,可是这个人,得寸进尺,一而再再而三地挑战她的底线。艾小倩对自己说,是时候了。

艾小倩给丁大卫打了一个电话,拿到了丁大卫的手机。

会议室里,公司的模特和经纪人分坐会议桌两旁。胡少宇很高兴。他首先总结了公司过去一年的主要工作,表扬了一些模特和经纪人为公司做出的巨大贡献。接着,他讲到了全国模特新面孔选拔大赛。

“本次大赛，主要从六个方面对选手进行考评。第一就是身材条件，各位对自己的身材条件要有充分的认识。因为本次大赛允许模特自己选取服装初赛，所以模特们要考虑扬长避短。第二是美丽考评，然后（第三）才是智慧体态等方面进行考评，T台表现我相信我兰朵公司的模特都没有问题。第四方面是表现能力，重点要放在镜头前的表现力上，那个谁，你带你的模特多参加参加试镜，提高一下在镜头前的自然程度和亲和力。第五方面是素质考评，我对兰朵公司的模特也都有信心。最后一项是才艺表演，这就是八仙过海各显神通的项目了，各位对自己的自身优势都有认识，把自己的强项拿出来，好好准备。

作为兰朵公司的代表，我建议大家都去报名参加，当然这不是硬性规定，实在有重要合约在手的，可以不参加。但是这个模特大赛规格很高，国内知名媒体都作为协办单位。可以说，此次大赛是一个重要的平台。所以，我请各位好好准备。

我说得可能不够具体，请兰老师具体给我们讲讲。”

灯光暗下去，兰老师借助投影仪给大家开始讲解。

“这是历次模特大赛的状况，我简要给大家进行介绍，好好看啊。我这个幻灯片做了一夜，很辛苦的。”

所有人认认真真地注视着大屏幕，几个大赛的状况过后，有一段视频插进来。有人说“什么呀”，还有人说“兰老师弄错了吧？”兰老师也说：“咦，这怎么回事，我看看。”

兰老师刚要关掉。胡少宇已经看出来了一些内容，说：“看完再说吧。”于是大家屏住呼吸看着：

视频里展现了走廊尽头的情景，虽然没有声音，图像也不是很清楚。但是大家还是能看清是公司的走廊。李琳从走廊对面走过来，手里的废纸高高的一摞，摇摇晃晃就要掉下去了。走到一个门前，恰巧艾小倩拿着合同开门，一下子就撞上了李琳。艾小倩把合同放在地上，帮李琳捡废纸，李琳也弯腰捡废纸。两个人一前一后走到前边的办公室里，门没关紧。这时从另一个门里突然出来一个人，两步过去把合同捡起来又躲回刚才的门里。镜头到这里又进行了回放，把那个突然出来的人的一张脸定位，并且慢慢放大。很清晰，是林娜。随后，艾小倩出来找合同，没有，又回去碎纸机的房间，李琳也跟进去。林娜从房间里出来，捡起很多废纸，等艾小倩着急地出来再次寻找，林娜进了碎纸机的房间。

灯光亮起来，没有人说话。大家的目光慢慢凝聚在林娜身上。林娜呼地站起来，指着艾小倩，破口大骂："艾小倩你个贱人！你害我，是你害我的！这个视频是假的，是你害我的！"

艾小倩坐在位置里，什么话都不说。丁大卫站到了艾小倩旁边，他怕林娜做出什么过激的行为。秦姗姗站起来，慢慢走到林娜身边，扬手给了她一个耳光。

"同门相残，栽赃嫁祸，吃里爬外！"

林娜拼命抵赖："艾小倩你害我！我不会放过你的！"

艾小倩慢慢站起来，说："丁大卫从保安室里拷贝的监控录像。我其实早就拿到了手里，只是想着，大家都是同一公司的姐妹，也许你林娜也有什么苦衷。而且，姗姗姐大人大量，虽然对我有所误解，但是还是慢慢解除了误会，选择相信我，所以，我本不想公布于众。但是，就在刚才，开会前，你林娜再一次挑拨我和姗姗姐之间的关系，再一次把我推到泥潭里。古人说，要有容人之量，但是过分的容忍也是一种纵容。我也有我的原则和底线，现在，请当初误会我的姐妹们在心里自责，请当初相信我的姐妹在心里为自己鼓掌。我说过，我艾小倩，无论过去，现在，还是未来，都会是个好人家的孩子。林娜，你还有什么想说的？"

林娜指着丁大卫，指着秦姗姗，指着所有人，说："你们！你们都是串通好的！"

胡总这时说话了："林娜，我想你不能用兰朵公司的模特身份参加模特大赛了。我承认模特界竞争激烈。但是我不能允许我自己公司的模特自相残杀，损害我胡少宇这么多年来塑造的兰朵公司形象。你，被开除了。明天之前，把所有的手续办理完毕。你现在，出去！”

林娜抓起包，走出会议室，狠狠地关了门。

会议室里大家议论纷纷。

胡总说：“我创办兰朵模特公司这么多年，这是第一次，也一定是最后一次警告大家，我不允许在我的公司里再出现这样的情况！继续开会！”

会议结束后，秦姗姗把艾小倩留在了会议室。

秦姗姗坐在艾小倩旁边：“现在我说对不起，是不是已经来不及了？”

艾小倩说：“姗姗姐，别这么说，错不在你。你教给我洗脸的方法，你告诉我怎么修理眉毛，你告诉我广告者的良心，你告诉我不能把脸当成试验田。我从你身上学到的，是不能用语言能表达的。近朱者赤，每个女人身边都应该有一个像你这样的朋友。所谓‘结交须胜己，似我不如无’，如果没有你，我怎么会有今天的进步。我说要当模特的时候，有那么多人笑我讽我打击我，您却是那个一直鼓励我的人。姗姗姐，我感激你。真的！”

秦姗姗说：“我做模特这么久，一直记得第一次做封面模特的时候，认识了一个沉默少言的摄影师。他的话很少，但是他说的一句话，我一直记得。他说模特能走多远，不是看鞋跟有多高，不是看脸蛋有多美，而是看品德有多宽。他说品德有多宽道路就有多宽。小倩，你是一个善良的好孩子，你坚韧，你乐观，你聪明，你将来的道路一定越走越宽。我祝福你！”

艾小倩真心地说：“谢谢姗姗姐，我一定努力加油！”